책 밖으로 나온 이론,
현장에 답이 있다

책 밖으로 나온 이론,

현장에 답이 있다

이범수 지음

콩트 ◗

현장에 답이 있다

대학을 졸업하고 어렵게 회사 생활을 시작했다. 그리고 약 40년의 세월이 지났다. 짧지 않은 세월, 돌아보니 그저 감사하다는 생각뿐이다. 당시에는 지속적인 국가 경제 성장으로 일자리를 구하는 데 큰 어려움이 없었다. 참으로 혜택을 많이 받은 세대였다. 또한 운 좋게도 평화발레오라는 최고 수준의 관리시스템을 갖춘 회사를 만나서 다양한 지식과 경험을 쌓았으며 이를 바탕으로 Parker Hannifin이라는 세계적인 기업도 만날 수 있었다.

평화발레오에서 근무하던 1996년 8월, 토요타 자동차에서 1주일간 토요타 생산 시스템 연수에 참여할 기회가 있었다. 토요타의 1주일은 생각의 커다란 전환점이 되었다. 나는 직장 생활의 기간을 96년 8월 토요타 연수 전과 후로 생각한다. 아직도 뇌리에 생생한 연수 교육 내용. '토요타는 불경기가 닥치더라도 마지막까지 살아남아야 한다. 그리고 신뢰를 최우선으로 한다.' 연수를 다녀온 이후로 현장을 보는 나의 시각이 완전히 달라졌다. 토요타는 일과로 행하는 활동의 27%가 부가가치를 창출하는 행위이고 나머지 73%는 부가가치를 창출하지 못하는 불필요한 행위 혹은 부가가치를 만들기 위한 행위의 보조 동작이라는 것이다. 지금까지 나는 27%의 부가가치를 창출하는 행위를 좀 더 빨리, 좀 더 효율적으로 하는 데 노력했으나 이 시간 이후의 내 생각은 부가가치를 만들지 못하는 73%에 가 있었다. 즉, 낭비라고 이름 붙여진 것들을 제거하는 것이 효율을 높이는 것임을 깨닫게 된 것이다. 이를 위해서 수많은 기법이 개발되고 현장에 널리 사용되고 있다.

연수를 다녀온 후, 칸반에 의한 JIT를 실현하기 위한 활동을 시작했다. 이것은 험난한 세월의 연속이었다. 하지만 수많은 시행착오를 겪으면서도 포기하지 않았다. 긴 시간이 지난 2000년 초, 드디어 칸반에 의한 JIT가 운영되었다. 실로 감격스럽고 너무나 효율적이었다. 나는 이것을 좀 더 이론적으로 공부하고 스스로 체계를 잡기 위하여 진학을 감행했다. 이후, 어느 위치 어느 자리에서든 낭비를 제거하는 토요타 생산 시스템에 근거하여 일을 진행했다. 토요타 생산 시스템 즉, Lean은 특정한 도구나 기법이기 이전에 생활 전반에 걸쳐 내 생각을 지배했던 철학이다. 초기에 체계적인 학습을 통한 습득보다는 현장에서 수많은 시행착오를 경험하면서 체득하였다. 2000년대에 들어서면서부터는 Valeo 5000이라는 귀한 자료의 내용을 알게 되었다. 또한 Parker Hannifin의 Lean Boot Camp II, III를 통하여 체계

적인 지식을 습득하고 이것을 모든 영역에서 나의 경험과
함께 활용하는 기본적인 철학이 되었다. 이후에도 운이 좋
아서 매우 다양한 분야에서 일을 할 수 있는 기회가 있었고
Lean System에 대하여 접목하고 이에 대한 성과를 하나씩
확인할 기회를 많이 가지는 행운을 누렸다.

달려온 시간을 뒤돌아보면 참으로 힘든 시간도 있었고
즐거운 시간도 있었다. 즐겁고 좋은 결과를 만든 결과물은
어디엔가 조금의 흔적이라도 남아 있다. 그러나 좋은 결과
를 만들지 못한 일들은 어디에도 남겨져 있지 않고 오직 나
의 머리와 가슴 속에만 자리하고 있다. 오늘의 나를 만들고
성장시켜 준 것은 흔히 실패라는 부정적인 단어로 표현되
는 좋지 못한 결과들이 더 많은 기여를 했다. 그 비용은 모
두 회사가 지불했다. 나는 내가 받은 혜택을 어떻게 돌려줄
까에 대한 고민을 많은 시간 해왔다. 평화발레오라는 회사
에서 엔지니어로, 관리자로서의 수련을 하였고, 파카하니
핀이라는 회사에서는 그동안의 경험을 토대로 많은 일을
할 수 있는 기회를 얻었다. 덕분에 풍족하지는 않지만, 가난
에서도 벗어날 수 있었다. 참으로 많은 혜택을 받으면서 일을
한 것이다.

40년 동안 사용한 명함이 27개 정도 된다. 딱 한 번,
Parker Korea Automation Division 사장으로 5년을 일했
고 그 외에는 같은 자리에서 3년 이상을 일해 본 적이 없다.
즉, 회사가 나에게 많은 기회를 준 것이다. 국내뿐만이 아니

라 인도, 중국, 일본에서도 자동차, 건설장비, 일반 산업용 제품 등 다양한 업종에서 경험을 쌓을 수 있는 기회도 있었다. 3개국 6개의 공장에서 JIT를 실행하고 모든 생산과 구매의 정보를 칸반에 의해서 이루어지도록 한 경험은 매우 소중한 경험이고 자산이다.

오래전부터 현직에서 은퇴하면 나의 남은 시간은 그동안의 경험을 후배들을 위해 돌려주는 시간에 사용하겠다고 다짐 해왔다. 그러나 그것을 어떻게 어떤 방법으로 할 수 있을지 깊이 고민 중이다. 사람들은 그동안의 경험을 살려 공장 및 사무 혁신에 대해 컨설팅을 할 것이라고 예상한다. 나도 컨설팅의 기회가 있다면 지금까지의 모든 경험을 환원하는 가장 좋은 기회가 될 것이라고 생각한다. 그러나 그런 기회가 나에게 주어질 것은 크게 기대하지 않는다. 진정으로 컨설팅을 받아 낭비제거를 하기 원하는 최고 경영자를 만나기가 컨설팅하는 일보다 훨씬 어려운 일이라는 것을 잘 알고 있기 때문이다. 그래서 생각한 것이 부족하지만 책을 통해서라도 나의 경험을 남겨야겠다고 결정했다. 40년 동안 수많은 일을 했지만, 성공은 3%이고 나머지 97%는 실패였다고 생각한다. 나는 실패한 97%를 통하여 3% 성공으로 가는 길을 배웠다. 그래서 외람되지만, 나의 머리와 가슴속에만 남아 있는 실패한 97%의 경험을 어떻게 이 사회에 돌려줄 것인가에 대해 깊이 생각했다.

글을 쓰는 것, 책을 출판하는 것은 내게 또 다른 커다란 숙제다. 4차 산업이 대유행하는 이 시대에 고전적 유물로 간주하는 Lean에 관한 이야기를 누가 읽을 것인가. 우려하는 주위의 시선들이 걱정스럽다. 나는 이 사회로부터 많은 혜택을 받았고 수많은 경험을 하였다. 그 경험을 가슴속에만 묻어두는 것은 도리가 아닐 것이다. 96% 실패하고 4%의 성공을 원하는 사람들을 위하여 사력을 다해 기록했다. 단 한 사람만이라도 읽어준다면 감사하겠다는 마음으로 이 책을 출간한다.

2023년 3월 이범수

현장의 실력자

PHC 회장 김상태

평소 소중한 인연으로 생각하고 있었던 이범수 작가께서 평생의 경험을 바탕으로 후배들을 위해서 책을 펴내게 된 것을 진심으로 축하 드립니다. 아울러 본서를 접하게 되시는 독자 여러분께서 40여 년간 산업 현장에서 땀 흘리며 뛰어다녔던 저자의 생생한 경험을 바탕으로 축약된 삶의 지혜와 소중한 노하우(Know-How)를 얻어 가시기를 바라 마지 않습니다.

저는 얼마전 이 작가로부터 이 책에 대한 추천의 글을 써 달라는 부탁을 받고 적잖이 놀랐습니다. 왜냐하면 이 작가께서는 비슷한 연배의 대다수가 생각하고 꿈꿀 수 있는 은퇴후의 여유롭고 한가로운 일상을 마다하고 오히려 현역 때보다 더 치열하게 공부하고 고민하면서 후배들에게 무엇을 남겨줄지를 고민하고 있는 모습을 보았기 때문입니다.

또한 추천의 글을 부탁 받으면서 깊은 고민을 하게 되었는데 그 이유는 이 작가의 40여 년의 현역 생활의 경험을 압축한 이 책을 어떻게 독자들에게 추천하는 것이 이 책의 저자이신 이범수 작가님과 독자 사이의 가교(假橋) 역할을 잘할 수 있을지에 대한 부담이 컸기 때문입니다.

긴 시간의 고민 끝에 제가 이 책을 독자 여러분에게 자신 있게 추천드릴 수 있는 가장 중요한 이유를 제 나름대로 정리할 수 있게 되었습니다. 그 이유는 다름아닌 이 작가께서는 모든 문제의 답은 현장에 있다고 믿으면서 현장(現場)을 절대적으로 중시하는 신념과 이러한 신념을 바탕으로 완벽하리만큼 현장에서 몸소 행동으로 보여준 실천력(實踐力)을 소유하신 분이라는 사실입니다. 그러한 저자가 쓰신 책이기에 독자 여러분, 특히 많은 후배들에게는 삶의 지혜를 전수(傳受)해 줄 수 있을 뿐만 아니라 산업 현장에서의 지침서가 될 것이라고 생각해서입니다. 아울러 이 작가께서 긴 세월 수많은 시행착오를 통해 얻은 정금(正金) 과도 같은 소중한 지적인 자산을 독자여러분께서 덤으로 얻어 가실 수 있다고 믿기 때문입니다.

지금부터 40여 년 전 이범수 작가와 함께 했던 시절을 저는 아직도 생생하게 기억하고 있습니다. 당시 이 작가께서는 불철주야 회사를 위해서 땀 흘리고 노력하던, 참으로 믿음직스럽고 성실한 청년의 모습 그 자체였습니다. 이 책에서 언급된 것처럼 이 작가께서는 1996년 일본 현지에서의 토요타社 연수 과정을 통해 많은 것을 보고 들으면서 스스로 느끼고 깨달은 바를 귀국 후 우리의 현장에 맞게끔 적용해 가면서 우리의 자산으로 승화(昇華) 시켰습니다. 물론 저는 당시의 모든 과정을 함께 일하면서 현장에서 지켜볼 수 있었습니다. 그 때 저는 '아 이 사람은 진심으로 현장을 중시하면서 배우고 익힌 것을 현장에 접목시킬 수 있는 실천력을 가졌구나' 라고 생각하게 되었습니다. 그 장본인이 긴 세월 산업 현장에서의 경험을 바탕으로 써 내려간 책이기에 활자 하나하나에 참으로 깊은 뜻이 담겨 있다고 봅니다.

본서를 추천하면서 아무쪼록 이 작가님의 순수한 마음과 동기가 한 구절 한 구절 깊이 녹아 있는 이 책이 독자 여러분, 특히 이 시대를 살아가고 있는 많은 후배들에게 귀감이 될 뿐만 아니라 인생의 소중한 길잡이로 자리매김하여 선한 영향력을 끼칠 수 있게 되기를 진심으로 기원합니다. 어려운 여건 가운데서도 흔쾌히 발간에 도움을 주신 출판사 몽트에도 감사의 말씀을 전합니다.

이 책속에 답이 있다

전 파카하니핀코리아 한국총괄사장 유시탁

1980년대 제가 기술제휴선인 일본의 한 유수한 자동차 회사에 자주 출장다니던 때의 이야기입니다. 나고야 근처의 터널 사고로 교통 정체가 심하여 인근 자동차 회사들에의 부품 공급에 지장이 심했던 일이 있었습니다. 그 당시 토요타자동차의 조립라인이 몇 시간 정지된 비상사태가 발생하였는데 제가 출장다니던 그 자동차 회사는 같은 터널 사고의 영향권내에 있었지만 부품의 공급 장애에도 불구하고 여유 재고로 생산에 지장을 받지 않았다고 합니다. 부품조달 담당자가 안도의 한숨을 내쉬었지만 그 담당자는 사장으로부터 호된 질책을 받았다고 합니다. 이유는 당연히 라인이 정지되었어야 함에도 정상 가동이 된 것은 여유를 허용하는 재고관리의 잘못이라는 점이었다고 합니다.

토요타 생산 시스템((TPS)의 전문가가 아닌 저는 지금도 돌발사고에 대비한 여분의 안전재고가 필요한 것 아닌가

하는 생각은 하고 있습니다만, 수 십년 전의 이 에피소드가 아직 저의 기억에 남아있는 것은 복잡한 이론적 설명을 떠나 적시공급(JIT)으로 대표되는 TPS와 재고관리의 엄격함을 커다란 놀라움으로 받아들였었기 때문입니다.

저자로부터 이 책의 추천사를 부탁받았을 때 과연 이 책의 내용이 저자의 전문분야인 TPS의 해설일까, 현장개선 작업 수행하며 겪었던 남기고 싶은 뒷이야기들일까, 아니면 그의 인생관을 담은 자서전적 수필집일까 하는 호기심이 들었습니다. 책을 읽으며 저의 그 모든 호기심이 일거에 충족될 수 있었습니다. 다시 말하면 이 책은 TPS의 이론과 실제를 설명함과 동시에 이를 현장에 접목하며 부딪친 논문으로 쓰지 못할 여러가지 이야기, 그리고 개인의 일상생활에서도 낭비를 최소화하고 매시간을 의미있는 곳에 활용하려는 본인의 의지를 담고 있습니다.

저자가 이른 시기에 토요타자동차 연수에서 접한 TPS의 이론과 그 후 줄곧 현장을 발로 누비며 체득한 낭비제거와 효율 향상을 위한 실무, 특히 파카하니핀에서 저와 같이 일하는 동안 글로벌 조직의 린 매니저로서 어려움을 돌파하며 얻은 경험이 한 덩어리로 축적되어 TPS의 엄격함이 회사에서의 업무수행에 그치지 않고 자기관리, 가정생활에 이르기까지 모든 면에 하나의 원칙으로 그의 생활을 지배하여 온 것 같습니다. 그러한 의미에서 이 책의 내용은 저자의 평소 생각과 행동의 산물이라고 할 수 있겠습니다.

직장생활을 하며 하고싶은 일을 하고 그 성취감을 가질 수 있어야 만족스러운 것은 누구에게나 마찬가지일 것입니다. 일반적으로 생산부문은 생산실적, 영업부문은 판매실적으로 그 평가를 받고 성취감을 가지는데, 저자가 주임무로 삼았던 현장개선부문은 낭비제거와 효율 향상의 결과로 계산된 그때 그때의 원가절감 실적을 목표로 삼을 수도 있지만 지속적인 현장 개선을 위한 시스템을 심고 그것이 얼마나 잘 정착되어 체질화에 성공할 수 있는가를 더 큰 목표로 삼고 있습니다. 다시 말하면 결과로 나타난 실적보나 시스템이 얼마나 잘 운영되는가를 더 중시하는 업무분야입니다. 그러므로 과업에 대한 성취감을 갖기가 쉽지 않습니다. 그럼에도 불구하고 저자는 자신이 선택한 이 분야에서 긴 시간동안의 집념어린 노력으로 난관을 극복하고 성과를 만들어 내고 자부심을 가지며 그 경험을 여러 사람과 공유하려 하고 있습니다.

나아가 저자는 회사에서 배운 이론과 실제 경험하며 얻은 지식을 더욱 가다듬어 사회에 돌려주려는 계획을 실천 중에 있습니다. 40여년의 실무 경험을 가지고 학교로 돌아가 연구활동을 선언하였습니다. 변화하는 시대, 변화하는 기업환경에 그의 연구활동이 더욱 폭넓게 산업계에 기여할 수 있기를 기대합니다.

시대가 변하고 있습니다. 특히 코로나19 이후 사회와 산업계 모두가 새로운 패러다임에 적응하기 위하여 부심하고 있습니다. 제러미 리프킨은 그의 최근 저서 《회복력 시대 The Age of Resilience》에서 "린 물류공급망과 린 제조공정이 비용절감으로 '효율성'은 제고하였으나 예기치 않은 사건에 취약하고 '회복력'이 떨어지는 대가를 치른다"고 새로운 이론의 등장 시기임을 피력하였습니다. 기후변화와 팬데믹으로 산업환경이 변하고 그에 따라 경영개선을 위한 이론이 바뀌어질 수도 있습니다. 그러나 미시적인 개별 기업경영에서 TPS는 여전히 그 독보적인 영향력을 유지하고 있고 앞으로도 그러할 것이라고 생각합니다.

저자가 말하듯 이론은 책밖으로 나와서 많은 사람들에 의해 활용되어야 하고 부딪치는 문제의 답은 현장에서 찾아야 합니다. 역설적이지만 TPS 이론을 접하고 답을 찾고자 하시는 분들께서는 우선 이 책에 들어가 보실 것을 권하고 싶습니다.

목차

PART 1 – 화목, 경청 그리고 목계

PART 2 – TPS와의 만남

PART 3 - 일석이조, 일하며 공부하다

PART 4 - 기본으로 돌아가자

PART 5 - 새로운 희망을 꿈꾸다

PART I

화목, 경청 그리고 목계

오늘 생각하고, 내일 말하라

　나의 아버지께서는 한학을 공부하셨던 학자이다. 학문만 해서는 가정 경제에 큰 도움이 되지 않아 항상 가난을 당연시하면서 자라왔다. 아버지께서는 몇 가지 교훈을 주셨는데 지금까지도 내가 살아가는데 기본으로 삼고 있다. 그 덕분인지 행복한 삶을 살아가고 있다.

　황소, 사다리로 지붕에 올리기.

　아버지가 알려주신 교훈 중 하나다. 옛말에 자기 먹을 것은 자기가 가지고 태어난다는 말이 있다. 농경 시대에는 노동력이 가장 큰 자산이던 시절이라 자기 먹을 것은 가지고 태어난다는 말이 결코 틀린 말은 아니다, 쉽게 이야기하면 10살만 되면 지게 지고 농사일을 거들기 시작한다, 사람이라는 자산에 10살 남짓까지 먹고 생활하는데 필요한 투자만 이루어지면 그 이후는 남는 장사가 된다. 10살 정도만 되면 지게 지고 일을 하던가 최소한 농사일에 심부름이라도 하면 본인이 먹고 쓰는 것보다 많은 경제적 도움이 될 것이다. 젊고 노동력을 가진 자식이 많은 사람이 부자가 되는 구조를 가진 것이 우리의 농경 사회의 모습이다.

가족 구성원이 비슷한 두 가정이 있다. 두 집 모두 한창 일할 때인 20대 30대의 아들이 네 명이나 있는 대가족이다. 즉, 노동력은 비슷하다. 그런데 두 집 가정 형편은 비슷하지 않다. 한 집은 경제적으로 여유 있는 형편이고 다른 한 집은 항상 경제적으로 쪼들리게 살아간다. 어느 날 온 동네 어른들이 참여하여 난상 토론이 벌어졌다. 지난해 심은 논농사는 물론이고 콩 농사도 잘못되어 큰일이라며 요즈음 말로 100분 토론을 능가하는 토론이 벌어졌다. 그러던 중 토론의 주제가 두 집의 가정 경제에 관한 이야기로 넘어갔다. 토론을 한참 듣고 있던 잘사는 집 어른께서 우리 집이 왜 잘사는지 보여줄게 하면서 모두 따라오라고 했다. 사랑방에서 난상 토론을 벌이던 사람들 모두 따라나섰다. 어르신은 집에 도착하자마자 큰아들을 불렀다.

"큰애야, 저기 사다리 가져와서 지붕에 세워라."

아들은 아무 말 없이 창고에서 사다리를 가져다가 처마 끝에 세웠다.

"아버지 사다리 놓았습니다."

"그럼, 마구간에서 소 몰고 와서 사다리를 통해 지붕 위에 몰아 올리거라."

아들은 마구간에서 소를 몰고 나와 사다리 앞에 섰다.

"아버지 소가 사다리를 못 올라갑니다."

"그래 그러면 소를 다시 마구간으로 데려다 놓아라."

아주 평화롭고 조용하게 소가 사다리를 타고 지붕 위에 올라가지 못한다는 사실을 보여주며 상황은 끝이 났다. 이번에는 가난하게 사는 집으로 갔다. 가난한 집 어르신도 똑같이 말씀하셨다.

"큰애야, 창고에서 사다리 가져와 처마 끝에 세우거라."

큰아들은 알 수 없다는 표정을 지으며 사다리를 가지러 갔다. 안주인은 지붕도 모두 이었고 특별히 할 일도 없는데 왜 사다리를 가지고 오라고 하냐며 투덜거렸다. 그때 사다리가 처마 끝에 놓였다.

"그럼, 마구간의 소를 몰고 와서 사다리를 통해 지붕 위로 올리거라"

그런데 어르신의 말이 떨어지기 무섭게 온 가족들이 벌집 쑤셔 놓은 것처럼 난리가 났다.

"영감이 노망했으면 곱게 노망을 해야지. 어떻게 소가 사다리로 지붕 위에 올라가요!"

안주인은 물론 아들 며느리 온 가족이 나서서 집안의 가장을 비난하고 난리를 쳤다. 소는 마구간에서 몰고 나오지도 않았다.

두 집의 소는 모두 지붕 위에 올라가지 못했다. 그러나 잘사는 집안은 큰 어른의 지시에 따라 행동하며 말이 안 되는 일이라도 원활한 소통을 통하여 서로가 이해하고 그에 따른 합당한 결론을 내었다. 하지만 가난한 집안은 가장인 어른을 노망든 사람으로 몰고 서로 간의 갈등만 증폭시켰다.

결국 아무 결론 없이 서로의 가슴에 상처만 남기고 끝난 것이다.

　이는 나의 아버지께서 나에게 주신 많은 유산 중의 하나이다. 즉, 화목(和睦)이라는 유산을 나에게 물려주신 것이다. 아버지의 교훈 덕분에 나는 화목을 매우 소중히 여긴다. 우리 5남매는 항상 서로를 위하고 힘들 때는 같이 걱정하고, 즐거울 때는 같이 기뻐하며 지내려고 노력을 한다. 특히 이런 모습을 나의 자녀들과 조카들에게 자주 보여주고 있다. 요즘은 자녀가 하나, 둘밖에 없는 가정이 많아 사람들과 소통하면서 살아가는 모습을 배우기 어렵다. 그래서 사촌들끼리 부대끼면서 사람과 사람과의 관계를 습득하고 성장하기를 간절히 바라는 마음에 온 가족 전체가 모이는 일을 자주 만든다.

　우리의 전통인 유교의 문화도 이러한 바탕에서 발전했을 것이다. 그러나 이러한 우리의 고유 풍습 또한 사회가 변모하면서 시대에 맞게 변화해야 한다고 생각한다. 나는 이러한 우리의 문화를 현실에 맞게 적용하려고 노력한다. 그중의 하나가 제사를 모시는 일이다. 아버지에게 물려받은 전통인 유교적인 풍습에 따르면 제사를 모시는 일은 조상이 살아계시던 마지막 날에 온갖 맛있는 음식을 정성스럽게 준비하여 조상께서 돌아가신 날 새벽 첫닭이 울기 전에 예를 갖추어 제사를 모시는 것이다. 그리고 온 식구가 모여 앉아 복을 부른다는 제사 음식을 음복하고 아침 해가 뜨면 동네 이웃 친지들과 제사 음식을 나누어 먹으며 정을 쌓아가는 것이 우리의 전통 유교 풍습의 의미라고 생각했다.

조모님과 조부님의 제사는 아버지를 따라 새벽 1시에 일어나 무거운 눈꺼풀을 양손으로 비비며 비몽사몽간에 전통적인 유교의 풍습대로 모셨다. 아버지께서 돌아가신 후에는 아버지의 제사 역시 전통적인 풍습에 따라 모셨는데 뭔가 이상했다. 내가 느낀 전통적인 유교 풍습의 목적은 돌아가신 분을 위한다기보다는 제사를 계기로 살아있는 일가친지들이 화목하게 교류하면서 돌아가신 분의 살아생전의 훌륭한 가르침을 다시 생각하고 교훈으로 이어받을 수 있는 기회를 만드는 계기라고 생각했다.

아버지가 돌아가시고 100일 탈상을 했다. 아버지는 할아버지가 돌아가시고 3년 탈상을 하셨다고 들었는데 솔직히 나는 3년은 자신 없고 100일만 모시려고 계획했다. 즉, 100일 동안 아버지가 살아계실 때처럼 매일 아침 점심 저녁 식사를 올리고 아버지 영정에 절을 하는 의식이다. 그런데 나의 마음속에는 살아계신 어머니가 항상 자리 잡고 있었다. 매일 상식(上食)을 올리고 영정에 예를 갖추면서도 아버지 생각은 없었다. 살아계신 어머님께 최선을 다해야지 하는 다짐을 매일 하는 나의 모습을 발견한 것이다. 그때 깨달았다. 우리 유교의 전통 풍습은 살아있는 사람을 위한 문화라는 것을.

아버지의 제사를 전통대로 돌아가신 날을 기점으로 모시

려면 토요일이 아니고는 형제 및 가까운 친지들은 참석하지 못한다. 물론 과거 농경 사회에 씨족 마을을 형성하여 살아가던 시절은 주중이건 주말이건 상관이 없지만, 이제는 사회가 변했다, 가까운 가족들이 한 도시에 사는 것도 아니고 각자의 직장과 생업을 따라 전국에 흩어져 살고 있으니 어느 해는 나 혼자 우리 아이들과 제사를 모시는 경우도 발생했다. 그래서 나는 제사의 문화를 이 시대에 맞게 변화하자고 했다. 아버지가 살아계셨던 마지막 토요일을 아버지의 제삿날로 변경한 것이다.

매년 초가 되면 올해의 아버지 제삿날을 가족 카페에 공지한다, 이렇게 변경하고는 아버지, 어머니 슬하의 자손들은 참석률이 매년 90%에 육박하고 이날은 우리 가족 모두의 축젯날이다. 토요일 밤에 제사를 모시는 관계로 직접 참석하지 못하는 미국에 있는 아들 녀석은 Zoom을 통하여 잠시나마 가족과 자리를 함께한다. 다음 주 토요일이 올해 아버지 제삿날이다. 지난 7월에 이사하고 첫 제사다. 비록 아파트에 살지만, 올해는 제사 음식을 옆집과 윗집 아랫집과 나누어 먹는 우리의 전통도 다시 복원해볼까 한다.

길게 개인적인 이야기를 했지만, 이것은 비록 가정에서만 일어나는 일이 아니다. 회사에서도 빈번하게 발생하는 일이다. 그러면 예스맨이 되어야 하느냐고 반문할 것이다. 잘사는 집의 장남이 예스맨인가. 소가 사다리를 못 올라간다고 분명히 이야기했기에 예스(Yes)맨은 아니다. 그는 노

(No)를 상대방이 공감할 수 있도록 팩트에 기반하여 이야기했고 아버지도 공감한 것이다. 그러나 가난한 집의 장남은 당연하게 소가 사다리를 못 올라간다는 것을 알고 있기에 다른 사람도 본인과 같은 생각을 하고 있을 것이라는 가정하에 소가 사다리를 못 올라간다고 이야기하였다. 우리는 많은 일을 하면서 내가 하는 생각과 상대방이 하는 생각이 같다는 가정에서 대화를 시작한다. 정말 순간의 차이이고 종이 한 장의 차이다. 심호흡 한 번 하고 대화를 시작하자. 팩트가 아닌 가정의 논쟁이 되면 소가 사다리를 올라갈 수 있나 없냐의 문제가 아니고 상대방의 논리를 반박하기 위한 대화에 더 많은 열정을 쏟는 잘못을 종종 범하게 된다.

중학교 시절, 친구의 말을 아직도 기억한다.

"오늘 생각하고 내일 말하라."

사람의 마음에 그림을 그리다

내가 다니던 중학교는 산길을 따라 6㎞를 걸어가야 한다. 나뿐만이 아니라 마을의 모든 학생은 눈이 오나 비가 오나 이 산길을 걸어 학교에 가야 했다. 앞집의 형은 둘째 누나와 동기였다. 그런데 아침마다 어머니가 차려준 밥상을 받을 때면 그때야 앞집 부엌문 여는 소리가 난다고 했다. 당연히 늦은 거다. 그래서 형은 지각하지 않으려고 6㎞의 거리를 매일 책가방을 들고 달려야 했다.

요즈음은 체벌이 엄격히 금지되어 있지만, 그 시절만 하더라도 지각을 하면 선생님에게 혼이 났다. 내가 1학년 때 담임선생님은 늦게 등교한 10명을 청소 담당자로 지정했다. 출석부에 도착하는 순서대로 이름을 적고, 뒤에서 10명은 그날의 청소 당번이 된다. 그래서 그 형은 지각하지 않기 위해 매일 아침 6㎞를 사력을 다해 달린 것이다. 형은 덕분에 굉장히 튼튼한 다리를 얻을 수 있었고 중학교에 진학해서는 교내 체육대회 마라톤 종목의 1등은 항상 형의 차지가 되었다.

나는 이 사례를 자주 예로 든다. 아침을 늦게 준비한 어머니에게 고맙다고 해야 할까. 어머니 때문에 힘들었다고 원망을 해야 할까. 물론 튼튼한 다리를 갖게 된 것은 지각하지 않으려고 노력한 형의 의지가 제일 중요하다. 그러나 만일 어머니가 아침밥을 일찍 준비해서 다른 학생처럼 친구들과 같이 이야기하면서 천천히 걸어서 등교하였다면 그렇게 튼튼한 다리를 얻었을까. 분명 아닐 것이다. 사소한 이야기이지만 일상생활에서도 이와 같은 일은 쉽게 볼 수 있다. 가장 흔하게 하는 말로 연꽃이 아름답게 보이는 것은 꽃이 아름답기도 하지만 연꽃이 뿌리를 내리고 있는 곳이 진흙뻘이기 때문에 더욱더 아름답게 보인다는 것이다.

우리는 회사에서 일하면서 수많은 난관을 만난다. 그러나 그 난관을 극복의 대상이라고 생각하고 도전하는 사람과 실패했을 때의 탈출구로, 또는 탈출구부터 먼저 찾아 놓으려고 생각하는 사람들이 있다. 직장 생활을 하면서 수많은 사람을 채용하고 헤어지기도 했다. 나는 가능하면 경력 사원보다 신입 사원의 채용을 선호한다. 경력 사원은 그 사람의 도화지 위에 그림을 그렸던 흔적이 남아 있어서다. 때로는 내가 경험해보지 못한 세상을 배울 수 있는 아주 좋은 그림이 보이기도 한다. 아마도 그래서 경력 사원을 채용할 것이다. 그러나 대부분 그 그림이 우리의 현실과 부합하지 않는 경우가 많았다. 불행하게도 그 그림을 지우고 새로운 그림을 그려야 하는 것이다. 하지만 아무리 깨끗하게 지우려고 해도 흔적은 남아 있기 마련이다. 그래서 특별한 경우가 아니면 인성이 올바른 신입 사원을 선택한다.

책임자로서 의미 있게 생각했던 일, 아무도 그리지 않은 사람의 하얀 도화지 위에 비전 있는 우리 회사의 그림을 그려주는 일이었다.

삶, 선택의 중요성

내가 하고 싶은 직업을 자동차 산업으로 선택한 것은 대학교 2학년 때인 1980년도이다. 1980년은 우리 현대사의 가슴 아픈 사건을 기록한 해였다. 5.18 광주 민주화 운동으로 모든 대학은 휴교에 들어갔다. 마침 징집을 위한 신체검사 통지서가 왔다. 신체검사는 본적지에서 시행함으로 고향으로 내려가야 했다. 학교는 휴교령으로 문을 닫았으니 오랜만에 고향 친구도 만날 겸 며칠 여유 있게 도착했다. 그런데 중·고등학교 다니는 아이들이 학교에 가지 않고 마을에서 놀고 있었다. 중·고등학교도 휴교령이 내렸나. 궁금한 생각에 아이들에게 물어보았다,

너희들 왜 학교에 가지 않고 마을에서 놀고 있니. 즉시 돌아오는 대답은 버스가 오지 않아서 학교에 갈 수 없다는 대답이었다. 사연은 이렇다, 나는 1년 365일 비가 오나 눈이 오나 6㎞의 산길을 걸어서 학교에 다녔다. 그런데 대구로 이사한 이후 새마을 운동으로 도로가 만들어졌다. 도로를 따라 버스 운행을 시작하자 마을 아이들은 편리하게 등하

교를 할 수 있게 된 것이다. 그러나 이 길은 비포장도로여서 비가 오면 운행을 하지 못하는 열악한 환경이었다. 예전에는 6㎞의 산길을 걸어서 학교에 다녔는데, 이 아이들은 걸어서는 등교를 하지 못하는구나 싶었다. 문명의 발전이 아이들 삶의 형태까지 바꾸어 버렸다는 생각에 씁쓸했다. 그 먼 길을 걸어 중학교에 다녔고 초등학교 6년 개근을 했던 나로서는 학교를 결석 한다는 것은 상상할 수 없는 일이었기에 이날의 사건은 매우 충격적이었다.

평범한 재능을 가진 나는 상을 받아본 적이 별로 없다. 그러나 지금도 아주 소중하게 생각하는 상이 하나 있다. 그것은 어머니가 만들어 주신 국민학교(초등학교) 6년 개근상이다. 초등학교 6년 개근은 내가 한 것이 아니라 어머니가 만들어 주신 것이라고 이야기해야 할 것이다. 2학년 때 어머니는 홍역을 앓고 있는 나를 등에 업고 2㎞를 걸어 학교에 가셨다. 선생님이 출석한 학생들을 확인하고 나면 나를 등에 업고 다시 집으로 돌아오셨다. 의학적으로 올바른 일이었는가 하는 부정적인 의견이 있을 것이다. 하지만 어머니는 나에게 성실함을 가르쳐 주고 싶지 않으셨을까 생각한다. 이 교훈은 내가 살아가는 평생의 밑거름이 되었다. 어머니의 이러한 가르침은 학교 졸업 후 직장 생활에까지 커다란 영향을 끼쳤다. 이렇게 교육을 받고 성장한 나로서는 버스가 운행하지 않는다고 학교를 결석하는 광경은 매우 충격적이었다.

당시, 앞으로 자동차 산업의 성장성이 엄청날 것이라는 생각이 들었다. 그 시절 우리는 경제개발 5개년 계획, 새마을 운동 등으로 국민소득 1만 불의 선진국 진입을 꿈꾸었다. 선진국이던 미국, 일본 등은 가구당 승용차가 2대, 1.5대 등의 통계적인 자료로 교육을 받았기에 우리도 선진국이 되면 대부분의 가정이 자가용을 가지는 시절이 올 것이라 예견했다. 지금의 속도로 경제 성장을 이룩하면 나도 30대 중반이 되면 자가용을 가지지 않을까 생각했다. 사실 1980년에만 해도 자가용 승용차를 보유한 가구는 매우 드문 사례였지만 말이다.

　그 당시 살았던 대구는 섬유산업이 중심인 도시였다. 옆집의 아저씨는 일거리가 있으면 출근을 해서 월급을 받아 오고 일거리가 없으면 집에서 쉬는 매우 불완전한 생활을 했다. 이러한 모습을 자주 보아온 나로서는 앞으로 계속 성장의 가능성이 큰 자동차 산업이 매우 매력적으로 보였다. 그래서 학교를 졸업하면 자동차 산업 분야에서 일해야겠다고 다짐했다. 나 자신의 성장과 생활의 안정을 위하여.

　대학교 2학년 청년, 이범수의 미래를 바라보는 전망은 아주 정확했다. 자동차 산업은 날로 성장을 하였고, 30대 초반이 되던 1992년 드디어 자가용 승용차를 갖게 되었다. 나는 이 이야기를 할 때면 농담 삼아 하는 말이 있다. 이렇게 정확하게 10년 후를 예측했는데 이러한 정확성을 가지고 타이어 수리점이라도 나의 사업을 시작했으면 엄청난 사업가가 되었을 것인데 그렇지 못한 것이 아쉽다고 말이다. 하지만 자동차 회사에 입사한 것은 성장 산업에 한 일원으로 참여하고 싶은 것과 안정적인 직장 생활을 하고자 함이 목적이었다.

안정적인 직장 생활을 목적으로 지원한 자동차 산업은 대량 생산 체제의 산업이며 기획에서 생산까지의 개발 과정과 개발 제품의 품질 및 성능을 검증하는 과정과 절차가 매우 엄격하고 높은 수준의 표준 정립이 필요한 산업이었다. APQP(Advanced Product Quality Planning)로 대표되는 자동차의 신제품 개발 절차와 기법은 자동차 산업을 떠나 일반 산업에서 일을 하게 된 나에게 매우 큰 힘이 되었다. 나는 간혹 혼자서 이런 가정을 해본다. 내가 첫 직장으로 자동차 산업 분야를 선택하지 않았다면 지금의 나는 어떤 모습일까. 결코 현재의 나의 모습과는 많이 다를 것이다. 그래서 나는 나의 능력보다 중요한 것이 내가 첫 일을 자동차 산업에서 시작한 선택이 나의 운명을 결정했다고 생각한다.

자동차 산업은 매우 엄격하고 조직적이다. 2~3만 개의 부품이 하나의 목적을 위해서 각자의 기능이 완벽하게 구현되어야 하고 다양한 사용자, 다양한 환경에서 차질 없이 실행되어야 한다. 물론 안전의 기준은 항공기가 훨씬 엄격할 것이다. 그런데 항공기 산업 분야의 전문가와 일해보니 너무 안전에 치우쳐 있어 생산성을 좀 더 세심하게 고려할 필요가 있었다. 또한 국내의 항공 산업 규모상 대량 생산에 대한 대처가 원활하지 않은 경우가 있었다. 가전제품 전문가는 양산과 시장의 변화 속도에 대해서는 매우 기민하게 대처하는데, 제품이 사람에게 미치는 안전과는 긴밀함의 정도가 자동차처럼 엄격하지는 않은 일도 있었다. 그 때문에 자동차 산업에서 배운 여러 특성은 여타 일반 산업에 적용했을 때 무리 없이 좋은 결과를 만들었다.

평범한 우리들의 삶을 다큐멘터리로 방송하는 '인간 시대'라는 프로그램이 있다. 아주 오래전에 방송한 내용인데 여전히 생생하게 기억하는 것이 있다. 시계 수리점을 하는 분의 사연이다. 시계 수리 기술이 얼마나 뛰어난지 이분이 수리한 시계의 품질은 5년 동안 보증한다고 한다. 참고로 명품 메이커에서의 신제품 품질 보증은 3년이다. 당연히 기능 올림픽에서도 아주 우수한 성적을 거두었다고 한다. 정말로 놀라운 기술이 아닐 수 없다. 그런데 문제는 아날로그 시계를 사용하는 사람이 급격히 줄어든 관계로 시계를 수리하러 오는 손님이 없다는 것이다. 그래서 이렇게 뛰어난 기술을 가진 분인데도 남대문 시장 앞 도로변 버스 토큰 판매 점포 안에서 버스 토큰 판매와 시계 수리점을 병행하고 계셨다. 당시 프로그램을 보면서 생각했다. 저분이 시계 수리가 아니고 비행기 수리를 시작했다면, 원자로 수리를 시작했다면, 자동차 수리를 시작했다면 지금 저분의 위치가 어땠을까 하고 말이다. 결코 버스 토큰 판매를 병행한 수익으로 생계의 도움을 받는 생활은 아닐 텐데. 선택의 중요함을 다시 한번 생각했다.

신뢰는 성장을 위한 초석

1983년 첫 번째 직장에서 품질 담당으로 일하고 있을 때였다. 어느 날 생산 팀 회식이 있는데, K 생산 과장이 회식에 참석하지 않고 야간 현장에서 신규 프로젝트의 샘플을 만들고 있었다. 나는 그 광경을 보고 깊은 고민에 빠졌다. 열심히 일하고 있는 저분을 존경하고 나도 저렇게 일을 해야 하는지, 무능하다고 판단하고 나는 절대 저런 사람이 되지 않도록 노력해야 하는지 말이다. 오랜 시간의 생각 끝에 후자로 결론을 내렸다. 관리자의 중요한 일 중의 하나는 이런 일이 발생하지 않도록 준비하고 기획하고 관리하는 것이다. 관리자의 임금이 통상 작업자보다 더 많은 이유다. 그런데 본분을 망각하고 최저 시급 자도 할 수 있는 작업을 비싼 임금을 받는 관리자가 대신하는 것은 회사에 엄청난 손실을 끼치는 것으로 생각했다. 그 후로 나는 이런 것을 미리 방지하도록 노력했고 나만의 관리 기준으로 삼게 되었다.

그런데 이것이 그렇게 쉬운 것만은 아니었다. 그러면 관리자는 절대 현장에서 생산에 참여해서는 안 되는가. 그것은 아니다. 나도 종종 현장에 가서 직접 작업을 해본다. 대표적인 것이 새로운 생산 공정 라인을 설치했거나 Lay out을 변경했을 때는 눈으로 보는 것보다 내가 직접 라인에 들어가서 작업을 해보면 훨씬 많은 문제점을 파악할 수가 있다. 백견(白見)이 불여일행(不如一行)이라고 했다.

도요타에서는 피크 시즌의 시장 수요에 대한 대응 전략으로 정규직, 일용직, 사무직의 현장 작업 지원을 통해 체계적으로 움직였다. 도요타의 고객 납기 신뢰에 대한 중요성을 다시 한번 엿볼 수 있는 기회였다. 당연히 시간당 임금 비용을 생각하면, 임금이 높은 고위 사무직이 단순 작업을 한다는 것은 비용적인 면만 고려한다면 현명하지 못한 일일 것이다. 그러나 도요타 원칙 중의 하나인 신뢰를 잃지 않는 것과 비교할 수 없다. 신뢰를 지키기 위한 다양한 방법이 있겠지만 무엇보다 납기에 대한 중요성을 새삼 깨우치는 계기가 되었다.

나는 모든 사업에서 제1의 원칙을 납기와 품질이라는 원칙을 유지했다. 가격은 제일의 조건이 아니라고 주장했다. 첫 번째 수주는 여러 방법으로 성공할 수 있다. 성공을 위한 헤아릴 수 없을 만큼 많은 방법이 있을 것이다. 가격, 혹은 학연·지연까지도 첫 번째 수주의 요인은 될 수가 있다. 그러나 두 번째 이후의 수주 조건은 단 하나밖에 없다. 첫 번째 공급한 제품의 납기에 대한 신뢰와 제품의 품질에 대한 신뢰일 것이다. 첫 번째 공급된 제품의 납기, 품질에 대한 신뢰가 없으면 어떤 가격, 어떤 여타 외부적인 조건이 우수하다 하여도 수주는 실패하게 된다. 그래서 이미 거래 관계가 있는 고객에 대한 관리가 가장 효율적으로 사업을 성장할 수 있는 조건이 되는 것이다. 그런데 때로는 새로운 고객, 새로운 시장에 관심을 더 많이 가지고 시간도 더 많이 투자하는 잘못을 저지르는 경우가 많다. 쉽게 말하면 집토끼가 도망가는 것은 모르고 산토끼를 잡기 위해 온 산을 헤매고 다니는 것이다. 산토끼는 온 산을 헤매도 한 마리도 못 잡을 때가 많다. 내가 가장 일하기 힘든 영업 사원은 회의 때마다 새로운 고객, 새로운 시장 계획을 발표하고 새로운 제품을 만들어 달라는 사람이었던 것 같다. 날마다 산토끼 잡을 계획만 이야기하는….

대부분의 회사 업무는 일반 상식의 범주 안에서 운영된다. 나는 공과대학에서 기계공학을 전공하였다. 학창 시절에는 인수분해, 미분 방정식, 적분 방정식과 씨름하면서 공부했다. 그러나 회사에 입사하고는 인수분해나 미분 방정식을 풀어 본 적이 없다, 그러나 이 자리까지 왔다. 회사에서는 모든 사람이 미분 방정식을 푸는 수학적 능력이 필요한 것은 아니다. 미분 방정식을 풀어내는데 소질이 있는 사람만 미분 방정식 푸는 일을 하는 것으로도 충분하다. 다만 모든 사람에게 필요한 것은 긍정적인 생각이다. 자기가 잘할 수 있는 일만 해도 회사는 발전할 수 있다는 이야기는 신입 사원에게 들려주는 단골 메뉴다.

지금, 오늘 이 순간

　직장인으로서 39년을 지나 40년을 향해 달려가고 있다. 참 오랜 시간이다. 다시 생각해도 나는 참으로 많은 복을 받은 사람이고 행운아다. 대학을 졸업하고 사회에 진출할 때 국가 경제는 고도성장의 시절이었다. 요즘 사회에 첫발을 내딛는 젊은이들과는 다르게 일자리를 찾는 것이 그리 힘들지 않았다. 또한 평화발레오와 파카하니핀이라는 위대한 기업을 만나 소신껏 일할 수 있는 기회를 부여받은 것도, 경제적으로 큰 어려움 없이 생활할 수 있던 것도 감사한 일이다. 그러나 처음부터 나의 삶이 순탄한 것은 아니었다.

　대학을 졸업하고 다른 친구들은 모두 졸업 전에 취업했는데 나만 그렇지 못했다. 두 가지 원인이었다. 하나는 학교 성적의 평점이 좋지 않았고 둘째는 중학교 1학년 때 입은 화상의 상처가 취업에 장애로 작용하는 것 같았다. 졸업식 날 학교에서 추천서를 받았다. 대구의 이현공단에 있는 자동차 부품을 제조하는 중소기업이었다. 이력서와 추천서를 들고 방문했다. 시선도 마주치지 않은 채 서류만 두고 가란다. 면접의 절차도 없었다. 느낌이 좋지 않았다. 나는 뒤돌아 나오면서 곧바로 S 은행 이현공단 지점으로 달려갔다. 가까운 친척이 이 지점의 차장으로 근무하고 있기에 지푸라기라도 잡는 심정으로 조금 전에 있었던 상황을 설명했다. 혹시 그 회사에 대하여 알고 있는지, 알고 있으면 내가 어떤 사람인지 알릴 수 있는 기회라도 만들어달라고 간청했다. 다행히 그분은 그 회사의 J 사장님과 친분이 있었다. 그 자리에서 사장님께 직접 전화를 걸어 식사 약속을 정했다. 그런데 이후, 회사에서도 친척에게도 아무런 연락이 오지 않았다. 그때서야 나는 내 목의 화상 자국이 심각하다는 것을 알게 되었다.

학창 시절에는 상처에 대해 깊이 생각하지 않았다. 몇 년 전인가, 겨울 방학 때 통영으로 통영오광대 탈춤 합숙 훈련하러 갔던 날 밤이다. 친구 해동이가 단둘이 소주 한잔하자고 해서 통영 바닷가의 대포집에 앉았다. 그때 술잔을 기울이면서 했던 이야기가 주마등처럼 스쳐 지나갔다. 그날 밤 친구는 이렇게 고백했다. 범수 너에게 사과할 것이 있다고…. 처음 서클에서 만났을 때 사실 다가가기 부담스러웠다고 화상의 흉터 때문에. 그런데 너는 전혀 그 상처를 의식하지 않고 살아가고 있어서 시간이 지날수록 미안한 생각이 들었노라고. 이제야 사과한다며 받아달라고 했다. 아, 나에게 그런 흉터가 있었나…. 크게 웃으며 친구와 나는 그날 밤 밤새 술을 마셨다.

나도 안다. 내 상처…. 다만, 고민하고 걱정한다고 해서 해결될 문제가 아니었다. 성형 수술을 해야 하는데 우리 집 형편으로는 수술 비용이 감당되지 않았다. 평소 나는 항상 목이 긴 티셔츠를 즐겨 입었다. 흉터를 감추기 위해서다. 그래서 여름보다 겨울을 좋아한다. 여름에 목폴라를 입으니 에스키모인이냐고 조롱 섞인 한마디를 던진 중학교 시절 음악 선생님의 기억은 50여 년이 지난 지금도 나의 뇌리에 선명하게 남아 있다.

　근 10여 년을 화상 흉터가 있어도 꿋꿋하게 살아온 나. 가정 형편으로 고등학교도 가지 못하고 주경야독하면서 대학을 졸업했고 돈을 벌어서 화상 흉터를 치료하겠다는 생각으로 밝게 열심히 살아왔다. 그런데 대학을 졸업하고 성인이 되어 다시 화상의 상처로 마음에 큰 상처를 받은 것이다. 일단 취업을 해서 화상 흉터부터 치료하는 것이 최우선 과제가 되었다. 남들처럼 정상적으로 대학 졸업장과 성적 증명서 가지고 면접을 보는 것은 어렵겠다는 판단이 섰다.

　대학 3학년 때인가 졸업하신 선배들이 학교로 찾아와 일하고 있는 회사를 소개하는 간담회가 있었다. 이 자리는 먼저 졸업하고 사회에 진출한 선배들이 후배들에서 사회인이 되기 위한 준비와 소속된 회사를 소개하는 자리였다. 대부분의 선배가 현대, 삼성, 포스코 등의 대기업에 근무하는 분들이었는데 유일하게 평화 클러치라는 대구에 소재한 중소기업에 근무하는 선배가 참석하셨다. 그때의 기억을 되살려 무작정 평화 클러치를 찾아가 그분이 아직 근무하고 계시는지 물었다. 안내실에서 알려 준 사무실의 문을 조심스럽게 열고 성함을 말했다. 저입니다. 누구시죠. 3학년 때 선후배 간담회 때는 생산부장의 직함을 가지고 참석하셨는데 그동안 공장장으로 승진하셨다. 자초지종을 이야기하고 도와 달라고 부탁을 했다. 선배님은 참으로 따뜻한 말씀과 함께 노력해보자고 용기를 북돋우어 주셨다. 그렇게 시간이 흘러갔다. 이후에도 몇 번을 더 찾아갔다. 그러나 연락은 없었다.

대학을 졸업했다고 해서 꼭 사무직일 필요는 없었다. 현장 생산직도 좋다. 시작만하면 나의 성실함으로 승부를 걸자는 생각이었다. 현장에서라도 일할 수 있다고 하니 선배님은 대학까지 졸업한 사람을 현장 생산직으로 채용하는 것은 사회적 도리가 아니라고 했다. 하지만 내가 대학에서 공부를 할 수 있는 기회를 가진 것은 이 사회가 투자하였기에 혜택을 본 것이다. 졸업하고도 일하지 않는 것은 더욱더 도리가 아니다. 남들과 같이 대학을 졸업한 신입 사원으로 환영받으며 일을 시작하는 것도 좋지만 나에게 있는 장애로 인하여 그러한 조건이 되지 않는다면 다른 방법으로라도 회사에 소속된 사람으로 일하고 싶다고 했다. 일을 맡겨만 준다면 나의 성실함과 능력으로 신뢰를 받아 결국 나의 능력에 걸맞은 일을 할 수 있을 것이라는 생각했다. 한편으로는 현장이든 사무직이든 회사에 입사하여 빨리 치료비를 마련하는 것이었다. 수술하여 정상적인 모습으로 돌아오는 것이 나에게는 가장 시급한 문제였다. 그러나 이것도 쉽지 않았다.

시간은 자꾸만 흘러갔다. 건설 공사장 등에서 일용직으로 일했지만 계속할 수는 없었다. 어려운 가정 형편으로 고등학교에 진학하지 못하고 학습지 배달원으로, 서점의 점원으로 일을 하는 시절에도 나에게는 항상 커다란 꿈이 있었고 그 꿈은 나에게 힘이 되었다. 그러나 지금의 나는 무엇인가. 대학까지 졸업하고 공사장에서 하루하루를 살아가는 생활은 절망이 희망보다 자꾸만 커지는 날의 연속이었다. 그래서 승부수를 던졌다. 다시 선배님을 찾아갔다. 내일부터 도시락을 싸 와 현장에서 일하겠다고 했다. 당장 월급은 생각하지 않겠다. 내가 일하는 것을 보고 결정해 달라. 도저히 고용할 가치가 없으면 계속 임금을 주지 않아도 된다. 그러면 언젠가는 나 스스로 떠나지 않겠나. 평생을 이 회사에서 무료로 일을 할 수는 없지 않은가. 내 말을 들은 선배님은 한참 동안 말이 없었다.

위대한 회사 평화 클러치와의 역사는 이렇게 시작되었다. 정말 힘든 시간이었지만 그리고 몇 사람만 알고 있는 5급 생산직 한 달의 시간을 내 인생의 훈장처럼 생각하고 있다. 직장 생활을 시작하고 매년 여름휴가 때가 되면 성형 수술을 위한 병원이 휴가지가 되었다. 지금까지 몇 번의 수술을 했는지 기억도 없다, 늘어나는 병원 차트는 어느 신생 독립 국가의 역사책만큼 두꺼워져 갔다. 나는 수술만 하면 모든 것이 정상에 가까워질 것으로 생각했으나 수술 시기가 너무 늦어 버렸다. 여러 곳의 뼈가 화상의 흉터로 당겨지면서 그 모습으로 고착된 것을 수술하고 난 후에야 알았다. 매우 아쉬웠다. 그러나 어쩔 것인가. 그 시절로 돌아갈 수도 없으니…. 그러나 진짜 걱정은 나이가 들고 피부가 노화하면 아직도 다 제거하지 못한 화상의 흉터 때문에 다른 피부에 말썽을 부리지 않을까 하는 걱정이다. 화상의 상처가 지금 겪고 있는 것 이상의 불편을 초래하는 일은 없기를 간절히 기도하며 오늘 하루도 보람차게 살아가는 중이다.

끝없는 도전, 실패 그리고 도전

평소에 마음에 새기고 있는 말이 있다. 포기하지 말자. 포기하지 않으면 언젠가는 성공한다는 믿음이다. 때로는 성공과 실패에 대한 결론이 주어진 기간이라는 변수가 있기도 하지만 대부분 시간이라는 한계가 주어지지 않은 경우가 많다. 그래서 포기하지 않으면 성공한다는 믿음이 갖게 되었다. 나는 능력 면에서는 부족하다고 생각한다. 학창 시절에는 성적도 좋지 않았고 운동, 음악, 미술 모든 부분에서 자랑할 만한 것이 없다. 그러나 내가 긍정적으로 생각하는 것은 새로운 것에 대한 도전과 쉽게 포기하지 않는 것이다. 돌이켜보면 남들보다 회사에서 많은 기회와 혜택을 받은 이유 중 하나가 새로운 것에 대한 호기심으로 두려움이 없이 꾸준히 도전했다는 것이다.

학교를 졸업한 후 첫 업무는 품질관리부서에서 시작했다. 주 업무는 자동차의 도어 잠금장치의 품질 관리 업무였다. 1차 협력사의 품질 관리 업무는 내부적인 것도 있지만 상당 부분은 대고객과의 업무였다. 그런데 내가 담당했던 제품은 회사의 주력 품목이 아니었다. 회사 전체 매출의 10%가 되지 않는 소위 말해서 전체적인 관심을 받지 못하는 품목이었다. 약간은 소외된 제품이고 경쟁사도 있었다. 그런데 경쟁사에서는 도어 잠금장치가 회사의 주력 품목으로 약 80%의 비중이었기에 때로는 감당하기 힘든 어려움을 몸소 겪어야 하는 일도 많이 있었다. 그러나 다행스러운 것은 출하 후 품질 관리까지 담당하는 관계로 나로서는 또 다른 경험과 배움의 기회였다.

약 3년 동안 품질 관리 업무를 하고는 새로운 일에 대한 욕심이 생겼다. 공장장과 면담을 통하여 새로운 업무를 하고 싶다는 의견을 전했다. 공장장은 어느 부서로 가기를 원하는지를 물었다. 설계 연구소? 나 역시 미래를 위한 가장 확실한 것은 설계 연구소에서 자기 능력을 향상시키는 것이 가장 확실한 나의 미래에 대한 보장이라고 생각했다. 그러나 대고객 업무를 하면서 체계를 잘 갖추고 있는 대기업의 시스템을 보고 느낀 것이 참 많았다. 이것을 우리 회사에 적용하여 가장 빠른 시간에 효과를 만들 수 있는 곳이 생산 부서인 것 같았다. 생산부서에 가서 일하고 싶다고 했다. 그러자 공장장은 생산부서에 가면 많은 어려움이 있을 텐데 할 수 있겠냐면서 재차 되물었다. 공장장께서 왜 그러한 걱정을 하는지 알고 있다. 내가 생산으로 간다면 도어 잠금장치 생산일 것이다. 그 작업장은 생산직 인원이 60명 정도 되는데 그중 40여 명이 30~50대 여성들이다. 20대 중반 나

이의 내가 감당하기는 어려움이 많을 것으로 생각하신 것이다. 젊어서 고생은 사서라도 한다는데 나이 들어서 하는 것보다는 젊어서 겪어보는 것이 좋지 않겠느냐며 확고한 내 생각을 말했다.

공장장은 쾌히 승낙하였고 나는 새로운 일을 경험할 수 있는 기회를 얻었다. 순탄하지는 않았지만 시행착오를 거치며 사람과 사람 사이에서 어떻게 업무를 지시해야 하는지, 어떻게 소통해야 하고 어떻게 내가 가고자 하는 전략을 이해시켜야 하는지, 어떻게 60명 이상의 동의를 얻어서 좋은 결과를 만들어야 하는지에 대한 경험을 체득했다. 많은 어려움이 있었지만, 5월에 생산 현장으로 부임해서 11월경에는 생산성을 58% 정도 향상하는 좋은 성과도 있었다.

지금도 생생한 기억인데, 하루에 한 라인에서 840개의 생산을 하고 있었다. 그런데 이 840개라는 숫자가 좀처럼 변하지 않았다. 이 숫자에 변화를 주려고 온갖 노력을 다했다. 소위 말해서 모든 낭비의 요소를 제거하기 위해 노력했다. 근무 시간 중 모델 교체 시간 줄이기, 결품으로 인한 비가동을 없애기 위한 계획수립, 품질 문제로 인한 재작업 및 비가동을 줄이기 위해 부적합품 리스트를 벽면에 기록하도록 하였다. 그런데 이것은 품질부서와의 선전포고가 되어버렸다. 품질 확인해서 조립라인에 공급된 부품인데 여기서 부적합품의 리스트를 벽면에 공공연히 기록하니 품질관리부서로서는 매우 자존심 상하는 일이었다. 그래서 품질팀장이 공정 및 외주품의 품질 담당자들을 매우 심하게 질책하였고 협력 업체에서 부품이 입고 되면 부적합품이 나올 때까지 검사해서 발견되면 부적합 반송을 시켜버렸다. 그야말로 전쟁이었다. 두어 달은 정말 지옥 같은 날들이었다. 물론 부드럽게 풀어내지 못하고 저돌적으로 앞만 보고 달려가는 나의 기질적인 문제가 있다는 것을 깨달았다.

어쨌든 생산에 따른 낭비를 제거하기 위해 많은 노력을 했다. 그러나 일일 생산량은 여전히 840개였다. 마지막 화룡점정은 마음을 움직이는 것이었다. 드디어 4개의 라인 중에 한 개의 라인에서 하루 875개(한 상자에 35개씩 포장)를 생산했다. 한 라인이 움직이자 다른 라인들도 840개 이상의 생산 실적을 기록하기 시작했다. 한편으로 또 다른 낭비의 요소가 보이기 시작했다. 결국 그해가 가기 전에 안정적으로 라인당 1330개의 생산 실적을 달성할 수 있었다. 이렇게 시작한 생산에서의 일은 순조롭게 여러 가지 경험을 할 수 있는 기회였다. 생산에서 약 3년이 되자 또 다른 일에 대한 욕심이 발동했다. 다시 공장장을 찾았다.

"또 다른 것 해보고 싶습니다."

"이젠 뭐 하려고."

"생산기술에 가서 공장 자동화를 해보고 싶습니다."

"공장 자동화는 기술이 있어야 하는데 네가 기술이 있나?"

"기술은 없지만 특별한 기술이 없어도 할 수 있는 것부터

하고 기술이 필요한 것은 배워가면서 하겠습니다. 엄마 뱃속에서 자동화 기술 배워서 나온 사람은 없지 않습니까?"

공장장은 웃으면서 가서 해보라고 승낙해 주었다. 하지만 생산기술에 가니 만만한 것이 아니었다. 이미 회사의 승진제도에 의하여 과장의 직위를 가지고 있으니 자동화 과를 만들어 주었다. 자동화와의 전체 인원은 두 명이다. 과장인 나와 입사 후 자동화 업무만 해온 3년 차인 동억 씨이다. 비록 사원이지만 3년의 경험과 뛰어난 능력으로 간단한 공기압회로, 전기회로, 기계도 스스로 설계하는 능력이 있었다. 하루는 공기압회로에 관한 결재를 올리는데 도대체 알수가 없었다. 몇 건에 사인하고 보니 마치 내가 사인만 하는 기계 같았다. 그래서 역할을 바꾸기로 했다. 내가 드래프트를 잡고 설계를 하면 함께 일하는 사원 동억 씨가 결재를 하자고 제안했다. 약 6개월 동안 기계 3대를 설계하고 나니 이젠 결재는 할 수 있을 것 같았다. 이렇게 시작한 생산기술에서의 시간이 2년쯤 지났을 때, 회사에서 공장 혁신팀을 만들어 Lay Out 및 물류에 대한 전반적인 재검토를 한다는 것이다. 혁신 활동은 변화에 적극적인 사람들이 적합할 것이다. 그리고 진취적이고 역동적이기에 젊은 사람이 적합하다고 생각할 것이다. 그러니 30대 초반의 나이에 품질, 생산, 생산기술과 같이 여러 부서의 경험을 한 사람은 회사에서 나 혼자뿐이었다. 그래서 공장 합리화 팀장으로 일을 하는 행운을 가졌다.

지금까지는 내가 다른 업무를 경험하기 위하여 회사에 요청했지만, 지금부터는 회사가 주기적으로 새로운 일을 하도록 인사명령을 하였다. 공장 합리화 팀, 클러치 커버 조립라인 설계를 위한 프랑스 아미앙 공장 파견 근무, 실린더 팀 등. 돌이켜보면 나는 너무 많은 기회를 받은 것이다. 이 수많은 경험이 모두 나의 자산이 되었고 회사는 나의 자산에 대하여 과분하게 보상해주었다. 지금까지 내가 사용한 명함의 숫자를 어렴풋이 헤아려보았다. 약 40년 동안 27번의 업무에 대한 조정 있었거나 다른 명함을 사용했다. 즉, 나는 40년 동안 27번의 새로운 경험을 만들어 나갈 수 있는 기회를 얻은 것이다. 그 일을 원만히 수행하도록 교육의 기회도 가질 수 있었고 늘어난 경험에 대한 보상도 충분히 회사로부터 받았다.

어머니의 새벽 기도

나는 항상 새벽잠을 어머니의 새벽 기도 소리를 들으면서 깨어났다. 어머니는 1년 365일 새벽 차가운 물에 목욕하고 기도를 드렸다. 대구에서 아파트로 이사 간 다음 날이었다. 바람이 많이 부는 겨울날이었는데, 새벽 목욕을 할 때 살을 에는 듯한 바람을 맞지 않아서 좋다며 즐거워하시던 모습은 아직도 뇌리에 생생하다. 이러한 어머님만의 의식은 하반신이 불편해서 혼자 거동을 하지 못하는 91살이 될 때까지 매일 계속되었다. 어머니께서는 신에게 간절히 기도하셨다. '범수, 홍수 형제간에 화목하게 지내고, 남들에게 나쁜 짓 하지 말고 손가락질 받을 일 하지 말고, 부모에게 효도하고, 하는 일이 술술 잘 풀리기를…' 이렇게 매일 새벽이면 신에게, 조상에게 빌었다. 그러면 신의 힘으로 두 아들이 성공할 것이라고 믿으신 것 같다. 그런데 지금 생각하면 신이 어머니의 기도를 들어준 것이 아니고 매일 종교의식처럼 우리 집에서만 일어나는 어머니의 새벽 머리맡 교육이었다.

어머님의 바람과는 한참 멀지만 그래도 그 말씀을 되새기면서 살아가려고 노력하고 있다. 자녀들에게도 간혹 비록 꼰대소리를 듣지만 할머니가 이렇게 기도하셨다고 간접 교육도 한다. 우리 부모님들은 자식 하나만 반듯하게 성장시켜 놓으면 장남이 노후를 책임지는 것으로 믿고 모든 것을 자식을 위하여 헌신하셨다. 최고의 노후 대책이 자식에 대한 투자인 셈이다. 그러나 세상이 너무나 급속하게 변했다. 유교 사상이 중심이 된 우리들의 생각과 풍습은 경제 발전과 함께 너무나 빠르게 변화되었다. 한 세대 동안에 이렇게 갑자기 풍습이 변하는 사례가 또 있을까. 정말 의문이다.

내가 겪은 것을 예로 들면, 아버지가 노환으로 병원에 입원을 하셨다. 1주일쯤 지나서 주치의 선생님께서 임종에 대한 마음의 준비를 하라고 하셨다. 작은아버지께 연락했다. 황급히 오신 작은아버지는 빨리 집으로 가자고 했다. 병원에서 돌아가시면 객사(客死)이니 형님을 객사시킬 수는 없다고. 유교적인 논리였다. 집으로 돌아오신 아버지는 1주일쯤 후에 온 가족이 지켜보는 가운데 임종하셨고 집에서 장례를 치렀다. 어머니가 돌아가실 때는 당연히 병원에서 임종을 하셔야 한다는 생각이 지배적이었으나 집에서 임종을 맞았고 장례는 병원에서 치렀다. 그런데 집에서 돌아가신 어머니를 병원 장례식장으로 운구하는 일이 간단한 일은 아니었다.

정말 큰 문제는 최고의 노후 대책이 자식에게 투자하는

것으로 생각하고 살아온 어르신들이다. 평생 모든 것을 자식을 위해 투자했는데 핵가족화가 되면서 노후의 생활 안정이 심각한 상황이 되었다. 농경 사회에서 산업화 사회로 변하면서 발생하는 심각한 문제 중의 하나일 것이다. 옛날 농경 사회는 대부분의 가족들이 한 마을 근거리에 거주하였으며 자녀의 수도 많아서 주된 생활은 장남과 함께하지만 여러 형제가 공동으로 돌볼 수 있는 환경이었다. 그러나 핵가족화 산업화로 가족들이 흩어져 살게 되면서 자식에게 투자한 것 이외의 노후 준비가 되지 않은 세대로서는 매우 난감한 상황이다. 반대로 부모를 직접 돌보는 자녀도 힘들고 어렵다. 그래서 많은 노인이 거동이 불편해지면 스스로 요양보호소를 찾기도 한다.

수백 년 동안 이어져 온 문화와 관습이 지극히 짧은 시간에 새로운 문화로 변화해 정착한다는 것은 쉬운 일은 아니다. 정정하게 90의 나이에도 혼자 버스를 타고 대구에서 함양 고향 집까지 다녀오시던 어머니가 어느 날 갑자기 하반신을 움직이지 못하셨다. 대, 소변도 타인의 도움이 필요한 상황이다. 정말 하늘이 무너지는 느낌이 이런 것인가. 시력도 백내장으로 나빠지기 시작했다. 주말 부부이고 한 달에 3주를 해외 출장인 나로 인하여 아내는 정부에서 지원하는 요양 보호사의 도움을 받으며 혼자 어머니를 보살폈다. 다행히 대구에 있는 누님과 동생 그리고 포항에 계신 누님이 힘들 때 잠깐씩 돌아가며 모셔주어 도움이 되었다.

주말 오후, 대구로 내려가 아침을 먹고 누님 집에서 어머니를 모시고 오는 길이었다. 승용차 뒷좌석에 앉아 계시던 어머니는 차가 출발하자 어디로 가는지 물으신다. 집으로 갑니다. 5분쯤 지나서 다시 물으신다. 오데로 가노? 집으로 갑니다. 가만히 계십시오. 5분쯤 지나 다시 묻는다, 오데로 가노? 바른대로 이야기해라. 어디로 가도, 요양원 가도 괜찮다. 집에 가니 걱정하지 말고 가만히 계십시오. 그런데 우리 집이 왜 이렇게 머노. 바른대로 이야기해라. 오데로 가도 괜찮다. 집에 갑니다. 조금만 있으면 집에 도착합니다. 길상이, 남경이도 있을 것입니다. 비산동에서 태전동까지 불과 30분도 안 걸리는 시간 동안 오데 가노, 집에 갑니다. 이 대화를 수십 번 주고받았다. 그 사이 집에 도착했다. 아파트 현관문을 열자 어머님과 친하지 않은 별이가 짖는다. 짖는 소리를 듣고는 혼잣말로 속삭인다. '강아지가 짖는 것을 보니 우리 집이 맞는 모양이네' 그리고 길상이, 남경이가 와서 인사를 하자 안심이 되었는지 피곤하다며 곧바로 잠드셨다.

　10여 년이 지난 일이지만 지금도 가끔, 오데 가노? 집에 갑니다. 이 대화가 아련하다. 앞도 보이지 않으니 불안하고 초조한 30분이 얼마나 길게 느껴졌을까. 자식을 위해 요양원에 가도 괜찮다고 표현했던 그 날을 생각하면 가슴이 아프다. 어머니는 거의 6년 동안 병상 침대 생활을 하셨고 그 6년 동안에 나는 5년을 주말 부부, 월말 부부로 살았다. 2015년 11월 온 가족이 동탄으로 이사를 했는데 집사람에게 조금이나마 도움이 되어 다행이었다. 사실 요양 보호사의 도움을 받는 시간은 하루 3시간이다. 나머지 21시간 중에 발생하는 어머니의 생리적인 문제를 집사람 혼자서 처리해야 했다. 요양 보호사가 있는 동안에 그 일을 처리하는 경우는 복권 당첨만큼이나 어렵다. 동탄으로 이사를 오고 나니 가장 좋은 것은 어머니의 생리적인 현상이 예고되면 집사람이 내게 전화를 한다. 그러면 나는 회사에서 조퇴하고 달려가서 뒤처리를 함께 할 수 있다는 것이었다.

노령화 사회에 들어서면서 가장 심각해지는 것은 노인 인구를 돌보는 일일 것이다. 어머니는 집에서 눈을 감으셨지만, 주위의 여러 가까운 분들이 요양원에서 생의 마지막을 맞이하는 사례도 많이 보았다. 어느 것이 노령화 사회를 위한 가장 합리적인 대책이고 문화일까. 나의 개인적인 생각으로는 가능하면 자식들과 많은 시간을 함께하는 것이 좋지 않을까 한다.

정부에서도 노인을 돌보는 정책을 다양하게 개발하면서 상당한 비용을 지불하고 있다고 알고 있다. 거동할 수 없는 어머니를 6년간 모시면서 내가 생각했던 것은 가능하면 자식들이 돌보는 방법을 만들고 이에 대한 뒷받침을 정부가 도와주는 것이 노인의 복지 및 국가의 비용적인 측면에서도 노인 복지를 산업화하는 것보다 좋은 정책이 될 것으로 생각했다.

골퍼 핸디와 영어

나에게는 포기하지 않으면 언젠가는 성공한다는 믿음이 있다. 그런데 오랜 세월 포기하지 않고 열심히 노력했음에도 아직 만족하지 못하는 두 가지가 있다. 골퍼 핸디와 영어 능력이다. 어느 날 같이 라운딩했던 동반자 중 한 사람이 1오버의 스코어를 기록했다. 라운딩이 끝나자 참 오랜만에 보는 스코어 카드라고 캐디도 한마디 거들었다. 라운딩이 끝나고 식사를 하면서 그분에게 조언을 구했다. 골퍼의 좋은 스코어가 노력과 타고난 소질 중에서 어느 것이 많은 영향을 받는지. 그분의 이야기는 연습이 80%이고 소질이 20% 정도로 본다고 했다. 그래서 그해 겨울에는 기록까지 세우며 3만 개의 연습 공을 치기도 했는데 아직도 백 돌이 신세를 면하지 못하고 있다. 그러나 인간관계에 좋은 도구인지를 알기에 오늘도 지인의 도시락이 되면서도 필드에 나간다. 사실 나는 나의 골프 스코어가 나쁜 원인을 알고 있다. 운동 신경이 나쁘다는 것도 잘 안다. 그러나 가장 큰 원인은 나의 조급한 성격 때문이다. 백스윙 때의 기억을 다운

스윙 때 잊어버리고 서두르는 나의 성격 탓이라는 것을. 그래서 스스로는 이번 생에 고칠 수 없는 것임을 인정하고 운동에 임하고 있다.

다음은 영어의 아쉬움이다. 내가 제일 먼저 지원했던 자리는 파카의 Asia Pacific Lean Manager 자리다. 그런데 마지막 면접에서 영어의 능력이 부족하여 그 일을 수행할 수 없을 것이라고 불합격했다. 지금까지의 영어는 주로 프랑스 사람들과 했으니 그들에게도 영어는 외국어였다. 그런데 파카는 미국회사다. 전혀 다른 영어였다. 그러나 나는 그 자리를 포기하지 않고 우회 작전을 시도했다. AP Lean manager가 아닌 새로이 인수한 회사의 품질 관리 책임자로 먼저 파카와 인연을 맺었다. 언젠가는 AP Lean manager 자리로 갈 것이라는 자신감과 함께. 그리고 드디어 Asia Pacific Lean Manager 자리로 이동을 하게 되었다. 그때 다짐했다. 내가 저 자리에 가면 한두 해 이후에는 영어로 명연설할 정도로 나의 영어가 발전할 수 있을 것이라고. 그 자리는 국내에서 일하는 시간보다 국외에서 일을 하는 시간이 더 많은 자리다. 한 달에 3주는 일본, 중국, 인도, 동남아시아 여러 나라를 다니면서 일을 해야 하니 영어를 사용하는 시간이 많아질 것이고 그러면 나의 영어에 대한 능력은 자연스럽게 향상될 것이라고 굳게 믿었다. 그러나 그것은 보기 좋게 빗나갔다.

새로운 자리로 가기 전에 회사에서는 영어 연수까지 시

켜주었다. 연수가 끝나고도 매일 아침 전화영어 수업을 게 을리하지 않았다. 2009년에 시작한 전화영어 수업은 지금 까지 하고 있지만 아직도 겨우 생활 영어 수준에서 벗어나 지 못하고 있다. 아마 이 전화영어는 앞으로도 계속할 것이 다. 향상의 목적이 아니고 현상 유지의 목적으로.

  항상 새로운 자리에 가면 더 중요하고 큰 역할을 할 수 있 는 일이 보였다, 품질을 하면서 생산도 중요하다고 생각했 고, 생산 과장이 되고 보니 생산부장이 더 큰 역할을 할 수 있는 위치였고, 생산부장이 되고 보니 공장장의 역할이 더 욱더 크고 중요한 자리였고, 공장장이 되고 보니 사장이 정 말 중요한 자리였다. 그래서 항상 더 크고 중요한 역할을 하 기 위해 도전하였다. 그 일을 하기 위해 다시 도전했는데 어 느 날부터 영어 때문에 더 이상 중요한 일에 도전하는 것은 불가능하다고 스스로 포기를 하는 모습을 보았다. 2009년 Asia Pacific Lean Manager에 도전하면서 시작한 매일 아 침 30분씩의 전화영어는 오늘도 계속되고 있지만, 아직도 나의 영어는 초보자 수준에 머물러 있다. 평생 해결 안 된다 는 말에 동의하지만 그래도 포기는 못 한다. 미 국무부에서 상당히 고위직까지 올라가신 어느 교포 이민 2세가 한국의 특파원 기자들에게 했다는 이야기가 떠오른다. 월요일에 출근하면 영어가 잘 안 된다고. 이유는 주말에 집에서 가족 들과 한국말을 하느라 영어를 사용하지 않아서라고 한다. 오늘도 내가 새벽에 영어 수업을 하는 것은 비록 퇴직하더

라도 영어는 사용할 일이 있을 것이니 초급 영어지만 잊어
버리고 싶지 않아서다. 유창한 영어에 대한 도전은 포기한
지 오래다.

화음의 조화로움, 합창

1994년 10월 상사와 함께 일본 출장 중이었다. 새롭게 시작한 사업의 기술 제휴사가 일본에 있어서다. 저녁 식사 후 동행했던 상사는 본인의 취미 활동을 보여주고 싶다고 했다. 나는 흔쾌히 승낙하고 같이 길을 나섰다. 알고 보니 남성 합창단에서 활동하고 있었다. 그가 소속된 남성 합창단이 도쿄에 소재한 남성 합창단과 교류하고 있었고 마침 그날이 일본 합창단과 정기 연습을 하는 날이었다. 처음으로 남성 합창단의 연습을 보았는데 너무나 황홀하고 아름다웠다. 이제 갓 학교를 졸업한 듯한 젊은이에서 머리가 하얗게 변한 나이가 드신 분까지 다양한 연령대의 남성 40여 명이 입 맞추어 내는 화음과 열정적으로 노래하는 모습은 아름다운 한 폭의 그림이었다.

연습이 끝나고 맥주 한 잔과 함께 온갖 세상 사는 이야기로 즐겁게 지냈다. 정말 시간이 어떻게 지나갔는지 모를 정도였다. 아, 나도 합창을 해야지. 지금은 아니지만 나이가 들고 사회적으로 가정적으로 그리고 정신적으로 시간상으로 여유가 있는 시절이 되면 꼭 해봐야겠다고 생각했다. 많은 우리 세대가 그렇게 살아왔듯이 아침 7시 전에 집을 나서면, 저녁 8시 혹은 10시에 퇴근 그리고 주말도 온전히 나만의 시간을 가지지 못했던 일상 아닌가. 당연히 매일 합창 연습에 참여한다는 것은 지나친 사치였다. 그러나 언젠가는 나에게도 여유로운 시간을 가질 수 있는 삶이 있을 것이다. 그때까지 기다리자고 스스로 다짐했다.

　2014년부터 나는 국내 사업부의 책임자로 자리를 잡았다. 이듬해는 온 가족이 동탄으로 이사를 하면서 3년의 해외 출장 생활과 10년의 주말 부부 생활도 정리되었다. 그야말로 시간적 정신적 여유를 조금씩 가지는 삶이 시작된 것이다. 이후 2016년 어느 날 지역 커뮤니티에 남성 합창단 모집 공고가 있었다. 즉시 연락처로 문자를 보냈다. 합창에 관심이 있고 나이는 50대 중반이다. 나도 함께 할 수 있는지. 그런데 돌아온 대답이 애매했다. 나이 제한은 없다. 지금 최고령 자는 50대 초반이다. 그런데 50대 중반의 분들이 몇 분 왔다가 오래 하지 못하고 떠나더라. 참 모호한 대답이었다. 오라는 것인지, 오지 말라는 것인지. 주위의 몇몇 지인에게 의논해보니 대부분이 정중한 거절인 것 같다고. 가지 말라는 의견이다. 참으로 안타까운 심정이었다. 나이가 문제가 된다면 어쩔 수가 없는 일 아닌가. 그런데 두 달 후에 다시 모집 공고가 올라왔다. 그래서 이번에는 이렇게 문자를 보냈다. 아직도 50대 초반이 최고령자이냐고. 그러자 매우 반가운 답장이 왔다. 60대 초반 분이 한 분 계신다고. 나도 즉시 다음 연습부터 참여하고 싶다고 회신했더니 흔쾌히 승낙해 주셨다.

　오선보로 작성된 악보를 보면서 노래한 것은 중학교 시절이 마지막이다. 노래방 문화가 전 국민을 가수로 만들었고 나도 나름대로 노래를 한다고 했는데 지금까지 내가 한 노래는 귀로 노래를 했지, 눈으로 노래한 것이 아니었다. 악보를 보더라도 가사만 보았지 음정과 박자를 보고 노래한 것은 아니었다. 처음 합창하는 신입 단원은 대부분 베이스1 파트에 배정된다. 역시 나도 베이스1 파트에 배정되었다. 악보를 보면서 노래를 한다는 것은 너무도 어렵지만, 합창이 좋은 점은 남들 속에서 묻어갈 수 있다는 점이다. 사실 합창에서 중요한 것 중의 하나는 나의 목소리가 드러나서는 안 된다는 점이다. 그래서 노래를 잘하는 사람 옆에서 조금 늦게 따라가도 되는 엄청난 장점이 합창에 있다.

　2016년 가을 정기 연주회가 계획되어 있었다. 그래서 아침, 저녁으로 출근하는 차 속에서 정기 연주회 레퍼토리를 정말로 수백 번도 더 들어가면서 귀로 익혔다. 그런데 아뿔싸. 합창의 곡을 소리로 들으면 테너의 목소리가 베이스의 목소리보다 먼저 들린다. 우리 같은 막 귀에는 베이스 바리톤의 소리는 잘 들리지도 않는다. 그래서 나는 소속은 베이스1이면서 노래 연습은 매일 아침, 저녁으로 테너 파트의 노래를 익히고 있었다. 정기 연주회 날이 다가오자 나도 연습한 노래에 익숙해진 것 같았다. 연습 때 자신 있게 소리를 내기 시작했다. 그러던 어느 연습 날에 호중 씨가 한마디 한다. 형님, 파트 연습 좀 하셔야겠습니다. 순간 뒤통수를 크게 한 대 맞은 기분이 들었다. 아, 내가 남의 파트 노래를 하고 있었구나. 그것은 대단히 큰 민폐였다. 그래서 그때부터 성악에 대한 개인 레슨을 받기 시작했다.

내가 음악에는 자질이 없구나. 새삼 느꼈다. 성악 레슨을 2년이나 받았지만, 아직도 눈으로 노래하지 못하고 귀로 노래를 한다. 나의 목소리가 베이스보다는 테너 파트에 적합하다는 것도 개인 레슨을 통해 알게 되었다. 2년 레슨을 하면서 솔로 연주에 대한 유혹이 찾아왔고 용감하게 2018년 정기 연주회 때는 솔로 연주를 하면서 디시는 솔로 연주에 도전하지 않겠다고 다짐했다 하지만 딸아이 결혼식을 앞두고 이번에는 강제로 솔로 연주를 해야 하는 상황이 되었다. 딸아이 결혼식 4개월 전부터 매주 첫 번째 연습곡은 딸아이를 위한 결혼식 축가곡이다. 지휘자님은 불안하셨는지 결혼식 한 달 전부터 매주 토요일에 우리 집에 오셔서 개인 레슨을 해주셨다. 덕분에 크게 창피는 당하지 않고 뜻깊은 딸아이의 결혼식을 만들 수 있었다.

나는 합창을 통하여 나의 삶을 즐기면서 또 다른 배움을 얻는다. 나 개인보다는 단체가 먼저라는 의식이 자연스럽게 몸에 배어든다. 합창은 내가 노래를 잘하는 것보다 전체가 하나가 되어 좋은 화음을 만들어내는 것이 중요하다. 아니 내 목소리가 드러나면 안 되고 나의 목소리가 전체에 녹아들어야 한다. 그래서 간혹 생각한다. 세상 모든 사람들이 합창을 한다면 서로를 배려하는 아름다운 사회가 될 것이라고.

프랑스에서는 초등학교의 정규 교과 과목에 합창이 필수 과목이라는 기사를 읽었다. 정말 좋은 교육 프로그램이라고 생각한다. 갈수록 개인화되고 나만이 옳다고 하는 주장이 온 매스컴을 뒤덮고 있다. 걱정스럽게도 평범한 국민까지 진영 논리를 따라 갈라지는 이 시대에 전 국민 합창단이 해결의 방법이 될지도 모른다는 허황된 꿈을 꾸어본다.

Mr. René BILLET

누구나 살아가는 동안 잊지 못할 감사한 사람이 있을 것이다. 나에게는 Valeo Transmission Group Technical vice president Mr. René BILLE이다. 일을 하면서 나에게 사고의 깊이에 대한 능력을 개발하여 주신 분이다. 이분을 만나기 전까지 업무에 대한 경험의 폭은 비교적 많이 넓혀 놓았다.

품질부서에서 시작하여 생산부서, 생산 기술부서 그리고 공장 합리화 팀까지. 품질 3년, 생산 3년, 생산기술 2년 공장 합리화 팀 2년 비교적 적당한 시간으로 나름 실질적인 경험을 몸소 30대 초반에 체험할 수 있는 시간이었다. 이러한 경험을 바탕으로 나에게 찾아온 기회는 프랑스 아미앙 공장에 파견되어 한국 공장에서 운영할 조립라인을 설계하는 일이었다. 이 프로젝트는 6개월의 계획 기간을 가지고 있어 1991년 10월 가족과 함께 프랑스로 떠났다. 먼저 프랑스와 이탈리아 공장의 조립라인을 먼저 공부하고 그중에서 아미앙 공장에 있는 최근에 운영을 시작한 라인을 모델라인으로 삼아서 설계 작업을 시작했다.

먼저 목표로, 아미앙 공장의 모델 라인보다 생산 Cycle time은 1초 적게. 투자비는 50% 적게, 면적은 50% 적게, 양산 시작 후 6개월 가동 효율은 70% 이상, 모델교체 10분 이내의 목표를 설정하였다. 어떻게 이것을 달성하겠다는 생각은 없었다. 나 혼자 선언적 목표를 수립한 것이다. 아미앙 공장은 직접 작업자는 한 사람도 없는 자동화 라인이고 사람은 부품 공급과 문제 발생 시 해결만 담당하고 있었다. 그런데 가동 효율이 조업 시간 대비 50%가 되지 않았다. 이유는 전자동 조립라인으로 최신의 기술을 접목시켜 놓았는데 이 공정의 대부분이 조그마한 리벳이나 판 스프링 공급 공정이었다. 그래서 문제가 발생이 되면 쉽게 해결되지 않고 때로는 외부 기술자의 도움을 받아야 하기에 라인의 정지 시간이 제대로 관리되지 않았다. 부품의 산포로 인한 기계나 로봇에 의한 조립 트러블로 라인의 효율은 매우 저조했다. 그리고 이 공정들에 대한 설비 비용 투자비가 매우 큰 부분을 차지하고 있었다. 그래서 나는 문제가 심각한 3개의 공정을 사람이 조립하도록 설계하였고 3개의 컨베어를 2개로 줄이므로 공간과 모델 교체 시간을 크게 줄일 수 있었다. Cycle time은 모델교체 자동화를 위하여 하나의 노즐로 두 곳에 그리스를 공급하니 시간이 많이 소요되었다. 이것도 자동화를 포기하고 두 개의 노즐을 설치해 Cycle Time을 크게 줄일 수 있었다.

아이디어는 있지만, 이것을 어떻게 차질 없이 실행하느냐는 것은 나에게 매우 큰 과제였다. 고도의 기술이 필요하고 큰 규모의 프로젝트를 수행하여 본 경험이 없는 나로서는 쉽지 않은 일이었다. 그런데 나의 경험 부족을 완벽하게 보완하고 나로 하여금 정말로 깊이 있게 일하는 경험을 만들어 주신 분이 Mr. René BILLE이다. 그분의 사무실은 그룹 본사가 있는 파리에 있는데 매주 목요일이면 나에게 개인지도를 하기 위해 아미앙 공장을 방문하셨다. 목요일 오전 10시면 아미앙 공장에 도착하여 생산기술 팀장을 대동하고 나의 사무실로 오신다. 그러면 지난주 숙제에 대한 보고가 오전 내내 이루어진다. 점심 식사 후에는 지난주에 나간 진도에 대한 보고를 하면, 두 분은 너무나 날카로운 질문을 던진다. 그러면 50%는 대답을 하고 50%는 다음 주 숙제로 넘어간다. 이러한 지도는 6개월 내내 거의 빠짐없이 이루어졌다. 그리고 마지막 날, 수고했다며 설비 발주를 주고 한국에 설치 일정 잡으라고 하셨다.

그동안 이렇게 많은 경험을 가진 분들로부터 개인지도를 받은 적이 없다. 그때의 6개월은 평생을 두고 프로젝트 관리 및 완성도를 높이는 능력을 향상시켜 주었다. 대부분의 설비를 릴(Lille)에 소재한 ECOMA라는 회사에 발주를 하고 한국에 선적하기 전, 약 2달간 시 운전을 했다. 시 운전 때 릴까지 오셔서 2층에서 시 운전 중인 라인을 보면서 저 라인은 너의 둘째 아들이라는 말씀은 아직도 잊혀지지 않는다. 이뿐만이 아니라 프랑스에 출장을 가면 간혹 집에 초

대하여 식사를 같이 하면서 엔지니어가 가야할 길, 매니저가 가야할 길 그리고 본인이 걸어온 길에 대한 경험을 들려주면서 응원해 주셨다. 그런데 평화 Valeo를 떠나고는 그분과 다시 만날 수는 없었다. 가끔 Valeo 동료들을 만나면 그분의 안부를 물었는데 16 년 전에 뇌종양으로 돌아가셨다는 안타까운 소식을 들었다. 올 8월에는 20년 만에 프랑스에 가보고자 한다. 비록 오랜 시간이 지났지만 그 분의 무덤에 꽃이라도 한 송이 올릴 수 있는 기회를 가질 수 있기를 간절히 기원해본다.

나의 참스승

　내일이 스승의 날이다. 이때만 되면 항상 생각나는 한 분이 계신다. 우리가 5학년 때 담임 선생님이셨던 고 백판출 선생님이시다. 오로지 우리 만을 위하여 헌신하셨던 선생님. 교실이 모자라 콩나물시루같이 한 교실에 100명을 모아두고 공부하던 시절이나. 한평생 평교사로 참 스승의 길을 걸으셨던 백판출 선생님.

　나에게는 절대 잊히지 않는 몇 가지 생생한 기억이 있다. 스승의 날이면 사탕을 사다가 우리에게 나누어 주신 선생님이시다. 나는 스승의 날은 그렇게 하는 것이 당연한 줄 알았다. 그런데 중학교 때 대구로 전학을 오니 스승의 날 선물한다고 반장이 돈을 거두길래 이상했다. 스승의 날 선생님이 학생에게 선물하는 것으로 알고 있던 내가 잘못 알았던 것이다.

　일년내내 백 명의 학생 전부에게 사비로 일일 학습지를 지급하고 공부시키시던 선생님. 그때는 그것이 선생님의 사비로 제공되는 것 인 줄을 몰랐다, 오히려 그 숙제하는 시간이 지겨워 죽는 줄 알았다. 특히 여름 방학 겨울방학 시험지 풀이가 너무 하기 싫었다. 분기별로 학습지로 시험을 치고 성적 우수자에게는 사비로 상품도 주셨다. 훗날 대구로 이사 와서 가정 형편이 어려워 학습지 배달원을 하면서5학년 때 백 판출 선생님이 제공하신 학습지가 선생님 사비였을 것이라는 것을 알게 되었다.

1학기 종업식을 며칠 남겨두고 젊은 선생님 두 분이 대화하시는 것을 들었다. 백판출 선생님 때문에 종업식을 일정대로 할 수 있을까 걱정을 했다. 이유는 백판출 선생님이 대충하지 않고, 지금까지 시험 치른 모든 것을 반영하여 성적표를 매매기느라고 항상 늦으셔서 걱정이라고 했다.

나도 나이가 장년이 되고서야 깨우친 사실이지만 참 스승의 길을 걸으신 선생님. 성공한 제자가 있었더라면, 뜻을 아는 제자가 있었더라면, 평생 참 스승의 길을 걸으신 선생님의 업적을 널리 알리고 기념비라도 세우건만.

지금이라도 방법이 없을까? 친구들아, 내년 동창회 때는 선생님의 산소라도 가서 술이라도 한잔 올리자. 존경하는 백판출 선생님, 선생님의 숭고한 제자 사랑의 덕분에 저희들은 오늘도 열심히 살아가고 있습니다. 이젠 모두 다 어엿한 중년이기에 시회적으로 가정적으로 열심히 살아가고 있습니다. 비록 몇몇 친구들은 먼저 선생님 곁으로 떠났지만. 이 못난 제자가 선생님의 제자 백 명 중 연락이 되는 사람이라도 모이는 인터넷 카페에라도 한자 적어 두고 잊지 않겠습니다.

　선생님 하늘나라에서 편히 쉬십시오. 먼저 선생님 곁으로 떠난 상현이, 영진이, 중고…. 보시거든 또 선생님께서 사탕 주지 마시고 그놈들 보고 술이나 한잔 사라고 하십시오. 이젠 저희도 철이 들었습니다. 감사합니다.

　선생님의 뜻이 헛되지 않게 열심히, 착하게 살아가겠습니다.

　백 판출 선생님…. 사랑합니다.

　스승의 날을 앞두고 동도 초등학교 23회 이범수 올림.

PART Ⅱ

TPS와의 만남

토요타 연수를 가다

1996년 8월 토요타 나고야 공장에 1주일간 연수 견학을 할 수 있는 기회가 있었다. 1994년 2월 인수한 신규 사업 생산량이 고객 수요의 절대량에 부족한 납기 문제는 안정이 되었고 생산성과 관리의 효율화를 고민하던 나에게는 좋은 기회였다. 돌이켜보면 1994년 1년은 나의 직장 생활 중에서도 잊을 수 없는 한 해였다.

계열사에서 하던 사업을 내가 근무하던 사업장으로 이전하는데 생산 능력이 절대 부족했다. 계열사이지만 내가 근무하던 사업장은 프랑스 Valeo사와 50:50 합작 회사로 매각 협상 기간이 꽤 오래 걸린 것 같다. 1992년 프랑스에 상주하면서 실행한 프로젝트를 마치고 돌아올 즈음에 파리 본사의 부사장 사무실에서 이 제품의 도면을 보았다. 그때이 사업의 매각 검토가 진행된 것으로 예상되는데 내가 이사업의 책임자가 될 줄 누가 알았을까. 당시에 나누었던 대화가 떠오른다. 이 제품은 Valeo에서 생산할 것이어서 검토 중이라고. 그때부터 협상이 시작되었더라도 2년은 더 걸린 것이다. 그 당시만 해도 날로 수요가 증가하는 자동차 산업에서 2년 이상의 기간 동안 생산량 증설에 대한 투자의 제약을 받았을 것이니 실무자들이 받은 고통은 가히 상상조차 할 수 없다.

100여 대가 넘는 설비를 이설하는 007 작전이 벌어졌다. 확보된 재고는 고객사의 1.5일 소요량이었다. 작전은 1994년 구정 휴가를 기해서 실시되었다. 법정 구정 휴일이 수, 목, 금이고 토요일 일요일이 있어서 2일이라는 기간이 더 있었다. 다행히 공무부서의 뛰어난 작전 수행 능력으로 토요일까지 모든 설비의 설치를 마무리했다. 일요일에는 생산 현장의 책임자들이 출근하여 시제품 생산을 마치고, 월요일 아침 모든 작업자가 출근 즉시 각자의 공정에 들어가 커다란 문제 없이 생산 활동에 임할 수 있었다. 근 30년이 다 되어 가는 지금도 그날 아침을 생각하면 긴장감이 밀려온다.

고난의 행군은 그때부터 시작되었다. 절대 생산 능력이 부족하니 1분 1초라도 절약하기 위해 작업자들이 식사하는 시간에는 사무실 근무자들이 생산 설비를 가동해 하루하루의 결품을 막았다. 그러던 어느 날 출근해서 야간작업 결과를 점검하는데 야간작업에 200개를 생산하기로 계획했던 공정에서 5개를 생산했다. 눈앞이 캄캄했다. 작업 일보를 보니 절삭 공구 5개가 파손되었다. 설비의 잔존가를 확인하니 50만 원 남짓했다. 즉, 1주일 전에 50만 원에 인수한 설비였다. 그런데 이 기계가 30만 원짜리 공구를 하룻밤에 5개나 파손하다니. 밤새도록 공구 교환하느라 고생했을 작업자를 생각하니 가슴이 짠했다. 그러나 결품은 현실이다. 사무실로 돌아와 설비 대리점에 전화를 걸었다. 텝핑센터 재고 있습니까. 네 지금, 공장에 있습니다. 바로 한 대 가지고 오이소. 그리고는 품의서를 작성해 부사장님 방으로 올라가 결재를 받았다. 사전 결재 없이 설비를 요청한 사실에 대해 믿고 맡겨주신 발리베 부사장님, 김상태 사장님께 항상 감사하는 마음은 지금도 잊을 수 없다.

새로운 설비로 바꾸고 나니 하룻밤에 300개가 생산되었다. 이렇게 하나하나 부족한 생산량을 극복해 나갔다. 생산량이 부족하면 작업자의 관리도 덩달아 어려워진다. 사업을 인수하면서 개성 강한 어르신 65분이 함께 오셨다. 얼마나 개성들이 강한지 단체 회식을 한번 하려고 해도 메뉴 결정하고 식당 정하는데 2주가 걸린다. 나는 소고기를 좋아하지 않아요. 나는 돼지고기를 못 먹어요. 나는 닭고기가 싫어요. 나는 해산물은 안 먹어요. 나는 이 날은 안 돼요, 나는 저 날은 안 돼요. 회식 한 번 하는 것도 얼마나 어렵던지. 옛날 일이지만 지금 생각해도 웃음이 절로 나온다. 그렇게 개성 강하던 종민이, 현식이, 현수, 종환이…. 지금은 어디서 무엇을 하고 있는지 보고 싶다. 힘든 시간이었지만 나 자신으로서는 많은 경험과 성장을 이룩한 시기였다. 시간의 힘을 빌리고 투자의 힘을 빌려서 1994년이 가기 전에 하루살이 결품 인생에서 벗어날 수 있었다. 이 과정에서 65명의 식구들과 시작했지만 안정적으로 고객의 수요가 충족되면서 식구는 36명으로 줄어들었다. 우리의 곁을 떠난 친구들은 대부분 다른 사업부의 증설로 이전하였고 회사를 떠난 사람은 없었던 것이 그나마 다행이었다.

이러한 시절을 이겨내고 어떻게 하면 좀 더 좋은 시스템으로 생산 활동을 할 수 있을까 생각하던 중 토요타 자동차 연수라는 기회가 찾아온 것이다. 1983년 직장 생활을 시작할 때부터 귀에 딱지가 앉도록 들어온 토요타 생산 시스템, 칸반 방식, 3정 5S, 평균화 등. 일상적인 용어가 되었지만 모두 단편적으로만 알고 있던 나에게는 너무나 큰 기회였다. 토요타는 개선을 위해 마른 수건도 짠다. 도요타는 돈이 많아서 은행에 돈을 빌려준다는 이야기까지 들었다. 지금은 IMF 위기 리먼 사태를 거치면서 현재는 우리나라 기업들의 재무 상태가 매우 건전해졌지만, 그때만 하더라도 부채비율이 상당히 높은 회사들이 보편적이었던 시절이었다. 회사가 얼마나 돈이 많으면 은행에 돈을 빌려줄까. 일부 호사가들의 입방아에 오르는 이야기로만 생각했다.

토요타 연수 첫날, 나가시마 중역의 특강에서 놀라운 사실 두 가지를 알게 되었다. 토요타 사업 중에서 부가가치가 있는 일은 27%에 불과하고 나머지 73%는 부가가치가 없는 행위라는 것이다. 이 73%는 낭비이니 개선의 대상이다. 물론 부가가치가 없는 73% 모두 없앨 수는 없다. 이것은 제거해도 생산 활동에 아무런 영향을 주지 않는 동작과 완전하게 제거하지 못하는 동작으로 구분한다, 나가시마 중역은 강의 중에 양쪽 바지 호주머니에서 담배와 라이터를 꺼내 담배 피우는 시연으로 낭비의 정의를 설명했다. 즉, 담배를 피우는 행위에서 부가가치가 있는 행위는 입으로 담배를 흡입하여 연기가 입안으로 들어가는 순간이고 나머지의 모든 행위는 직접적인 부가가치가 없는 행위로 설명했다. 담배를 호주머니에서 꺼내고 라이터를 꺼내 불을 붙이는 모든 행위는 부가가치 창출을 위한 준비이고 보조의 행위이지 직접적인 부가가치가 있는 행위는 아니다. 그러면서 나가시마 중역은 담배 피우는 이 동작에서 100개 이상의 부가가치가 없는 동작을 구분할 수 있다고 했다.

그날 이후 두 가지 생각이 들었다, 내가 호주머니에서 담배와 라이터를 꺼내서 담배 피우는 동작에서 100개 이상의 낭비를 정의할 수 있다면 내가 일하는 회사도 도요타와 같은 효율을 만들 수 있을 것이다. 다른 하나는 27%의 부가가치가 있는 동작을 더 빨리하도록 하는 노력보다는 73%를 어떻게 줄일까 하는 부분이다. 부가가치가 있는 동작을 10% 개선하더라도 3%의 효율 향상이 안 되지만 비 부가가치 행위를 5%만 줄여도 3% 이상의 효율이 향상된다. 또한 부가가치 있는 행위를 더 빠르게 하는 것은 때로는 정말 어렵고 비용도 많이 들 수 있다. 그러나 부가가치가 없는 행위를 5% 줄이는 것은 나의 경험상 더 효율적인 경우가 많았다. 그래서 더 빨리가 아닌 낭비를 보는 눈을 키우려는 노력을 오늘날까지 하고 있다. 한 가지 더 충격적인 사실은 토요타가 왜 은행에 돈을 보관하는 것인가에 대한 이유를 설명하는 나가시마 중역의 말이었다. 토요타는 은행에 돈을 빌려준다는 호사가들과 같은 생각을 가진 나 자신에게 부끄럽고 토요타의 경영철학에 숙연해졌다.

경기는 항상 호경기와 불경기가 반복된다. 토요타의 기업 경영철학 중 중요한 두 가지가 있다. 하나는 신뢰를 잃지 않는 것이고 하나는 기업의 영속성이다. 기업은 언제 불황이 닥쳐올지 모른다. 전쟁이 난다면 차는 한 대도 팔리지 않을 것이다. 지진으로 온 나라가 폐허가 돼도 당연히 차는 안 팔릴 것이다. 때문에 평소 이러한 생각을 항상 하고 있다고 했다. 아울러 호황 때에는 누구나 수익을 낼 수 있고 기업도 살아남을 수 있다, 그러나 불황기에는 어떻게든 스스로 살아남아야 한다. 살아남으면 언젠가는 호경기가 다시 오기 때문에 결국 기업은 죽지 않는다. 그러면 불황에 어떻게 살아남을 것인가. 불황에 살아남기 위한 경영이 도요타 생산 시스템의 기초라고 했다.

97년 IMF를 경험한 나로서는 뼈저리게 이 부분을 경험했다. 다행히 내가 근무하던 회사는 매출의 30%가 수출이었다, 높아진 달러화의 가치 때문에 회사의 이익이 증가하였고 국내의 매출도 감소되지 않았다. 그러나 크게 영향을 받은 금융 업종에서 많은 은행이 역사 속으로 사라졌다, 경쟁사들이 없어진 시장에서 살아남은 은행은 2000년도의 사업 실적이 너무나 좋아서 특별 상여금을 900% 1,000% 지급한다는 소식을 언론을 통해 들었다. 살아남은 K 은행, S 은행이다. J 은행, S 은행은 역사 속으로 사라졌다. 결국 토요타는 불행한 사태로 자동차가 팔리지 않으면 만들지 말아야 한다. 자동차가 팔리지 않으면 자재를 구매하지 않아야 한다. 그렇지만 자동차가 팔리는 것을 예상하고 이미 자재를 발주했다면 이것은 받아 줘야 한다. 왜냐하면 신뢰가 토요타의 중요한 자산이니까. 그래서 차가 팔리지 않으면 만들지 않고 만들지 않으면 자재 발주를 중단하기 위해 개발한 기법이 Pull production이고, Just in time이고 이를 실행하기 위하여 고안한 방법이 칸반이라고 했다.

제조공장을 운영하는데 기본적인 요소인 4M. 재료 (material), 방법(method), 기계(machine), 사람(man). 도요타의 제조 원가에 가장 큰 비중을 차지하는 재료다. 불필요한 비용이 발생하는 것을 가장 신속하게 가장 효율적으로 실행하기 위해 고안한 방법이 칸반에 의한 발주와 관리다. 칸판은 불확실한 미래를 예측하여 자재를 발주하던 시스템에서 실제 사용한 만큼만 발주하여 상황의 변경으로 인한 불필요한 재고를 만들지 않는 최적의 도구이다. 그리고 부채로 인한 미래의 불확실을 제거하기 위하여 모든 비용은 현금으로 지불한다. 자재, 설비, 연구비 등을 현금으로 지불하면 모르는 미래에 지불 해야 할 부담이 없기에 회사의 연속성은 좀 더 안전하게 보장받을 수 있는 것이다. 4M의 한 요소인 사람은 회사의 가장 소중한 자산이기에 다음 호황 때를 대비하여 보호해야 한다. 그래서 불황기에 회사가 영업활동으로 수익을 내지 못할 때도 인적 자산을 보호하기 위하여 지불할 임금에 대한 비용을 은행에 예치해두고 있다는 것이다. 즉, 토요타가 은행에 돈을 예치한 것은 돈이 많아서가 아니라 불황을 대비하고 기업의 영속성을 위한 처절한 몸부림이다. 그런데 여느 호사가들과 같이 토요타를 부자 회사로만 치부한 나 자신이 참으로 부끄러웠다.

　이 주제를 가지고 아시아 여러 나라에서 강의할 때 질문을 던져보았다. 토요타의 철학을 소개하고 불황을 이기기 위해 불황이 오면 4M 중에서 어느 것을 줄여야 회사의 재정적인 안전성에 효과가 크며 어느 것을 가장 쉽게 줄일 수가 있는가? 어느 것을 제일 먼저 줄여야 하는가? 재미있는 것은 나라마다 대답이 달랐다. 거의 100% 재료라는 답은 놀랍게도 인도에서 나왔다. 인도에서 교육하면서 이 질문을 던졌을 때 재료 외의 대답을 들은 기억이 없다. 한국에서는 같은 질문을 했을 때 99%가량이 사람이라는 대답했다. 아쉽게도 한국에서는 재료라는 대답을 들은 기억이 별로 없다. 아마도 그 대답의 비율이 낮아서일 것이다. 중국은 50:50으로 나누어진 대답이 나왔다. 다시 토요타의 이야기로 넘어가면 언제 어떻게 닥쳐올지 모르는 불경기를 이겨내고 기업의 신뢰를 지키기 위해 토요타는 그들만의 생산

방식을 개발했고 끝없이 낭비를 제거하는 노력을 기울였다
는 사실이다.

1996년 8월은 나에게 커다란 이정표를 만들어 준 시간이
었다. 그로 인해 1996년 8월 이전과 이후로 내 삶은 나누어
졌다고 볼 수 있다. 낭비를 줄이는 일은 영원히 사라지지 않
을 것이고 나의 회사는 영원히 살아남아야 한다.

인도 이야기

North Asia Pacific lean manager로 일을 시작한 지 1년 반이 지났다. 어느 날 AP Group 사장의 전화를 받았다. South Asia Pacific Lean Manager를 하던 친구가 호주의 Country supply chain manager로 이직하기로 했다고. 그래서 내가 Asia Pacific 전체를 담당할 것을 권했다. 당연히 나는 동의 했다. 부족한 사람에게 더 많은 역할을 주어서 감사하다는 인사와 함께.

인수인계를 받으러 인도를 방문했다. 신축 중인 체나이 공장을 방문하고 기절할 뻔한 일을 목격했다. 신축한 공장은 깨끗하게 페인트가 칠해져 있었다. 그런데 한 작업자가 접지선을 깨끗한 기둥에 대고 용접을 하고 있었다. 기둥에 시커멓게 용접 자국을 만들고도 아무렇지 않게 생각하는 사람들을 보고 어떻게 해야 할지 정말 눈앞이 캄캄했다. 개선 활동을 하면서 가장 어려운 것은 사람의 마음을 움직이는 것이다. 변화를 즐기는 나 같은 사람은 그리 많지 않다. 사람들은 변화를 싫어한다.

교육할 때 자주 하는 활동이 있다. 양손 깍지를 껴 보라고 한다. 사람은 항상 일정하게 깍지를 낀다. 태생적으로 왼손 잡이인 나는, 왼손 엄지손가락이 오른손 엄지손가락 위에 항상 온다. 오른손잡이 대부분은 오른손 엄지손가락이 위에 온다. 그러면 다르게 깍지를 끼어보라고 한다. 왼손 엄지가 제일 위에 있는 사람은 오른손 엄지가 제일 위에 오도록, 오른손 엄지가 제일 위에 있는 사람은 왼손 엄지가 제일 위에 오도록 바꾸어 보라고 요청하고 어떤지 물어보면 모두 다 어색하다고 한다.

호텔로 돌아와 깊은 고뇌에 빠졌다. 어떻게 변화시킬 것인가. 아니 이건 단순한 공장의 프로세스를 바꾸는 일이 아니고 이 사람들의 생각을 바꾸는 과제다. 그런데 문제는 이 나라를 영국이 150년간 지배했었다는 사실이다. 영국의 식민지 또는 영국이 지배했던 나라를 한번 보자. 선진국 아닌 나라가 어디 있는가. 잘 살지 못하는 나라가 어디 있는가. 인도를 제외하고 캐나다, 호주, 뉴질랜드, Asia Pacific 본부 사무실이 있는 홍콩까지. 제일 처음 홍콩을 방문했을 때 100년 만에 이렇게 바꾸어서 돌려준다면 우리도 나라 일부를 영국에 부탁하고 싶은 심정이 솔직히 들었다. 그런데 이런 영국이 150년을 지배해도 변하지 않은 이 나라의 사람들을 일개 Asia Pacific Lean manager인 내가 어떻게 변화를 시킨다는 말인가. 걱정이 엄습했다.

그러나 나는 내게 주어진 임무를 수행해야 한다. 나에게 주어진 임무는 모델 공장 후보자로 등록된 공장을 모델 공장이 될 때까지 개선 업무를 지원하고 신축 중인 공장의 Lay Out 검토 등을 지원해서 차질 없이 정해진 일정에 생산이 될 수 있도록 하는 것이다. 그런데 우연히 인도인들의 확실한 장점 하나를 발견했다.

토요타 철학 중 하나가 어떠한 불경기가 와도 회사는 살아남아야 하고 어떤 비즈니스 관계의 사람 혹은 회사와도 신뢰를 잃으면 안 된다는 것이다. 오늘 밤에 어떤 불의의 사고로 내일부터 차가 팔리지 않을 수도 있으며 언제 경기가 회복될지 아무도 모른다. 호경기 때는 모두가 살아남지만, 불경기가 오면 하나둘씩 회사가 문을 닫을 것이다. 그러나 경기는 주기적으로 변하므로 불경기를 지나면 호경기를 맞이할 것이다. 토요타의 경영 원칙 중 하나는 어떤 불경기가 닥쳐오더라도 끝까지 살아남는 것이다. 결국 나약한 경쟁자들은 문을 닫고, 닥쳐오는 호경기에 토요타는 더욱더 많은 수익을 누릴 수가 있는 것이다. 그래서 토요타는 모든 자재와 설비 등의 투자는 현금으로 결제한다. 위기와 재난은 언제 올지 모르기에 외상 결제 대금이 회사를 어려운 지경으로 만들 가능성을 최소화하는 것이다. 또한 신뢰가 중요하기에 이미 발주한 재료는 반드시 받아야 한다는 원칙이다. 그래서 재난으로 차가 팔리지 않으면 만들지 않고 만들지 않으면 자재를 사용하지 않고 사용하지 않으면 발주하지 않는 시스템을 만들고자 사용한 기법이 칸반이다. 제조업을 운영하는 데는 4M이 필요하다. 사람(Man), 설비(machine), 방법(Method), 자재(Material)다. 불황이 닥쳐오면 4M 중 어느 것을 가장 먼저 줄여야 하는지, 줄였을 때 불황을 타개하는 데 얼마나 도움이 되는지를 나는 강의 때마다 질문한다. 많은 나라에서 해보지는 않았지만 인도에서는 100% 자재라는 말을 들었고, 한국에서는 99%가 사람이라는 대답을 했으며, 중국과 일본은 사람과 자재가 50%라는 대답을 했다.

　줄여야 할 것이 100% 자재라는 답은 작은 감동이었다. 나는 교육 중에 많은 질문을 던진다. 가장 정확한 답이 나오는 나라는 인도였다. 그리고 모든 대답은 항상 긍정적이다. 호텔 종사자들을 바라보면서 인도에서 어떻게 일을 진행할까에 대한 힌트를 얻었다. 주로 투숙하는 호텔이 글로벌 체인을 가지고 있는 호텔이어서인지 각 도시의 호텔 종업원 근무 상황을 비교해보면 같다는 것을 알 수 있다. A라는 글로벌 체인의 토쿄, 상하이, 서울, 시카고의 서비스는 같다. 나는 여기서 각 개인을 일대일로 훈련을 시키고 변화를 만들어 보자고 생각했다.

　내가 만난 대부분의 인도인은 긍정적이다, 어떤 일을 계획하는데 부정적인 의견으로 논쟁하는 경우는 거의 경험하지 못했다. 그러나 한가지 걱정은 대답은 잘하는데 실행력은 조금 아쉬웠다. 그래서 나는 상위 탑 매니저들보다는 현장에서 실무자들과 거의 모든 시간을 같이 보냈다. 내가 직접 세부적인 계획수립에 참여하고 확인과 검토를 좀 더 짧은 주기로 실기하였다. 근 1년 매월 인도를 방문했고 돌아와서도 매주 전화회의를 통해 확인하고 격려했다. 이런 노력의 덕분인지 글로벌로 3번째의 모델 사이트 인증서를 인도가 받는 영광을 함께 했다.

해보고 나서 생각하자

1990년대 중반 공장 혁신 컨설팅을 받았다. 5~6명의 팀이 2박 3일 정도의 일정으로 하나의 생산라인 혹은 구역을 정하여 개선하고, 즉시 실천하는 것이 목적이다. 2박 3일간의 활동을 마치고 발표하는 시간이었다. 팀별 개선 사례 발표에 앞서 구호를 외치는데 구호가, 해보자! 해보자! 해보고 나서 생각하자! 였다. 당시 생산기술에서 설비 투자와 공정 자동화를 하고 있던 나로서는 깜짝 놀랄 구호였다. 아니, 이 사람들이 설비 하나를 잘못 들여오면 회사는 최소 10년을 고생하는데 갖다 놓고 생각해보자는 것인가. 이런 미친 사람에게 회사가 돈을 지불하고 컨설팅을 받는지 한심했다. 그래서 항의도 하고 논쟁도 했다. 어떻게 비용이 들어가는 일을 생각도 없이 저질러 놓고 생각해보자는 것이냐. 하지만 회사를 책임지는 위치에서 특히 Lean manager가 되어 여러 공장의 개선을 돕는 일을 하면서 이 말의 의미를 알았다.

회사에서 일어나는 일은 크게 두 가지로 나눌 수 있다. 첫째는 인공위성을 쏘아 올리듯이 버튼을 한번 누르면 수백

억 수천억의 비용이 소요되고 두 번 다시 기회가 없어지거나 비용이 더 많이 소요되는 일이다. 또 하나는 장기나 바둑을 두듯이 비록 한 수를 실수하더라도 잘못을 만회할 수 있는 기회가 있고 때로는 이미 실행했는데 잘못된 결정이라는 것을 빨리 인지하면 회복되는 경우다. 만약 당신이 바둑을 두는데 10수 후에 돌을 어디에 놓을 것인지 알 수 있는 가장 빠른 방법은 아홉 수를 놓고 나면 10번째 돌을 놓을 자리를 알 수 있을 것이다. 즉, 회사에서 실행하는 일 중에는 인공위성을 발사하듯이 정말 심혈을 기울여 검토에 검토를 거듭하고 심사숙고 후에 결정해야 할 일이 있고, 때로는 빠르게 판단하여 설령 잘못된 결정을 하더라도 저렴한 비용으로 바로 잡을 수 있는 일이 있다. 나의 경험으로는 우리가 회사에서 내리는 결정의 건수로 보면 대부분이 장기와 바둑을 두듯이 10수 앞을 예측하려고 책상 위에서 시간을 낭비하는 것보다 빠른 결정으로, 비록 잘못된 결정을 하더라도 결과에 치명적인 피해를 주지 않고 즉시 바로 잡을 수 있는 일이라는 것을 알 수 있었다.

그러나 우리가 간혹 저지르는 실수 중에는 많은 일을 인공위성 쏘듯이 검토와 검토를 상위 직급자가 요구하고 보고서를 요구한다. 우리 제조업 생산 현장에서 새겨들어야 할 것이 있다. 우리나라 경제 성장을 이루는데 한 축을 만들었다고 해도 과언이 아닌 정주영 회장님 말씀이다. "해봤어". 정말 이 단어는 제조업 일선 현장에서 뛰는 리더들은 매일 상기하고 일을 했으면 좋겠다. 물론 회사 일 중에는 설비 투자와 같이 중요한 결정은 잘못되면 막대한 손실 비용이 나는 것이므로 신중에 신중을 거듭해야 한다.

나는 주로 1차 협력업체에서 일했다. 내가 거래하는 고객사 중에 정 반대 스타일의 두 회사가 있었다. 한 회사는 행동이 먼저다. 이론적인 지식은 글쎄다. 다른 회사는 검토의 과정을 매우 중시한다. 그리고 어떤 일은 나에게 이론적인 것부터 멋진 강의를 할 정도로 지적인 능력도 있다. 예를 하나 들어보겠다. 계약을 위해 서울에서 대구를 가야 한다. 그러면 행동을 중시하는 회사는 대구를 가야 한다는 결정이 떨어지기가 무섭게 차를 타고 출발한다. 그러나 또 다른 회사는 장시간 신중한 검토를 위한 회의를 먼저 한다. 어느 교통수단이 빠른지. 비행기는 시속 800㎞, 승용차는 시속 100㎞, 기차는 시속 300㎞. 최고의 속력은 비행기라는 결정을 하고 김포공항을 거쳐 대구로 향한다. 그런데 시속 100km의 승용차를 타고 바로 출발한 회사 사람은 먼저 도착하여 계약서에 도장을 찍어 버렸다. 내가 극단적인 비유를 했지만, 행동 위주의 회사는 지금도 세계시장의 탑 클래스 회사로 세계시장을 상대로 사업을 펼치고 있으며 아쉽게도 다른 회사는 IMF 경제위기를 극복하지 못하고 역사의 뒤안길로 물러나 있다.

내가 일하는 회사는 세계 탑 클래스의 회사가 되어야 하기에 내가 내린 가정이 타당한지 검증해보았다. 내 눈에 들어오는 가장 큰 차이는 두 회사의 회의실 숫자다, 정말 회의실 숫자가 2배는 되었다. 그리고 더욱더 놀라운 것은 각 회의실의 크기가 2배 이상의 차이가 났다. 실제로 양사에 가서 회의해보면 참석자 수도 매우 달랐다. 참석자가 많으면 신중하고 면밀한 검토가 일어날 수 있다는 장점도 있지만, 회의 시간은 참석자의 숫자에 비례하는 것으로 생각한다. 수많은 세월이 지난 지금 이 두 회사는 정반대의 결과를 가져왔다. 한 회사는 세계적인 회사로 성장을 했지만 한 회사는 우리의 기억에서 잊혀졌다. 우리는 "해봤어"라는 이 짧은 명언을 오래오래 기억해야 할 것이다.

　의사 결정에 관한 이야기를 하나 더 하겠다. 세계적인 명성을 가지고 있는 우리나라 최고의 한 기업에서 엄청나게 빠른 의사 결정을 간접적으로 경험했다. 이 최고 기업의 자회사에서, 자회사의 예산에 있는 비용은 줄어들고 모기업의 예산에 있는 비용은 늘어나는 결정을 하게 되었다. 이러한 품의서가 월요일에 상신 되었는데 수요일에 모기업의 승인이 완료되는 것을 간접적으로 지켜본 적이 있다. 정말 깜짝 놀랄 정도의 빠른 의사 결정이었다. 그런데 이러한 빠른 의사 결정의 비결에는 상상 못 할 일이 있었다. 그 회사의 고위 경영진 승진 인사 뉴스가 있었다. 그런데 그분의 업적을 소개하면서 혁신팀에서 한 일 중에 결재 문서를 24시간 이내에 처리하지 않으면 자동으로 승인되도록 하는 시스템을 도입했다고 했다. 그 회사의 1년 예산은 수백조가 되는 것으로 알고 있다. 설비 투자만 1년에 수십조를 상회하고 고가의 설비는 몇천억 원이라고 들었는데 이러한 투자도 24시간을 넘기면 자동으로 승인 처리가 되었다니 정말 놀라울 따름이다. 그 기업은 현재 세계 최고의 경쟁력을 자랑한다.

내가 생산 현장의 Value stream을 개선하면서 정말 실행에 중점을 둔 것은 슈퍼마켓 설치에서 재고의 양이다. 물론 교재에는 Cycle time* daily 소요량 + 2 시그마 표준편차 + 공급자의 정시 납기율 및 품질 수준이라는 수식이 있다. 그런데 이러한 수식으로 재고 수준을 결정하면 지금까지 만난 실무자 대부분은 재고의 수준이 너무 적다고 불안해하면서 이의를 제기한다. 나의 경험상 이 수식의 재고 수준이면 충분히 문제없이 운영할 수 있는 수준의 재고가 된다. 그러나 나는 절대 실무자들과 재고 수준을 놓고 논쟁을 벌이지 않는다. 이유는 실무자들의 최우선 순위는 결품 없이 적기 생산 공급이고 나는 시스템을 안정시키는 것이 최우선 순위이다. 그러나 때로는 재고가 늘어난다는 이유가 장애가 된다. 전 제품을 일정한 수준으로 Stock을 만들면 재고가 늘어날 것처럼 보인다. 토요타 생산 시스템이 정착되면 납기율이 좋아지고 재고가 줄어든다고 모두 알고 있다. 그리고 재고를 줄이면 줄어든 재고는 즉시 효과로 지수화하기에 매우 좋은 재료다. 그런데 재고가 늘어날 것 같은 현상은 많은 사람을 이해시키기에 곤란하고 또한 Lean manager도 재고 감소라는 성취에 유혹을 많이 느낀다. 그러나 나는 한 번도 수식에서 나온 재고의 수준을 고집한 적이 없다. 때로는 수식에서 제시하는 재고의 수준은 1주일 정도의 양인데 4주 5주 정도의 재고가 있어야 한다는 실무자들도 종종 있다. 그러면 나는 그들의 의견을 100% 수용하고 대신 빨리 슈퍼마켓을 설치하라고 한다. 그리고 Pull 방식으로 생산을 하고 재고를 채운다. 1주나 2주 후에는 현장을 방문하여 실무자를 만난다. 1~2주 운용을 하고 5주의 재고가 필요한지를 확인하면 지금까지 5주가 모두 필요하다는 사람은 하나도 없었다. 얼마나 있으면 문제없이 운영되겠냐고 물으면 사람에 따라 3주 4주라고 한다. 그러면 과잉 재고만큼의 칸반을 본인이 직접 줄일 것을 권유하면 모두 줄인다. 다시 1~2주 후에 방문하여 생산에 지장을 주지 않을 정도의 재고 수준을 물어보면 적게 말한다. 그러면 줄인다. 이렇게 실행하면서 3개월 정도의 기간이 흐르면 적정한 재고의 수준에 도달하고 시스템이 안정된다. 만일 내가 교재에서 제시하는 수식에 의한 재고의 수준을 강요한다면 실무자들은 결품과 생산의 트러블을 걱정하고 절대 이러한 시스템을 받아들이지 않을 것이다. 또한 그에 대한 논쟁의 끝이 없을 것이며 시스템의 정착도 불가할 것이다.

D, Johns 사장의 PDFF

나는 여러 나라의 사람들과 같이 일을 해 본 경험이 많다. 그래서 우리의 강점이 무엇이고 우리가 신경 쓰면서 일을 해야 할 부분이 무엇인가에 대하여 의견을 적고자 한다. 캐나다 출신의 한 동료가 어느 제품 그룹의 아시아 책임자로 일했다. 다시 북미로 돌아가고자 하는 마음으로 고민하던 중에 미국의 한 Division의 GM 자리 공고가 올라왔다. 그래서 이분은 지원하였고 면접을 보게 되었다. 그룹 사장은, 오랜 기간 아시아에 근무하면서 무엇을 깨우쳤냐고 질문을 던졌다. 그는 나라마다 독특한 특성이 있는 것을 발견하고 그에 따라 적절히 관리했다고 답변했다. 그러자 면접관은 어떤 특성인지를 구체적으로 이야기해보라고 했다. 총을 쏘는데 표준은 준비, 조준, 발사의 순서인데 한국 사람은 총을 들자마자 발사, 발사, 발사를 외치고, 중국 사람은 준비, 발사를 실행하고 인도 사람은 종일 준비, 준비, 준비만 외쳤다고 대답하니 면접장은 웃음바다가 되어 면접에 무사히 통과했다는 이야기를 들었다. 나 역시 이에 동의하고 나라별로 장, 단점을 생각하며 일을 하려고 노력했다.

한국 사람을 평가한 또 다른 사람이 있다. 영국 출신의 D Johns 사장이다. 이 사람은 한국인의 특성을 이렇게 표현했다, 듣는 나로서는 조금 거북한 기분이 들었지만 많은 생각을 하게 만드는 표현이었다. 그는 한국 사람의 특징을 PDFF라고 이야기했다. 무슨 구호 같지만, 이는 데밍의 PDCA(Plan, Do, Check, Action)에서 계획(Plan)은 최상급자까지 참여하여 아주 크고 대단하게 수립하고, 실행(Do)은 실무자들에게 맡기고는 나머지 FF는 Forget(망각) Forget(망각)이라고 했다. 듣는 나로서는 조금 속상했지만 내가 보완해야 할 점이 무엇인지, 아니 우리가 보완해야 할 점이 무엇인지를 너무나 적나라하게 알려주는 말이었다.

우리나라는 공장뿐만이 아니라 모든 관리의 기초가 되는 5S(정리, 정돈, 청소, 청결, 습관화)의 기법이 일찍이 소개되었다. 그러나 나를 포함한 많은 관리자가 정리, 정돈, 청소까지는 열심히 하는데 청결, 습관화는 잘되지 않는다. 내일 공장에 귀한 손님이 오신다면 정리, 정돈, 청소에 많은 시간을 투자한다. 내일 손님이 오는 시간은 모든 것이 완벽에 가까울 정도로 깨끗하고 조화롭다, 그러나 손님이 떠난 시간부터 다시 흐트러지기 시작한다. 이것을 어떻게 손님이 오시는 시간과 같은 상태로 유지 관리할 것인가를 고민했지만 항상 다람쥐 쳇바퀴 돌듯이 귀한 손님이 오기 직전에 정리, 정돈, 청소의 이벤트성 행사를 한다. 때로는 생산 공정을 몇 시간씩 정지하고 청소하는 때도 있다. 이러던 중 프랑스의 한 회사에서 청결을 표준화로, 습관화를 Audit로 적용하는 것을 보고 나도 회사에 적용해본 결과 일상적으로 유지 관리가 되고 손님이 오신다고 야단법석을 벌이는 일이 잦아들었다.

우리는 뒤끝이 없고 화끈한 사람을 좋아한다. 그러나 때로는 뒤끝이 필요하다. 나 자신도 우리는 불만 붙여 놓으면 재도 안 남기고 화끈하게 타는 민족이라고 표현한다. 이런 우리의 특성은 위기 상황을 돌파해 나가는 데는 모두가 놀랄 정도의 힘을 발휘한다. IMF 위기를 구하기 위하여 전 국민이 참여한 금 모으기 운동 그리고 2002년 서울 월드컵 때의 붉은 티셔츠로 뭉친 거리 응원 등은 실로 놀라운 결집력과 단합된 힘을 보여준 사례. 회사에서도 흔히 볼 수 있다. 동기만 부여해 놓으면 엄청난 힘을 발휘한다. 하지만 한 가지 보완해야 할 사항은 이런 열정으로 이루어 놓은 결과에 대한 유지 관리다. 흔히들 농담 삼아, IMF 경제 위기 때 금을 내놓은 사람 중 그 금을 처분하여 어디에 사용했는지 관심 있는 사람은 별로 없다고 한다. 그래서 나는 내가 가진 이러한 약점을 보완하고자 데밍의 PDCA 싸이클을 생활화하려고 많이 노력했다.

어느 회사를 방문했을 때 그 회사의 전략을 접할 기회가 있었는데 깜짝 놀랐다. 마지막 5단계가 Culture였다. 이 회사야말로 힘들게 이룩한 성과가 일회성이 아닌 완벽한 회사의 자산으로 만드는구나 하는 강한 전율을 느꼈다. 이 회사의 5대 전략을 간단히 소개하고자 한다. 이 회사의 전략은 Link 5 platform으로 표현했다.

1단계:Analog to digital.

2단계:Automation to data centric.

3단계:data science to intelligence

4단계:Intelligence to optimization.

5단계:Culture

조금 과장되게 표현하면 문화의 습관화가 되어야 진정한 나의 것이 되는 것이고 문화로 승화하지 않으면 모래 위에 만들어 놓은 성이라고 생각한다. 나는 나에게 이러한 약점이 있다는 것을 생각하고 완전한 나의 것을 만드는 것을 항상 생각하며 마지막 습관화를 잊지 않으려고 노력했다.

제일 잘하던 일이 없어졌다

앞의 어느 페이지에 이야기했지만, 개선 활동의 구호가 '해 보자, 해 보자, 해 보고 나서 생각하자'였듯이 기업은 항상 변해야 한다. 물론 개인적인 특성에 따라서 변화를 즐기는 사람도 있다. 이런 변화를 쉽게 받아들이는 사람을 채용한 회사는 복 받은 회사라고 생각한다. 그러나 대부분의 사람은 변화를 싫어한다. 변화를 싫어하는 이유는 여러 가지가 있지만 익숙한 업무에 대한 변화 혹은 그 일이 없어지지 않을까 하는 두려움이 있어서다. 오랜 시간 동안 시행착오를 거듭한 후에 평균화 생산과 칸반에 의한 생산 지시 자재 발주 및 관리 시스템을 완성했다. 누차 이야기했지만 너무나 신기하고 너무나 효율적인 시스템이었다. 2000년대 초반이기에 이제 막 인터넷 Email이 보편화되는 시기였다. 이때는 아직 바코드에 의한 ERP에서 발주가 자동으로 처리되지는 않은 단계였다. 그래서 매일 아침 구매 담당자는 총 운영 칸반 매수와 그날 아침 현재 사용된 양의 칸반의 매수를 엑셀 시트로 전 협력업체에 발송했다. 매일 재고의 정보가 협력업체 메일로 제대로 통보되는지 안 되는지 확인하는 것이 나의 관리 포인트가 되었다. 메일만 확인하면 자재의 수급 관리를 확인할 수 있어 너무나 간단하면서 효율적인 시스템이었다. 다행히 구매 담당자는 매우 성실했고 정확하게 아침 9시면 메일을 발송했다. 다만 정보가 갔는지 안 갔는지가 모니터링되어야 한다. 이 형태가 지속되면 시스템이 되고 나중에는 문화가 될 것이다. 결국 순조롭게 운영이 돼서 결품이라고 전화통에 고함을 치고 언쟁을 벌이는 일도 사무실에서 사라졌다.

그런데 두어 달 지나자 서서히 결품을 독촉하는 전화 목소리가 들려오기 시작했다. 뭔가 이상했다. 재고의 정보와 사용한 정보가 제공되면서 협력업체도 매우 흡족해했다. 우리가 평균화 생산을 하므로 일일 사용량이 크게 변하지 않는다. 그리고 우리가 가지고 있는 재고의 정보와 전일 사용하고 비어 있는 칸반의 정보를 매일 제공하기에 협력업체도 예측이 가능하고 우리에게 납품을 해야 할 일정을 스스로 결정할 수 있기에 매우 만족하고 있었다. 나는 항상 시스템을 설계할 때 성선설(性善說)에 근거하여 설계한다. 고객에게 결품이라는 지장을 만들어 고객과의 관계를 나쁘게 맺어가기를 원하는 사람은 하나도 없을 것이다. 문제가 발생하는 것은 정보의 부족과 판단의 잘못에서 오는 결과물이라고 생각한다. 그런데 몇 개월째 시스템이 잘 운영되고 있는데 왜 결품이 발생하고 독촉하는 목소리가 들려오기 시작하는지 이해할 수 없었다. 전화로 긴급히 공급해 달라는 품목 하나하나를 아침에 메일로 발송하는 엑셀 시트와 비교해 보았다. 분명히 엑셀 시트상으로는 자재의 부족이 발생하면 안 된다. 우리 공장의 생산 계획이 급격한 변화가 있는 것도 아니었다. 왜 액셀 시트에 잘못된 재고의 정보가 나갔는지. 시스템이 안정되었는데 왜 문제가 발생했는지. 하루 이틀 정보가 누락이 된다고 해서 이러한 긴급 상황이 재현되도록 시스템이 설계되지는 않았는데 정말 알 수 없었다.

나는 최악의 상황을 상정하고 고민했다. 고의로 잘못된 정보를 전달한다고 가정했다. 그러면 왜 그랬을까. 그 친구는 입사 후 지금까지 납품을 독촉하는 일만 했다. 매일 협력업체에 전화해서 긴급 품목을 알려주고 독촉하고 그 친구의 노력으로 우리의 생산라인은 중단되지 않고 돌아가는 것이다. 본인도 회사에 매우 중요한 일을 한다고 생각하고 항상 퇴근 때는 오늘도 몇 건의 결품을 막았다고 자부하고 퇴근했을 것이다. 그런데 어느 날 칸반이라는 것이 적용되고 Email이라는 것이 등장하면서 매일 매일 협력업체와 언쟁을 하는 일이 없어졌다. 처음에는 매우 흡족해했다. 그러나 시간이 지나면서 이 친구에게는 공허함이 찾아왔고, 그것은 매슬로(Maslow)의 인간 욕구 5단계의 초기 단계인 안정의 욕구에 위협을 느끼게 하였던 것 같다. 지금까지 3단계와 4단계 자기 존중의 욕구 단계에서 회사 생활을 하던 친구가 어느 날 갑자기 안정 욕구에 대해 걱정을 하게 된 것이다. 물론 아침 9시면 자재 관리의 대부분이 끝나는데 남은 시간을 또 다른 부가가치가 있는 일을 스스로 찾아서 한다면 더할 나위 없이 좋겠지만 이 친구는 본인이 지금까지 열심히 하던 일로 자기만족을 느끼고 싶었을 것이다. 그래서 나는 새로운 일을 만들어 주기로 하고 2주간을 협력업체 공정 감사 교육을 보냈다. 교육 간 2주 동안은 사무 보조를 담당하던 미스 L에게 부탁을 했다. 여성이어서 그런지 더욱더 꼼꼼하고 메일이 발송되는 시간도 10분 정도 빨리 발송되는 것 같았다.

교육의 2주가 흘렀다. 다음 주 월요일이면 J가 출근을 한다. 그래서 출근 전 주의 목요일 날 미스 L과 면담을 했다. 아침에 메일 보내는 것이 너의 일과에 부담스러운지 물어보니 전혀 부담을 느끼지 않는다고 했다. 하루에 20분 정도는 전혀 문제가 되지 않는다고 다시 한번 강조했다. 그래서 구매팀장을 만나 아침 메일 발송은 미스 L에게 주고 J는 나머지 일과 협력업체 공정 감사에 시간을 할당하자고 합의하고 업무를 조정했다. 이 일은 회사나 담당자에게 매우 좋은 기회였다. 사실 자재 납품의 독촉은 중요한 일이지만 조금 단순한 일이기도 하다. 그러나 공정 감사는 많은 생각을 해야 하고 제품의 안정적인 생산 활동을 위한 매우 중요한 일이다. 이 친구는 이 일을 계기로 감사의 전문가가 되어서 신제품 개발 및 공정 변경이 있을 때마다 아주 중요한 역할로 본인의 발전과 회사의 발전에 많은 실적을 만들고 있다.

내가 이번 일로 깨달은 것은 변화의 성취에 도취하여 앞만 보고 달리는 것만이 중요한 것이 아니고 모든 구성원의 입장과 생각이 잘 어울려야 변화의 결과가 잘 정착될 수 있다는 것이었다. 다시 매슬로의 인간 욕구 5단계를 되돌아본다. 나는 마지막 5단계인 자아실현의 욕구에 도취되어 달려가고 있다. 하지만 누군가는 나의 자아실현 욕구에 희생되어 안전의 욕구에 위협을 느끼고 있다는 것을 항상 생각한다. 전 구성원의 매슬로의 인간 욕구 5단계에서의 단계 상승이 개선 활동의 추진에서 최종 목표가 되어야 한다는 것을 명심하고 있다.

일본인과 한국인의 차이

1996년 8월은 내게 커다란 이정표를 던져준 의미 있는 날이었다. 나카시마 중역의 특강을 통해 토요타는 부가가치 만드는 일에 27%를 사용하고 부가가치를 만들지 않는 일에 73%를 사용한다는 것을 알게 되었다. 이는 나로서는 매우 충격적인 숫자였다. 도요타는 마른 수건도 짠다는 회사로 들었는데 부가가치 만드는 일이 27%라는 것은 매우 놀라웠다. 그러면 내가 근무하는 회사는 얼마나 될까. 나는 내가 하는 모든 일이 부가가치를 만드는 일이라고 믿었다. 나는 토요타 연수를 통해 낭비를 보는 눈을 뜨고 왔다. 그날 이후로 어떤 자리 어떤 일을 해도 낭비를 보는데 외면한 일이 없고 모든 일을 부가가치 있는 일과 부가가치 없는 일을 구분하는데 게을리하지 않았다. 또한 모든 일은 고객의 관점에서 부가가치가 있는 일을 하는 데 노력했다.

토요타의 또 다른 교훈은 신뢰의 중요성이다. 도요타는 어떤 불황이 오고 어떤 천재지변이 일어나도 생존을 해야하며 이 과정에서 가장 중요한 것이 신뢰라고 했다. 나카시마 중역의 특강으로 신뢰의 중요성을 인식하게 되었고 그 후에 상도라는 책을 통해 사업가로서 인간관계를 만들어 나가는 방법을 배웠다. 1주일간의 토요타 체험은 가치관을 새롭게 바로잡을 기회였다 그리고 회사에는 토요타 생산 시스템 그중에서도 칸반을 이용한 JIT(Just in Time)를 적용하겠다고 결심했다.

1994년 새로운 사업을 시작하면서 부족한 생산 능력 때문에 힘들었다. 하지만 2년이라는 시간 동안 대부분의 급한 불을 끄고 이젠 개선에 많은 시간을 투자해야겠다는 생각으로 고민하던 중 이런 기회를 얻게 된 것이다. 토요타에서 돌아오자 바로 개선 담당자를 지정하고 칸반을 이용한 공장관리에 심혈을 기울였다. 당연히 담당자는 나의 관리 조직에 있던 사람 중 젊고 유능한 가장 믿음이 가는 사람으로 선정했다. 그런데 1년 반쯤 지난 어느 날 그렇게 믿었던 이 친구가 사직서를 가지고 왔다. 도저히 힘들어서 못 하겠다고. 나는 어떤 어려움을 가지고 와서 토의해도 절대 피하지 않는다, 그러나 마지막 카드를 던지는 사람에게 설득하려고 노력하는 데는 약간은 소홀한 나쁜 습관이 있다. 그래서 아쉬움을 뒤로하고 진한 소주 한잔을 하면서 그동안의 노고를 감사하고 앞날의 발전을 이야기했다.

이후 다른 믿음이 가는 직원으로 이 일을 계속하도록 했다. 그러나 그 친구 역시 1년 반쯤 지났을 때 사직서를 들고 왔다. 다른데 일자리를 잡아 놓고 통보했다. 그러나 나는 이 일을 포기할 수가 없었다. 토요타에서는 너무나 잘 사용하고 있었고 너무나 효율적인 기법이기에…. 사람들이 담당자가 되는 것을 두려워했다. 그러나 나는 멈출 수가 없었다. 그 시점에 가장 능력 있고 믿음이 가는 친구와 다시 시작했다. 2000년 봄 어느 날, 개선 추진 계획을 보고하는 자리가 있었다. 계획 중 하나가 지금까지 두 사람이 해서 실패한 것과 유사한 계획이 들어있었다. 다양한 의견을 주고받으며 우려하는 내 말에 그는 이렇게 대답했다.

"이렇게 해 보고 안 되면 내가 옷을 벗겠습니다."

지금까지는 이렇게 강한 발언을 하면 대부분이 응, 그래 벗으라고 하며 맞받아쳤다. 그러나 그날은 나의 입에서 아무 말도 나오지 않았다. 회의는 그렇게 끝이 났고 나는 깊은 고뇌에 빠졌다. 왜 세 사람씩이나, 그리고 내가 가장 믿고 신뢰하던 친구들이….

나의 깊은 고민이 시작되었다. 그 일이 있고 한참을 지나서 알게 된 일이지만 그 친구도 그날 밤 강정 낙동강 다리 아래에서 입사 동기하고 소주를 8병이나 마시면서 괴로워했단다, 너무나 엄청난 발언을 사람들이 보는 앞에서 던져 버렸으니 말이다. 나의 고뇌의 시간은 길어졌다. 토요타 자동차에서는 잘 사용되고 있는 기법이 왜 우리 회사에서는 안 되는 걸까. 이는 분명 추진하는 내게 문제가 있는 것이다. 세 사람이나 같은 잘못을 할 수는 없다. 오랜 고민 끝에 나의 어리석음을 알았다. 무엇이 문제인지를 알게 된 것이다. 매우 간단하고 당연한데 나는 그것을 무시하고 지난 5년의 세월과 정열을 낭비했다. 토요타와 우리의 환경이 같지 않다는 것을 인지하지 못하고 토요타를 그대로, 점하나 틀리지 않게 복사하려고만 했다. 토요타는 일본, 우리는 한국이다, 토요타는 일본 사람들이 일하고 있고 우리 회사는 한국 사람들이 일하는 회사다. 토요타는 완성차 제조 회사이고 우리 회사는 자동차의 부품을 생산하는 회사이다. 이러한 것을 간과하고 토요타와 똑같은 것을 만드는 데만 온 힘을 기울여 추진해 온 것이다.

나는 한국인의 실정에 적합한 칸반 시스템이 어떤 것인지 고민하기 시작했다. 나를 포함한 한국 사람의 특징은 무엇인가. 세 개의 답을 적었다. 첫째, 경상도 말로 돈내기(책임 할당제?)를 시켜 놓으면 죽을까 봐 두렵다. 일을 너무 열심히 해서. 둘째, 하던 짓도 멍석 깔아 놓으면 안 한다. 이 두 가지의 특성만 가지고 있으면 매우 간단할 것이다. 그런데 두 가지 모두 매우 개인주의적인 특성이 있다. 업무 분담을 매우 세심하게 세부적으로 만들면 문제가 없을 것이다. 그러나 우리에게는 또 하나의 매우 상반된 기질이 하나 있다. 나는 그것을 세 번째 특성이라고 한다. 그것은 휴먼 네트웍이 매우 강한 것이다. 모두가 아는 해병대 전우회, XX 교우회, YY 향우회 등이 그 사례다. 세 번째 특성은 매우 공동체적이고 첫 번째와 두 번째는 매우 이질적이다. 그러나 이 세 가지를 모두 포함하는 시스템을 만들어야 했다.

오랜 고민 끝에 이런 한국인의 특성을 안돈 장치를 통해 녹여야겠다는 생각이 들었다. 지금까지 여러 회사에서 배운 것 그리고 실패에 실패를 통하여 배운 것을 총동원해 안돈 장치를 설계했다. 이것을 20여 개의 조립라인 중 한 개의 라인에 설치하고 시스템 구성했다. 그랬더니 거짓말처럼 운영이 잘 되는 것이었다. 지난 5년 동안 실패에 실패를 거듭하고 두 사람의 능력 있는 동료들이 나의 곁을 떠나는 아픔을 겪으면서도 돌아가지 않던 칸반이 돌아가기 시작했다. 나머지 모든 조립라인에 적용하고 다음은 조립라인과 가공 라인을 연결하고 40여 개의 가공 라인에 적용했다. 다음은 30여 협력업체까지 연결했다. 첫 번째 라인에서 모든 협력업체까지 약 1.5년의 시간이 소요되었다.

감히 꿈의 시스템이라는 표현이 적당한 표현일 것이다. 그 당시 내 책임하에 있는 사업부의 매출은 연 100억 남짓한 조그마한 사업부였다. 이렇게 좋은 시스템을 100억 정도의 조그마한 사업부에만 적용하는 것은 너무나 안타까웠다. 그래서 한국인의 특성을 고려한 이 시스템이 좀 더 많은 회사에서 사용되고 회사의 이익 개선에 적용하는 시스템으로 만들고 싶어서 진학을 했다.

궁금한 중국집 재고 관리

회사 생활에서 일관된 나의 관심은 낭비에 대한 개선이다. 한시도 잊고 생활해 본 적이 없다. 그중에서도 많은 시간을 개선이 주목적인 시절도 꽤 많았다. 대표적인 위치가 그룹 Lead manager 직책을 수행할 때일 것이다. 이 시절 가장 어려운 것은 나는 개선의 주체가 될 수가 없고 항상 지원자의 처지에서 주체가 개선 의지를 갖도록 하는 노력과 개선의 의지가 있는 조직을 열심히 지원하는 일에 몰두하는 것이었다.

본사에서 주관하는 모델 사이트(Model Site) 인증 제도가 있었다. 모델 사이트가 되기를 희망하는 공장을 등록하여 집중적으로 지원한 다음, 모델이 되는 공장으로 발전을 하면 여타 공장이 이를 보고 공부하여 동반 발전하자는 제도였다. 그러다 보니 초기에 지원하는 공장들은 대부분 관리가 잘되는 공장들이었다. 즉, 공부 잘하는 학생들을 집중적으로 교육하여 상위 1%를 만들자는 취지였고 공부 잘하는 학생이 더 잘하기 위하여 도전하는 현상이다. 이러다 보니 간혹 중간 관리자층에서 힘든 경우가 발생한다. 회사의 최고 경영자는 잘하는 것을 공식적인 제도로 인정받고 싶은 욕심도 있겠지만 중간 관리자로 가면 현재 잘하고 있는데 왜 또 힘든 과정과 변화를 해야 하는가 하는 부정적인 생각을 하기 때문이다.

어느 날 중간 관리자와의 개선에 대해 논의를 하던 중, 지금도 잘하고 있는데 왜 변화해야 하냐고 항의했다. 그 사람은 재고 일수를 예로 들었다. 본사의 목표가 재고 일수 40일인데 지금 우리는 재고 일수 36일이다. 왜 무엇을 더 개선해야 하느냐는 것이다. 그룹 내에서 본인의 공장 재고가 가장 적은 재고로 유지 관리가 되고 있다는데 참으로 난감한 일이었다. 이 사람에게 토요타의 부가가치 작업 27%를 설명해주어도 가슴에 와서 닿지 않을 것이다.

이런 때 나는 중국 음식점 이야기를 한다. 당신의 회사의 제품 중 정미 작업 공정 시간이 10분 이하가 50% 이상을 차지한다. 나머지도 실 작업 시간은 한두 시간 이내가 대부분이다. 중국집 자장면 한 그릇, 짬뽕 한 그릇 만드는데 소요 시간이 얼마인가. 10분 이상 걸릴 것이다. 반죽하는 시간부터 계산하면 몇 시간은 걸릴 것이다. 그리고 당신하고 나하고 둘이 들어가서 각자가 다른 메뉴를 시켰다. 한 사람은 자장면 한 사람은 우동. 우리 회사의 제품보다 제조 공정의 시간이 오래 걸리지만 이른시간 안에 음식이 제공된다. 그런데 중국집의 재고가 얼마나 될 것 같은가. 1주일 재고량이

나 가지고 있을까. 우리는 최고의 관리자들이 최고 성능의 컴퓨터, ERP 시스템을 활용하여 관리하는데 왜 중국집 자장면보다 공정 시간이 짧은데도 몇 배나 많은 재고를 가지고 있어야 하는가. 리드 타임은 어떤가. 중국집에 가서 각자가 다른 음식을 주문해도 10~20분이면 손님이 원하는 음식이 제공된다. 그런데 우리는 자장면보다 짧은 공정 시간을 가지고 주문된 제품을 공급하는데 몇 주 때로는 몇 달의 시간이 필요하다. 우리는 최고 수준의 관리를 한다고 자부하고 여타 공장보다 우수하다고 말하지만, 중국 음식점과 비교해 보자. 나는 우리가 중국 음식점보다 공정과 재고를 잘 관리한다고 생각하지 않는다. 그러자 그 관리자는 이렇게 항변했다. 공장끼리 비교를 해야지 왜 중국 음식점과 비교를 하느냐고. 우리에게 비용을 지불하는 고객은 우리가 제조 회사 관리 방식을 택하는지 중국집 관리 방식을 택하는지 상관하지 않는다, 누가 더 저렴한 가격에, 적기에 고객의 요구 사항을 충족시켜 주느냐에 따라 비용을 지불할 뿐이다.

나는 중국집 관리, 특히 재고 관리에 관심이 많다. 높은 수준의 표준화와 잘 설계된 공정을 통한 반제품 관리 외에 또 다른 무엇이 있을 것이다. 특히 실제 중국에 출장을 가서 식당에 가면 놀라움을 금치 못한다, 엄청난 여러 가지 메뉴임에도 사전 주문도 없이 날마다 다른 요리가 주문만 하면 정시에 제공된다. 중국 음식점의 재고 관리는 항상 공부하고 배워야 할 숙제다.

실패의 5년, 성공의 방법을 배우다

실패의 5년. 이 긴 시간 동안 방향을 잡지 못하고 실패와 실패를 거듭한 것은 여러 가지 이유가 있겠지만 크게 두 가지로 요약할 수 있다. 앞서 언급한 우리 실정에 적합한 시스템을 고민하지 않고 토요타를 그대로 복사하려고 한 것, 또 다른 하나는 칸반의 효율성만 보고 자재 창고와 협력업체에 적용해서 빠른 성과를 만들어 보겠다는 조급함이었다. 토요타에 가면 자재 창고와 협력업체 간의 칸반만 보인다. 너무나 효율적이었다. 아마도 칸반을 본 사람들은 모두 돌아오는 즉시 시도했을 것이다. 나 역시 토요타 연수를 마치고 돌아오는 즉시 칸반을 활용한 JIT를 시도하였다. 이것이 가장 큰 잘못이었다.

토요타 생산 시스템의 칸반은 효율을 높이는 하나의 수단이다. 그러나 나를 포함한 많은 사람이 칸반이 목적이 되었다. 칸반이 운영되기 위한 조건을 망각하고 칸반을 시도하는 경우가 많은 것이다. 나 역시 이러한 실패를 건너뛸 수는 없었다. 아니 누구보다도 혹독하게 실패를 맛보았다.

1996년 8월 토요타 연수를 다녀와서 시작된 실패의 아픔은 2000년 초반이 되어서야 환희로 바뀌었다. 그동안 실패를 하면서도 남들과 다른 것이 있었다면 토요타의 운영 시스템을 직접 체험했기에 절대로 포기할 수 없다는 고집이었다. 여러 실패의 원인 가운데 중요한 한 가지는 평균화가 되지 않은 것이었다. 그러나 자재 창고에서는 평균화할 수 없다. TPS를 도입했을 때 단점은 협력업체가 항상 재고를 준비해야 한다는 점이다. 언제든지 원하는 시간에 공급해야 하기 때문이다, 납품의 주기가 잦아지는 것도 문제다. 이처럼 협력업체의 일방적인 피해를 강조하는 부분이 많다. 자동차 산업의 1차 협력업체가 TPS, 즉 JIT를 도입하면 2차 협력업체의 눈에는 부정적으로 보일 수 있다. 평균화라는 매우 중요한 과정을 생략하고 시도하면 그렇게 될 것이다. 그러나 이것은 시스템으로 정착되지는 않을 것이다. 이러한 비용은 언젠가는 공급자로부터 수요자에게 전가되기 때문이다. 그것은 자유 시장경제의 커다란 원칙이다.

자동차 산업뿐만 아니라 모든 산업의 가치사슬을 살펴보면 사용자-완성품 재고- 완성품 제조 공정-자재 창고-1차 협력회사 완성품 창고 -1차 협력회사 제조 공정-1차 협력회사 자재 창고- 2차 협력회사 …. 이러한 구조로 연결이 되어있다. 그런데 중간마다 있는 재고들과 제조 공정의 생산성을 위하여 대량 생산을 선호하는 유혹이 평균화의 가장 큰 저해 요인이 된다. 가치사슬 정보의 후단에 있을수록 앞의 공정 정보 변경 폭의 파도는 배가되어 들이닥칠 것이다. 그것을 감당하지 못하기에 시스템이 망가지는 것이다. 즉 가치사슬의 앞에 있는 공정에서 후미에 있는 공정을 고려한 철저한 평균화 작업이 일어나야 한다. 완성품 메이커는 주문대로 생산 지시를 하면 자연스럽게 평균화가 일어난다. 어느 날은 A 차종만 판매가 되고 어느 날은 B 차종만 판매가 되고 또 어느 날은 C 옵션만 판매가 되고 어느 날은 D 옵션만 판매되는 일은 없다. 주문이 오는 대로 생산 계획으로 연결을 시키면 자연스럽게 평균화가 일어나는 것이다. 그러나 1차 협력회사는 이야기가 달라진다.

완성품 생산 메이커의 자재 창고에 재고가 있고, 1차 협력회사의 완성품 창고에 재고가 있으니 이것을 깨알같이 확인하여 생산 계획을 수립한다. 그 생산 계획이 대단위 Lot로 묶는 작업을 한다. 대단위로 묶어 생산하면 생산성이 좋아질 것이라는 강력한 믿음 때문에 우리는 이것을 잘하는 사람을 유능한 사람으로 평가까지 한다. 따라서 이 함정에서 벗어나지 못해 JIT가 정착할 수 없는 것이다. 이것을 적절하게 따라가기 위해서는 2차 협력회사는 미래를 보는 눈이 있어야 한다. 1차 협력회사의 변화무쌍한 변화를 정확하게 예측하든지 아니면 모든 재고를 잔뜩 쌓아 놓고 완성품 메이커 주문대로 생산 지시를 하면 자연스럽게 평균화는 일어날 것이다.

그러나 이 두 가지 모두 가능한 일이 아니다. 여기에는 날로 발전하는 컴퓨터가 더욱더 이런 불합리를 부채질한다. 내가 AP Lean Manager로 각 공장의 개선을 지원하고 이끌 때의 일이다. 마이크로 액셀(Excel)을 기막히게 잘 다루는 생산 계획을 담당하는 친구가 있었다. 이 친구의 액셀 솜씨는 IT 전문가도 감탄할 정도의 수준이다. 수주가 들어오면 ERP의 재고 정보를 내려받아 액셀의 매크로 기능을 활용하여 생산 가능한 품목을 정확히 골라내고 이것만 생산 지시를 내려준다. 현장은 항상 물 흐르듯이 흘러가는 것처럼 보인다. 그런데 문제는 여기에서 생긴다. 자재가 부족해서 생산할 수 없는 주문은 그 친구의 책상 서랍 속에서 잠자고 있는 것이다. 언제까지. 발주자의 생산 공정에서 문제가 발생하며 전화가 오고 난리가 날 때까지. 심각한 문제가 발생이 된 이후에 모든 조직은 이 불을 끄기 위해 난리다. 일단 이런 일이 발생하면 조직은 혼란스러워진다. 결코 시스템이 정착할 수 없고 발전할 수가 없다.

이것은 그래도 다행이다. 소리 없이 떠나는 고객은 회사의 미래를 더욱더 어둡게 만든다. 그래서 나는 발주가 오는 순서대로 생산 지시를 내려주라고 간곡히 당부했다. 그러면 문제가 조기에 나타나고 조치를 할 수 있는 시간적인 여유가 있다. 그러나 이 친구는 이 방법을 고집했다. 컴퓨터에 대한 믿음 그리고 자신이 강한 부분을 포기하고 싶은 생각이 없기 때문이다. 몇 년 후 공교롭게도 내가 이 사업부의 최고 책임자로 부임했고, 제일 먼저 이 친구의 작업 프로세스를 변경했다.

JIT를 실현하기 위한 여러 가지 조건 중에서 아주 중요한 일은 생산 공정에서 평균화하여 생산하는 것이다. 사실 평균화의 주기를 어떻게 하느냐가 중요하다. 1주일 단위로 계획을 수립하고 작업 현장에 생산 지시는 하루를 시간 단위로 평균화하는 방법을 채택했다. 평균화의 기간이 길면 평균화의 수준은 향상되겠지만 과도하게 길게 하면 내, 외부로부터 발생하는 변화를 수용할 수가 없다. 즉, 한 달 단위로 평균화한다면 외부에서도 한 달 동안의 예측은 유지되어야 한다, 그러나 이것은 매우 힘든 일이다, 그래서 1주일 단위의 평균화를 채택했고, 1주일간은 비교적 정확한 사실에 근거한 계획이 수립됐다. 평균화하고 자재의 정보를 모든 공급자와 공유하는 것이다. 평균화하면 자재의 수요도 일정하게 꾸준히 소요된다. 그리고 이 정보를 공급자와 공유하면 공급자는 미리 준비한다. 재고 정보의 공유 또한 실무자들에게는 하나의 무기가 된다. 이 정보를 가지고 있는 것이 힘이 된다고 생각하기 때문이다.

구매 담당자들의 전화 통화를 들어보면 대다수의 논쟁이 오늘 납품해달라, 내일 하겠다 하는 하루 이틀을 가지고 하는 논쟁이다. 그래서 하루는 담당자를 불러 대화했다. 우리 공장의 자재 창고에는 대부분 1주일에서 2주, 많은 것은 한 달 사용량의 재고를 인정하는데 어떻게 당신은 매일 하루 이틀을 두고 논쟁을 하느냐. 정보의 투명성과 신뢰의 문제였다. 그래서 나는 평균화를 하고 모든 재고의 정보를 일일 단위로 공급자와 공유하도록 했다. 이 또한 시행 초기에는 약간의 저항이 있었다. 구매 담당자로서는 본인만이 가지고 있는 중요한 고급 정보를 모든 사람이 알게 되니 큰 것을 잃어버린 절망감을 느끼는 것 같았다. Parker에서는 바코드와 ERP를 통하여 매일 밤 자정에 메일로 모든 협력업체에 자동으로 발송되도록 했다. 이것이 정착되고 나니 협력업체의 관리자들은 아침에 출근하면 제일 먼저 하는 일이 이 메일을 열어보고 자사에서 공급하는 제품의 사용량, 현재 재고 그리고 공급해야 할 예상 일정을 정하는 일이 되었다.

Parker에서는 IT의 도움을 받았지만 평화발레오 시절에는 이런 IT의 강력한 도움을 받을 수가 없었다. 받을 수 있는 도움이 이메일과 액셀이었다. 그래서 재고 정보와 이달의 운영 칸반 총 수량, 납품 가능한 칸반의 수량을 액셀에 수기로 기록하여 매일 아침 메일로 협력업체로 발송했다. 구매 담당자는 매우 불안해했다. 모든 재고의 정보를 공개하면 협력업체를 통제 관리하는 가장 큰 무기가 사라진다고 생각했다. 그러나 모든 재고의 정보를 공급회사와 투명하게 공유하기로 한 데는 성선설(性善說)에 대한 강한 믿음이 있기 때문이다. 나는 시스템을 설계할 때 철저하게 성선설에 대한 믿음을 갖고 설계한다. 어느 협력업체든 고객 회사에 적기에 공급하고 신뢰를 쌓아 사업을 원만히 끌고 가자는 생각을 할 것이다. 다시 말하면 어느 한 사람도 고객 회사에 결품을 만들어 라인을 정지하도록 하고 문제가 발생하기를 원하는 사람은 없다는 것이다. 수시로 문제가 발생하는 것은 예측이 틀리고 재고 정보의 오류에서 발생하는 문제로 파악을 한 것이다. 그래서 공급회사의 예측 신뢰를 높이기 위해 사용 공정을 평균화하여 변화의 폭을 줄여주는 노력을 하였고 재고의 정보를 투명하게 일정한 주기로 공유함으로써 미리 준비할 수 있도록 도와주는 것이었다.

　우리가 공급자로서 큰 효과를 만든 사례도 있었다. 부산 근교에 있는 공장은, 수도권에 있는 한 완성품 제조 회사에 300여 가지의 품목을 납품하고 있었다. 완성품 제조사에서도 한 달이라는 많은 재고를 가지고 있었지만 우리는 매일 납품하고 있었다. 문제는 300여 종 중에서 거의 매일 한두 가지의 긴급 상황이 발생했다. 완성품 제조사의 구매 담당자와 접촉했다. 일일 실제 소비량과 재고의 정보를 알려주면 우리가 문제없이 공급하겠다고 했다. 예상은 했지만, 담당자의 반응은 매우 심각했다. 마치 정보를 빼 가는 산업 스파이 같이 취급했다. 진심으로 다가서고 현재 진행하고 있는 사례를 소개했다. 심지어 우리 회사로 초청하여 모든 자료를 직접 확인하도록 하고 협력업체까지 함께 방문하여 그들의 목소리를 직접 들을 기회도 만들었다. 그래도 반신반의했다.

　모든 품종을 한꺼번에 시행하는 것이 아니고 일부 품목

을 시행해보자고 제안했다. 품목의 선정은 전적으로 고객 회사의 구매 담당자에게 일임했다. 어렵게 시작은 했지만 순조롭게 진행되었고 얼마 지나지 않아 전 품목으로 확대가 되었다. 정착된 이후에는 고객 회사의 재고도 2주 사용량 정도로 줄어들었고 우리도 남부 지방에서 수도권까지 납품하는 주기가 주 2회 정도로 안정화되었다.

1996년 8월 토요타를 다녀온 후로 하루도 JIT, 칸반을 생각하지 않은 날이 없었다. 그러나 그 많은 날을 실패라는 단어 속에서 보낸 여러 가지 이유 중 하나가 평균화라는 중요성과 개념 없이 눈에 보이는 칸반만을 추구한 것이다.

왜 TPS가 잘 되지 않습니까

개선 활동을 하면서 가장 많이 받는 질문이 왜 TPS(Toyota Production System)가 잘 정착되지 않는가 하는 질문이다. 나도 평소 이에 대한 고민을 끊이지 않고 해왔다. 대학원에 가서 공부를 다시 시작한 이유도 TPS를 적용해보니 너무 좋은 시스템이기에 이것을 계속해서 공부하자고 마음먹고 진학을 결정한 것이다. 토요타를 다녀온 이후에는 나의 모든 생활을 지배하는 생각이 토요타의 기본 철학이었다. 우리 회사는 불황기에 마지막까지 살아남는 회사여야 하고 비즈니스 관계에서 신뢰가 최우선이어야 한다는 것. 그리고 부가가치 있는 일은 27%에 지나지 않는다는 사실이다. 토요타와 지리적으로 가깝고 많은 교류가 있는 관계로 우리는 다른 어느 나라보다 일찍 토요타의 생산 방식을 도입하려고 노력했다.

1983년에 평화 클러치에 입사했을 때 칸반, 3정 5S, 한 개씩 흘리기 등은 매우 일상적인 용어였다. 그러나 프랑스 Valeo는 1992년 내가 Amiens 공장에 근무할 당시에, 토요타 생산 시스템에 관한 교재를 직원들에게 배포하고 이것을 채택할 것이라고 했다. 나는 이 이야기를 들었을 때 참 많이 늦었다고 생각했다. 그리고 Parker는 2000년대에 들어서서 Lean이라는 것을 회사의 주요 전략으로 도입하기 위해 조직을 만들고 교육을 시작한 것으로 알고 있다. 이처럼 우리가 토요타 생산 방식을 도입하기 시작한 것은 세계의 어느 나라보다도 일찍이 시작하였으나 현재는 제대로 사용하지 못하는 대표적인 나라라는 생각이 들었다. 그래서 항상 고민하고 원인을 찾고자 했다.

1996년 8월 토요타 연수를 다녀온 후, 가장 인상적으로 보았던 칸반 도입을 시도했다. 이것을 시행할 사람을 선정했다. 하루도 칸반에 대한 생각을 잊어버리고 지낸 날이 없었지만 정작 첫 번째 칸반의 루프가 정상적으로 운영되기 시작한 것은 2001년 5월이었다. 지난 5년 동안 이 일을 추진하던 책임자 두 사람이 회사를 떠났고 세 번째 담당자도 떠나기 일보 직전까지 가는 위기가 있었다. 나의 토요타 생산 시스템 도입을 위한 지난 5년을 되돌아보면 실패의 원인을 일부나마 알 수 있을 것이다. 첫 번째 잘못은 칸반이라는 기법을 목적으로 생각했고 이것을 자재 창고와 협력업체 간에 적용하려고 시도한 것이다. 변명 같지만 내가 본 것은 칸반에 의한 자재 발주 시스템이었다. 지금 생각해보면 우리 공장 내의 최종 고객인 조립 공정이 평균화되지 않은 상태에서 칸반의 효율성에 집착해 자재 창고와 협력업체 간에 적용을 시도했다는 잘못이다. 나는 토요타에서 평균화 작업을 보지 못했고, 아니 토요타는 굳이 평균화 작업을 하지 않더라도 수주 자체가 상당한 수준의 평균화로 이루어졌을 것이다. 두 번째의 잘못은 토요타의 것을 그대로 모방하려 했다는 점이다. 내가 운영하는 평화발레오 실린더 공장과 토요타는 많은 부분에서 다르다. 비즈니스 환경, 구성원들의 생각, 협력업체의 수준 등. 그런데 나는 다름을 고려하지 않고 토요타를 모방하는 것에 온갖 심혈을 기울였다. 큰 잘못이라고 생각한다.

2000년에 이르러서야 평화발레오가 토요타와 다르니 실행할 칸반의 방식도 달라야 한다는 것을 인정했다. 10월 어느 날 칸반 추진사항 점검 회의를 하는데 실무자가 마지막에 가까운 멘트를 나에게 날렸다. 지금까지는 그들의 잘못이라고 생각했다. 토요타는 잘 운영이 되고 있는데 왜 안 되냐는 생각이 나의 모든 생각을 지배하고 있었기에. 그래서 그들의 항변에도 내 생각은 꺾이지 않았다. 그런데 이날은 나도 움찔했다. 세 사람이나 포기하다니. 그 세 사람 모두 내가 많이 신뢰하던 사람들이다. 능력만큼은 무한 신뢰하는 사람들이기에 심혈을 기울이는 프로젝트를 맡기지 않았는가. 그런데 그런 세 사람이 포기하고 회사를 떠나거나 떠날 각오로 말을 하는 것이다. 그날 나는 아무런 말을 하지 않았다, 그리고 칸반의 추진에 대하여 내가 잘못한 것이 무엇인지 심각하게 고민하기 시작했다.

토요타와 평화발레오의 다름이 무엇인가. 이것을 인식하고 분명한 차이를 알아야 했다. 생산하는 제품이 다르다. 사업의 가치사슬에서 위치가 다르다 등 여러 가지가 있었다. 또한 토요타는 일본 사람들이 일하고 평화발레오는 한국 사람들이 일한다. 이 두 나라의 국민성도 매우 다르다. 내가 생산하는 것은 일본의 회사와 기술 제휴한 제품이다. 그래서 신제품이 개발되면 일부 시험은 일본에 가서 한다. 퇴근 후 소주 한잔하면서 설계팀장이 일본에 가서 신제품 시험할 때 있었던 에피소드를 이야기했다. 그때 힌트를 얻었다. 시험을 할 때 시험기와 연결 부위가 우리의 제품과 일본에서 사용하는 제품의 설계가 달랐다. 우리의 제품과 연결할 수 있는 제품을 용접해 만들어 달라고 요청했다. 그런데 이 친구가 워낙 꼼꼼하게 만드느라 시간이 걸렸던 모양이다. 설계팀장은 기다리지 못하고 새로운 아이디어로 시험을 마쳤다. 그런데 그 친구는 여전히 연결 장치를 만들고 있었다고 한다. 이 상황을 묘사하는 설계팀장의 표현에서 두 나라 사람들의 특징을 조금 알 수 있었다. 설계팀장은 상황이 끝났는데도 여전히 연결 부위를 만들고 있는 사람을 이렇게 표현했다. 바보같이 상황 보면 몰라. 아직도 만들고 있네. 그런데 일본의 기술자는 이렇게 이야기하지 않았을까. 설계팀장이 만들어 달라고 요청했고, 만들 필요가 없다고 이야기하지 않았으니 나는 당연히 계속 만들고 있는 것이라고.

한국에서 이런 일이 일어났다면 어떻게 되었을까. 연결 장치를 만들어 줄 것을 요청받은 기술자는 시험 진행 상황을 보고 스스로 판단하여 만드는 것을 중단했을 것이다. 즉, 일본 사람은 시키면 시키는 대로 한다. 그러나 한국 사람은 목적을 이해하고 목적에 맞게 일을 한다. 내가 설계하는 칸반을 운영하는 평화발레오는 한국 사람이 일하는 작업장이다. 그렇다면 나를 포함한 한국 사람들을 먼저 이해하고 이들에게 맞는 칸반 시스템을 설계해야 했다. 우리는 간혹 본질을 어떻게 우리와 접목할 것인가에 대한 깊은 고민이 없이 피상적인 것만 가지고 와서 교과서적인 전달만 하는 것이 아닌가 한다. 한때는 분임조가 전국을 지배하고, 한때는 TQC, TPM이 대 유행을 했다. 본질을 이해하고 완전한 나의 것으로 만드는 일에 더 많은 노력이 필요할 것이다.

쌀과 삼겹살

조카가 디스플레이 업종의 회사에서 구매 업무를 담당하고 있다. 많은 부품을 일본에서 구매하는 관계로 자주 긴급한 상황이 발생했다. 그래서 구매 담당자는 수시로 인천 공항까지 승용차로, 비행기로 도착하는 자재를 인수하러 가는 일이 종종 발생했다. 때문에 밤과 낮 구분 없이 일하는 사람들의 안전이 언제나 걱정이다. 그래서 내가 근무하는 회사로 초청하여 칸반에 의한 협력업체 발주 및 납품을 보여주고 이렇게 해 보라고 하였다. 그러자 조카가 질문을 했다.

"외삼촌 회사의 협력업체는 수준이 매우 높은가요."

나는 아주 재미있는 이야기를 들려주었다. Parker에서는 칸반에 바코드를 넣어서 사용된 칸반의 정보를 바코드를 이용하여 ERP를 통해 협력업체에 발주서를 전달하고 재고 및 사용된 정보를 전달한다. 그러나 대구에서 처음 시작할 때는 아직 ERP가 정착되지 않아서 사용된 정보를 매일 아침 액셀에 저장하여 이 메일을 이용해 매일 아침 협력업체에 전달했다. 그런데 그 시절은 지금처럼 이 메일도 보편화되지 않았다. 젊은 사람들은 조금씩 이 메일을 사용하기 시작했지만, 연세가 있는 분이 운영을 하는 협력업체가 몇 개나 있었다. 그 회사는 컴퓨터도 이 메일도 없었다. 그분들에게 컴퓨터를 투자할 것을 권하고 이 메일 사용법을 교육했지만 쉬운 일이 아니었다. 여기서 구매팀장이 깜짝 아이디어를 냈다. 회사를 운영하시는 분들은 연로하여 IT에 익숙하지 않지만, 자녀들은 중·고등학교만 다녀도 이메일주소는 하나쯤 가지고 있을 것이다. 메일을 자녀들에게 보내면 학교에서 돌아온 자녀들이 프린트하고 그 정보에 따라 납품하도록 했다. 즉, 다른 협력업체보다 하루 늦게 자재의 정보가 전달되는 관계로 하루 사용량의 재고를 사용자가 고려한 재고 정책을 가져가면 되는 것이다.

나는 자재의 발주 및 재고 관리를 할 때 쌀과 삼겹살을 예로 들어서 이야기한다. 사람들이 모든 자재를 발주할 때 영업부서에서 주는 판매 예측 자료를 금쪽같이 생각하고 자재의 소요량을 최신 컴퓨터를 이용하여 산출하고 발주를 한다. 컴퓨터로 산출하였으니 계산은 아주 정확할 것이다. 그래서 이 자료를 맹목적으로 믿고 발주한다. 그런데 나는 여기서 Parker Lean Boot Camp라는 교육자료의 한 구절을 항상 가져온다. Lean Boot Camp의 교제에는 이렇게 말하고 있다. "Forecast will always change. It is never right"(예측은 항상 변할 것이다. 그것은 항상 옳은 것은 아니다)

집에서 쌀을 구매해야겠다는 결정을 할 때 어떻게 하는

가. 앞으로 한 달 동안 끼니마다 손님이 몇 명 오고 어느 날은 누가 외식을 하며 끼니마다 몇 사람이 식사하고 한 사람당 쌀의 소비량이 얼마나 되는지를 계산하여 얼마의 쌀을 구매하여야 할 것인지를 결정하지는 않을 것이다. 쌀이라는 것은 쌀독에 쌀의 재고가 일정량 이상으로 내려가면 5kg, 10kg, 혹은 20kg을 구매하여 채워 넣는다. 매일 소비하는 주식이고 앞으로 한 달간 식사 예상 인원을 예측한다 해도 정확하지 않다는 것을 알고 있기에 쌀이 떨어지면 채워 넣는 방식으로 관리를 하는 것이다. 그러나 삼겹살 파티를 할 때는 어떠한가. 오늘 삼겹살로 가족 파티를 한다고 하면 몇 사람이 먹을 것인가. 한 사람당 어느 정도를 먹을 것인가 예상을 하고 이를 근거로 삼겹살을 구매할 것이다. 회사의 자재도 쌀처럼 관리하면 효율적인 자재가 있고 삼겹살처럼 관리해야 하는 자재가 있다. 보편적으로 품목 수의 20%, 사용량의 80%가 쌀처럼 관리할 필요가 있고 삼겹살처럼 관리할 필요가 있는 자재는 품목 수로는 80% 정도지만 사용량으로 보면 20% 정도밖에 되지 않는다. 그런데 많은 사람이 컴퓨터라는 기기와 ERP라는 프로그램을 믿고 모든 자재를 삼겹살처럼 관리한다.

왜 회사에서는 모든 품목을 확실하지도 않은 예측을 하고 어렵게 하나하나 소요량을 파악하려고 많은 노력과 정성을 기울이는 것인가. 그리고 왜 그것을 의심 없이 믿는 것일까. 아마 컴퓨터라는 기계가 계산은 정확히 해주고 거창한 프로그램에 대한 믿음이 너무 강해서 그렇지 않을까 생각해본다. 80%의 사용량을 쌀의 재고 관리하는 방법으로 시도해보는 사고의 전환도 필요하다.

도요타가 JIT를 포기했다

"車 지금 주문하면 4년 뒤에나"…제조강국 日 '저스트 인 타임' 위기

입력 2022.09.25 오후 6:20 수정 2022.10.04 오후 4:06 기사원문

日기업 '적기 생산' 포기

'자동차 왕국' 일본에서 돈을 주고도 차를 못 사는 사태가 속출하고 있다. 중국으로부터 부품 조달이 끊기면서 생산이 수요를 따르지 못해서다. 소비자에게 전달하기까지 4년을 넘기는 차종까지 등장했다. 결국 어쩔 수 없이 제조 강국 일본을 상징하는 생산 방식인 '적기 생산(just in time·재고 최소화)'을 포기하는 기업이 잇따르고 있다.

아침 일찍 누군가 메일로 신문 기사를 링크해 보내주었다. 열어보니 나도 아침에 읽어본 기사다.

제조 강국 日 '저스트 인 타임' 위기. 적기 생산(Just in time, 재고 최소화)을 포기하는 기업 잇따르고 있다. 이뿐만이 아니라 매일 매일 쏟아지는 뉴스 중 많은 것이 본질에 관한 이야기는 없고 말초적이고 자극적인 뉴스가 헤드라인을 장식한다. 참으로 안타까운 일이다.

96년 토요타 연수를 다녀온 이후로 Just In Time과 Kanban에 매료되어 그것을 실현하려고 노력하였고, 실현

되고 나서 효율성에 매료되어 더 많은 공부를 하려고 진학하기도 했다. Parker라는 훌륭한 회사를 만나서 Lean에 대하여 체계적으로 공부했고 그것은 나의 공장 운영과 회사 경영에 대한 기초 그림이 되었다. 그룹 Lean manager로 일하는 5년 동안은 무수히 많은 해외 공장들과도 일하였다. 토요타 자동차가 있는 일본과 지리적으로 가깝고 교류가 많은 관계로 세계 어느 나라보다 일찍 TPS(Toyota Production System)를 도입하기 시작했다.

1983년 평화 클러치 입사를 하니 H 자동차의 적극적인 지원으로 TPS의 정착을 위하여 많은 노력을 하고 있었다. 이미 3정 5S, 칸반, 분임조 등의 단어는 일상적인 용어였다. 그런데 프랑스 발레오는 내가 조립라인 설계를 하기 위하여 프랑스 공장에 머무는 1992년 초에 TPS를 하겠다며 교육을 시작했다. 그때는 이제 이런 것을 시작하냐며 웃었다. 그런데 TPS의 기본 중의 기본인 5S에 대한 본질적인 의미와 현장에 접목하기 위한 조건을 2,000대 초 프랑스 발레오 자료에서 깨우쳤다면 믿어지겠는가. 우리나라는 정리, 정돈, 청소, 청결, 습관화에서 항상 정리, 정돈, 청소에서 끝이 났다. 청결과 습관화에 대한 방법을 모르고 있었다.

우리가 배운 자료에서는 청결(淸潔)을 이렇게 교육했다.

'정리, 정돈, 청소된 상태를 항상 유지하며, 오염 발생원을 근원적으로 개선하는 것이다.'

그리고 습관화는 '정해진 일을 항상 바르게 지키는 습관을 지니는 것이다.' 보기에는 아주 쉽게 이해가 가는 문장인 듯하다. 법정 스님의 법어 '산은 산이요, 물은 물이다'처럼. 그런데 현장을 운영하는 사람은 이해한다고 해서 끝나는 것이 아니다. 어떻게 실행할까. 산은 산이요, 물은 물이다. 매일 되새겨보지만 내가 무엇을 하라는 가르침인가 하는 의문은 아직도 깨우치지 못했다. 청결 습관화에 대한 정의를 이렇게 교육받았으므로 내가 무엇을 해야 하는가를 정확히 모르기에 각자 나름대로 이해하고 정확한 실행을 하는 것은 어려웠다고 생각한다.

그런데 2001년 프랑스 발레오 자료에서 청결은 '표준화', 습관화는 'Audit'라는 표현을 보고 뒤통수를 한 대 맞은 느낌이었다. 그래서 5S 표준서를 만들어 현장에 제공하고 Self-audit를 하도록 했다. 그랬더니 근 20년 가까이 제대로 실행하지 못하던 5S가 거짓말처럼 정착이 되었다. 이것은 매우 단순한 하나의 사례이다. 표준은 사무실 직원들이 만들어 주었다. 그리고 Audit는 각 공정을 감당하고 있는 작업자들이 스스로 점검하고 확인하도록 했다. 이것은 작업자 개개인이 그 공정의 주인이라는 생각하게 하는 목적과 사용자가 직접 점검하는 것이 효율적이기 때문이다. 이렇게 실시하면서 나는 재미있는 사실을 발견했다. 자가 점검 체크 시트에는 잘 유지되는 것은 'O' 미흡한 것은 'X'로 표기하도록 하였다. 그랬더니 처음에는 모든 작업자가 모든 항목을 'O'로 표기하였다. 나의 눈에는 엄청나게 잘못된 것이 많이 있는데 매일 'O'로 표기했다. 때로는 조급한 마음에 잘못된 것을 지적도 해주고 싶었지만 기다렸다. 스스로 잘못된 것을 볼 줄 아는 능력 개발의 시간이 필요하다고 생각했기에. 대신 현장에 방문하면 반드시 확인하는 것은 오늘도 자가 점검을 했는지 안 했는지였다. 점검 내용에 대해서는 일절 간섭하지 않고 기다렸다. 자가 점검을 시작하고 한, 두 달이 지나면 표준에도 없는 '△'가 등장한다. 이 순간 나는 엄청난 보람을 느낀다. 스스로 뭔가 이상하다는 인식을 하기 시작하는 시점이다. 그리고 시간이 더 지나면 스스로 'X' 표시를 한다. 스스로 만들어 준 표준과 같이 유지 관리를 하고 때로는 표준에 대한 개선의 아이디어도 낸다. 그렇게 많은 시간과 비용을 들이고 시스템을 제대로 사용하지 못하는 것은 TPS라는 경영철학의 본질, 즉 숲을 보지 못하고 나무 한 그루, 나뭇가지 하나인 기법 하나하나에 매달리고 기법 하나하나가 뭐 대단한 것인 양 호도하고 판매하는 일부의 왜곡에서 비롯되었다고 생각한다.

2013년 천안 사업장의 Division Lean manager를 채용하기 위하여 면접했다. 모 기관의 컨설팅을 받아서 TPS를 적용한 경험이 있다고 했다. 컨설팅받으면서 했던 일과 기초적인 지식에 대하여 질문했다. 아쉽게도 기초적인 지식에 대한 정립은 되어있지 않았고 컨설팅을 받아서 실행한 실적은 Proto Sample 제작 공정에 칸반을 적용한 것이었다. 그런데 이해가 되지 않는 것은 칸반은 양산 공정에 적합한 기법인데 왜 Proto Sample 공정에 사용했는지다. 물론 나도 Proto Sample 제조 공정은 일정 관리가 중요하기에 일정 관리를 눈으로 보는 관리를 위한 Tool로 칸반을 사용한다. 그러나 이 회사가 적용한 칸반은 이런 목적이 아닌 Proto Sample 생산 관리를 위해 칸반을 사용했단다. 그리고 컨설팅이 끝나고 국무총리 표창을 받았다고 했다. TPS, Lean이 혐오의 단어가 된 기분이었다.

위 기사를 작성한 기자에게 메일을 보냈다. 아무런 대답이 없다. Just In Time은 양산 제품의 관리를 위한 좋은 기법이다. 그리고 JIT가 칸반을 만나면 적정 재고를 관리하는 데 매우 효율적인 방법이 된다. 나에게 불필요한 재고는 공장관리의 암이고 관리의 수준이 높은 공장일수록 재고의 양은 적다는 나만의 기준으로 공장을 평가한다. 기사의 요지는 그렇다. 코로나, 특히 중국의, 제로 코로나 정책으로 도시 전체가 몇 개월씩 봉쇄가 되니 JIT를 추구하는 도요타의 생산이 금방 타격을 입을 것이라고 주장한다. 그래서 JIT를 포기한단다. 그러면 물어보았다. JIT를 채택하지 않은 공장은 중국의 도시 봉쇄에도 생산에 차질이 없었는지. JIT는 인류가 처음 경험하는 팬데믹과 같은 상황을 위하여 개발된 기법이 아니다. 정상적인 상황에서 생산 관리 및 자재 관리를 효율적으로 하기 위해 개발된 기법이다. 오늘 현재 살아있는 모든 사람이 태어나서 처음으로 경험하는 팬데믹, 지금까지는 이런 일은 일어난다고 가정을 하고 대비책을 준비한 회사는 없을 것이다. 그러나 이런 현상이 일어날 수 있다는 것을 우리는 경험하였다. 이제 이에 대한 대책도 수립하여야 한다. 지난 학기에 비즈니스 운영관리 수업에서 범유행 상황의 공급 사슬 관리에 대한 논문을 여러 편 읽고 공부를 했다. 실로 많은 연구자가 빠르게 이에 관한 연구의 논문을 발표한 데 대하여 놀라움을 금치 못하였다. 그런데 대부분의 연구는 기업의 공급망 사슬에 관한 연구였다. 그런데 나는 많은 논문을 공부하면서 이윤 추구를 목적으로 하는 기업에서 100년에 한 번 일어날까 말까 한 상황을 대비하여 시스템을 가져가야 하는 것인가. 이 기간 동안 기업 활동을 하지 않고 도요타처럼 은행에 넣어둔 돈으로 고용 유지만 하는 것이 기업으로는 효율적이지 않을까 하는 질문을 스스로 하였다. 그러면 단위 기업은 효율적일지 모르지만, 이 사회는 엄청난 혼란과 재앙에 직면할 것이다. 그래서 이 연구는 기업의 차원이 아니라 국가와 사회의 안전망 차원에서의 연구가 기업과 협력하여 이루어져야 하지 않을까 하는 생각이다.

PART Ⅲ

일석이조,
일하며 공부하다

인도보다 한국이 2.5배 더 걸리는 Block 가공 시간

파카에서 정년퇴직하면서 두 가지 생각이 머릿속을 지배했다. 많은 시간을 어떻게 사용할 것인가. 나는 장수의 DNA를 가지고 태어났다고 믿기에 족히 30년이라는 시간이 더 있다. 지난 38여 년 동안 최소 50%의 시간은 회사를 통해 시간을 소비했는데 이젠 그 소비처가 없어졌다. 나로서는 매우 두려운 일이다. 생각 끝에 나의 경험을 이 사회에 돌려주고 작게나마 힘이 되어야겠다고 결정했다. 그것은 분명 의미 있고 즐거운 일일 것이다.

이런 고민 중에 어떤 회사에서 제안을 해왔다. 공장을 맡아서 일해달라고. 지금까지 해왔던 것과 유사한 제품을 제조하는 회사다. 제품의 설계는 매우 우수하고 특히 공장의 운영자들이 최고로 좋아하는 표준화가 너무 잘 이루어지고 있는 회사다. 그런데 이 회사의 어려움은 93%의 부품을 외국에 있는 관계사에서 수입하는 것이다. 조립 테스트만 국내에서 하고 있다. 그래서 부품의 국내 개발이 필요하다고 했다. 나로서는 어려운 일이 아니다, 수많은 어려운 여건에서도 많은 제품을 개발한 경험이 있으니. 가장 먼저 문제가 되는 것이 제품 몸체의 가공을 국내에서 개발하여 고객들의 수요에 적절히 대응하는 것이다. 지금까지 수차례에 걸쳐서 국내의 여러 회사로부터 견적을 받았다. 그런데 일은 성사되지 않았다. 국내 회사들의 제시 가격이 너무 높았다. 그것도 거의 두 배에 가까운 가격이다. 이해가 되지 않았다.

한 회사가 매우 상세하게 견적서를 작성하여 제출했다. 그 회사의 사장님과 면담을 요청했다. 내가 먼저 이야기를 꺼냈다. 견적가에서 인건비의 비중이 얼마나 되냐고. 사장님의 대답은 15~20% 정도 된다고 했다. 물론 인건비는 인도와 비교하면 우리나라가 비교되지 않을 정도로 높다. 그런데 효율은 어떠할까. 사장님의 효율이 인도 정도밖에 되지 않는다고 생각하느냐. 나의 경험상 절대 아니다. 그러면 가공 공정의 큰 비용이 설비의 감가상각비를 비롯한 제조경비일 것이다. 가공 공정에서 15~20%의 인건비를 제외한 나머지 비용, 최소 80%의 비용은 한국의 제조업체들이 인도보다 비싸지 않을 것이다. 대부분의 일은 기계가 하고 사람은 기계에 제품을 넣고 빼고 하는 수준의 단순 업무다.

예를 들면 인도가 당신의 회사보다 저렴하게 기계를 구매할 수 없다. 오히려 수입한 기계를 사용해야 하는 관계로 설비의 구매비는 한국보다 비쌀 것이다. 그러면 생산성인데 왜 인도보다 못한 생산성일까. 생산성으로 비싼 인건비는 충분히 보완된다고 생각했다. 본사에 A 제품의 가공 조건을 줄 수 있냐고 문의하니 가공의 Know how가 유출될 우려가 있기에 줄 수 없다고 했다. 뒤돌아서서 웃었지만 저항할 수 없는 일이었다. 다음 순서로 국내 견적 회사에 상세한 가공 조건을 기록한 가공 공정도를 작성해 달라고 했다. 그리고 본사 엔지니어에게 회의를 요청했다. 어디가 잘못되었고 어디에 필요 이상의 시간이 소요되는지, 그리고 어떻게 개선하면 좋은지 조언을 구할 생각이었다. 그러면 왜 한국이 인도보다 가공비가 비싼지를 알 수 있을 것 같았다.

가공 공정을 세부적으로 분석하고 자료를 보냈다. 그리고 회의했는데 한국 협력업체의 가공 시간은 25분이었다. 이탈리아와 인도의 가공 시간은 10분 정도라고 했다. 더 이상 말을 잇지 못했다. 어느 부분의 RPM, Feed 등은 논의의 대상이 되지 않고 의미도 없어 보였다. 회의를 시작한 지 10분도 지나지 않았는데 서둘러 마쳤다. 그리고 대학 동창인 동준에게 전화했다. 친구는 유럽계 절삭 공구 메이커의 영업 담당 부사장을 지냈고 유럽의 가공 설비도 국내에 공급한 경험이 있다. 오늘 있었던 일을 설명하고 이게 가능한 일이냐고 물었다. 유럽의 상황, 한국의 상황도 잘 알고 있으니 있을 수 있는 일이냐고. 그래도 대한민국이 자동차 생산의 5대 강국이고 제조 분야에서 세계의 선두에 있는 나라인데, 무슨 일이냐고. 나는 열변을 토했다. 친구의 대답은 나를 더욱더 놀라게 했다. 그런 것은 흔히 있는 일이라면서 1주일에 걸쳐서 가공하던 것을 하루 만에 가공이 완료되도록 개선한 사례가 있다고 소개했다. 어떻게 그런 일이 있을 수 있느냐고 다시 물었다. 왜 이런 일이 흔하게 일어나는지 이유를 알려 달라고.

많은 가공 기술자들은 젊을 때 가공 기술을 배우기 시작한다. 그 시기가 우리나라 산업화가 고도 성장하던 30~40년 전이다. 그때 가공을 시작한 사람들이 지금 많은 현장을 책임지고 있다. 그런데 이 중 일부 기술자들이 오래전에 배워서 사용하기 시작한 공구나 절삭 방법을 지금까지도 금쪽같이 생각하고 그 방법을 고수하고 있다고 한다. 또한 본인의 가공 기술과 경험이 최고라는 생각을 버리지 않는다고 했다. 그러나 절삭 공구는 날마다 새로운 것이 개발되고 있다.

한편으로는 충분히 공감했다. 가공 기술자들의 고집 때문에 어려움을 겪은 경우가 많이 있기 때문이다. 때로는 내가 가공 기술을 배우고 싶어지는 경우가 한두 번이 아니었으니까 말이다. 친구에게 절삭 조건을 컨설팅해 줄 수 있는 기술자를 소개해 달라고 부탁했다. 2주 후에 11분의 가공 조건을 가지고 왔다. 이것은 하나의 사례일 뿐이다. 나는 많은 시간을 아니 머릿속에는 항상 개선이라는 단어가 자리 잡고 있었다. 그러나 개선은 언제나 난관에 부딪힌다. 변화가 동반되지 않는 개선은 없다. 그리고 변화에는 작고 큰 저항이 따른다. 가장 힘든 것이 변화에 대한 저항이다.

DFMA(Design for machining and assembly)

 제목이 너무 거창하다. 직장 생활의 처음을 품질 업무에서 시작하여 생산, 생산 기술 그리고 Project Task Force Team 등에서 일을 했다. 모든 업무가 설계에서 만들어진 도면을 가지고 어떡하면 좋은 품질의 제품을 경제적으로 만들 수 있을까 하는 고민을 항상 해왔다. 그런데 많은 부분에서 설계 도면을 이렇게 바꾸면 참 좋을 텐데 하는 생각이 있었고 때로는 예술 작품을 빚어내듯이 만들어야 하는 경우도 종종 있었다. 당연히 오랜 시간 동안 각고의 노력과 연구 끝에 얻어진 설계의 결과물은 그 누구도 함부로 할 수 없는 고유한 영역으로 존중되어야 한다. 그러나 많은 경우에 설계를 높은 벽으로 생각하고, 예술품을 어떡하면 효율적으로 만들까 하는 고민에 빠지곤 했다. 설계와 공장 간에는 교류가 그렇게 활발하지 않은 경우는 더욱더 그렇다.

 기술의 중요성이 강조되면서 지적 자산에 대한 보안이 강화되었다. 때로는 연구소와 공장이 물리적으로 분리가 되는 경우도 많았다. 마찰재를 고정하는데 리벳으로 하는 공법을 사용했다. 리벳을 고정하는 위치가 0.1mm 차이로 다른 경우도 많이 있었다. 0.1mm 때문에 새로운 치구를 만들어야 하는 것이다. 마찰판에 리벳을 조립하는 구멍은 가공에 필요한 치수만 자동차 종류와 모델마다 다르기에 백 벌 이상이 된다. 이렇게 종류가 많으니 개별 치구에 투자할 수 있는 비용 또한 저렴한 비용으로 만들어야 했다. 그리고 때로는 눈으로 구분이 안되어 서로 혼입이 되는 경우도 종종 발생했다. 몇 번이고 설계에 건의를 했다. 표준화하여 종류를 줄이자고. 그러나 돌아오는 대답은 항상 같았다. 이게 최적의 설계이기에 바꿀 수 없다고.

회사는 프랑스사와 합작 법인으로 설립되었다. 합작 법인이 발족한 후 프랑스 회사에서 연구소에 엔지니어 한 사람을 파견했다. 임무는 표준화 추진이다. 이 사람은 2년 정도 근무하고 돌아간 것으로 기억한다. 실로 많은 일을 했다. 그중에 하나가 마찰판의 고정용 리벳 조립 위치 표준화다. 0.1mm도 최적의 설계이기에 바꿀 수 없던 위치가 5mm 단위로 정리가 되었다. 백 벌이 넘던 가공용 치구가 10벌 남짓으로 줄어들었다. 종류가 줄어드니 좀더 비용을 투자하여 신뢰성이 높은 치구를 만들 수 있었고 5mm의 차이가 있으니 절대 잘못 조립되어 품질이 저하 되는 일은 발생할 수가 없었다. 설계적으로는 안전율을 저하시킬 수 있지만 제조적인 측면에서는 훨씬 좋은 품질을 만들 수 있어서 최종 고객에 대한 품질은 크게 향상시킬 수 있었다.

제조 부분에서만 일을 했던 나에게 설계 부분을 포함하여 일할 수 있는 기회가 드디어 왔다. 1998년 10월부터 제조 부분을 책임지고 있던 유압 사업부의 설계 업무까지 통합이 이루어졌다. 설계 부분을 인수하고 제일 먼저 실행한 일은 제품을 설계한 사람이 시작 샘플을 조립하도록 조치를 한 것이다. 많게는 10년 이상 설계 업무만 하던 사람들에게는 기절할 노릇이었을 것이다. 내키지는 않지만 어쩔 수 없이 조립하는데 표정이 난감하다. 손에 기름이 묻고 그리스가 묻으면 썩어들어가는 것처럼 느껴졌나 보다. 퇴근 후 술 한잔하는 자리에서 최고의 안주는 이범수라는 이야기를 들었다. 설계를 해 본 경험이 없으니 무식해서 설계의 고급 인력들을 하찮은 샘플 조립이나 시킨다고 말이다. 밤마다 최고의 술안주가 되지만 별로 개의치 않았다. 그렇게 1년이 지나갔다.

  2000년 1월부터는 설계한 사람이 양산 공정 설계까지 참여할 것을 요구했다. 다행히 대부분이 양산 공정 자체가 크게 변하는 경우는 없었다. 새로운 제품이라기보다는 새로운 차종의 변화에 대한 가공과 조립의 Jig & Fixture가 변하는 경우가 대부분이었다. Jig & Fixture의 제작은 모두 협력업체를 활용하기에 제품에 관해 설명을 하고 도면을 제공하면 협력업체에서 Jig & Fixture를 설계했다. 우리는 검토와 함께 승인하면 제작은 협력업체에서 하고 제작 후 납품을 받아 양산성에 대한 검토와 품질 평가를 한 후 생산부서

로 이관시키면 된다. 그러자 이제는 안주의 메뉴가 바뀌었
다. 설계를 모르는 무식한 사람에서 줏대 없이 이랬다저랬
다 하는 사람으로, 조직 운영에 대한 철학과 주관 없이 1년
단위로 업무의 범위를 변경한다고. 이렇게 좋은 안줏감을
제공하다가 2003년으로 첫 번째 회사와의 인연은 막을 내
렸다 먼 훗날 그때 밤마다 나를 안주 삼아 술잔을 기울이던
친구와 우연히 술을 한잔할 기회가 있었다. 그 날밤 정말 반
가운 이야기를 들었다. 그때 조립을 해 보고 공정 설계에 참
여해본 경험이 지금까지 설계하는 데 너무나 큰 도움이 된
다고 말이다. 술안주가 되어가면서까지 그런 기회를 주어
서 고맙다고 했다. 한 사람이라도 나의 진정성을 먼 훗날이
라도 알아주니 정말 가슴 뿌듯하고 술맛이 좋은 밤이었다.

DFMA(Design for Machining & Assembly). 설계의 목적
은 제품을 만들려고 하는 것이다. 기능을 잃지 않으면서 가
공하기 좋고 조립하기 좋은 설계가 좋은 설계일 것이다. 그
래서 우리는 설계자와 제도하는 사람을 구분한다. 거기에
다가 설계자가 직접 사용해보고 고객의 경험을 제품의 설
계에 반영하는 것이 정말 중요할 것이다. 나는 이과를 공부
하고 대학에서는 기계공학을 전공했다. 요즈음은 모르겠지
만 그 시절에는 전기에 관한 교육은 기계과 교육과정에 없
었다. 그러나 막상 학교를 졸업하고 일선 현장에 가니 기계
적 지식만으로 운영이 되는 기계는 거의 없었다. 일부 특수
한 기계는 전기적인 기능 없이 만들어졌지만 아마 이런 기

계를 접하기는 매우 드문 일이었다.

　대부분의 기계, 아니 모든 기계는 전기적인 기술과 기계적인 기술 협업의 산물이다. 그런데 나를 비롯한 기계공학을 공부한 사람은 전기적인 지식이 없다. 또 전기 공학을 공부한 사람은 기계적인 지식이 없는 경우가 많다. 그래서 회사의 조직도 전기와 기계로 구분되어 있다. 내가 일을 했던 회사의 조직도 설비 관리팀 안에 기계 부서와 전기 부서가 나누어져 있었다. 때로는 불편한 일이 종종 벌어지곤 한다. 설비가 고장이 나면 먼저 기계 부서로 연락이 온다. 기계 기술자들이 설비를 점검하고 원인을 못 찾으면 다음 일은 그때마다 달라진다. 분위기가 좋은 날은 전기 기술자에게 연락하여 같이 검토한다. 간혹 드물게 전기 고장이니 전기 기술자에게 수리를 요청하라는 말을 남기고 떠난다. 초조한 생산 담당자는 전기 기술자에게 달려가 지금까지의 경과를 설명하고 수리를 요청한다. 때로는 전기 기술자도 열심히 점검하고 전기 문제가 아니라는 말만 남기고 가버린다. 참으로 난감한 상황이 벌어지는 것이다.

　프랑스 회사에서 한국에 사용할 생산라인을 설계 작업할 때의 일이다. 프랑스 아미앙 공장에서 사용하고 있는 기계를 한국의 생산 모델에 적합하도록 수정하여 2번 공정 기계로 사용하기로 하고 회의를 요청했다. 그런데 한 사람만 나타났다. 기계 부분 설계자가 누구냐고 질문을 하니 본인이라고 했다. 그리고 전기 부분 설계자가 누구냐고 질문을 하니 본인이라고 했다. 나는 영어가 서툴러서 이 사람이 잘못 이해하는 줄 알고 다시 천천히 또박또박 질문을 했다. 같은 대답이다. 그러면 당신이 기계 부분 설계와 전기 부분 설계를 모두 했냐고 질문을 하니 그렇다고 했다. 학교와 회사에서 기계와 전기는 전혀 다른 기술이고 절대 같은 사람이 할수 있는 일이 아니라고 나 스스로 인식하고 있었던 것인데. 그런데 한 사람이 다 한다고. 그런데 막상 일하고 보니 너무나 효율적이었다. 간혹 기계를 설계해 놓고 전기 기술자와 협의할 때 전기적으로 부적절하여 기계적인 설계를 수정하는 경우가 종종 있었다. 한 사람이 기계 전기의 기능을 모두알고 설계를 한다면 이러한 시행착오는 현격히 줄어들 것이다. 그리고 정말 효율적인 것은 설비의 유지 관리 및 고장에 대한 대처. 라인 전체를 설계하고 한국에 설치했다. 설치하고 시운전을 하던 중, 그리고 설비를 사용하던 중 고장이 발생하면 너무나 쉽게 해결을 할 수 있었다. 설비에 문제가 발생하면 전기 기계 구분 없이 설계자에게 전화만 하면모든 것을 해결할 수가 있는 것이다. 1번 공정의 기계가 말썽을 부리면 젤 씨에게 전화하면 해결이 되고 2번 공정의기계가 고장이 나면 아닉 씨에게 전화하면 해결이 되었다. 너무나 효율적인 구조였다.

나는 이런 시스템을 한국에서도 적용하려고 노력했지만 시도하지는 못했다. 아쉬운 부분이다. 나는 이것을 도입하는 것을 실패했지만 누군가는 꼭 시도해볼 것을 권한다. 아니 누군가는 하고 있을 것이다. 대한민국 사람들은 매우 효율적이기 때문에.

부도난 회사에서 일했던 사람

　오랜 기간 직장 생활을 하면서 많은 사람들과 만남도 있었고 헤어짐도 있었다. 나는 만남도 중요하지만 헤어짐도 항상 중요하게 생각한다. 헤어짐은 때로는 좋은 일로 때로는 슬픈 일로 일어난다. 내가 중요하게 생각하는 것 중의 하나는 헤어질 때 웃으면서 헤어지자는 것이다. 첫 만남을 만들 때는 어떠한 만남도 좋다, 웃으면 만나도 좋고 유쾌하지 못한 첫 만남도 좋다. 왜냐하면 두 번째 만남에서 회복할 기회가 있기 때문이다. 그러나 헤어짐은 한 번밖에 없는 것이기에 부정적인 인상을 남기고 헤어지면 잘못된 것을 바로잡을 기회가 없다. 그래서 헤어짐은 항상 해피엔딩이어야 한다는 생각이다.

　사람을 채용하면서 많이 고민했던 일들이 있다. 어떻게 보면 나라는 인간은 참으로 비정하고 인간성이 메말랐는지도 모르겠다. 부도난 회사에서 일했던 사람들이 회사에 지원했을 때 나는 생각이 많아진다. 사실 좋은 사람인 경우가 많다, 그리고 회사가 파산했다는 어려움을 겪어 보았으니 그런 일을 다시는 당하지 않으려고 누구보다도 일을 열심히 할 것으로 생각한다. 그러나 내가 겪은 대부분은 그러한 간절함은 채용하기 전까지는 모두 갖고 있다가 채용되면 달라지는 경우가 종종 있었다. 곰곰이 생각해보니 그 사람만을 나무랄 수도 없는 형편이다. 극단적으로 표현하면 지금까지 그 사람은 전 직장에서 부도내는 방법을 배운 것이다. 회사의 경영이 나빠지는 악순환의 고리에서만 생활한 셈이다. 다시 말하면 그 사람이 지금까지 배운 것은 회사를 성장시키고 이윤을 많이 내는 문화가 아니라 회사를 어렵게 만드는 것이 어떤 것인지 그러한 환경 속에서 생활하였고 그것이 몸에 익숙해졌다는 사실이다.

가정 폭력을 보고 자라난 아이들은 성인이 되고 결혼을 해서 가정 폭력을 행사할 가능성이 크다는 글을 보았다. 어릴 때 엄마가 아빠로부터 폭행당해 고통받는 것을 볼 때는 자신은 성인이 되어도 절대 나의 아내에게 폭력을 행사하지 않을 것이라고 수없이 다짐하고 살아왔을 것이다. 그러나 성인이 되고 결혼을 해 가정을 꾸리고 살다 보면 항상 모든 것이 좋지만은 않을 것이다. 때로는 갈등이 생기고 의견의 충돌이 일어난다. 문제는 이러한 갈등을 해결하는 방법을 모른다는 것이다. 학습한 것이 폭력을 통한 해결 이외에는 배운 것이 없으니 위기의 순간에 학습하고 몸에 익숙한 방법이 나오기 마련이다. 그것이 폭력을 통한 해결이다. 그래서 나는 부도난 회사의 사람을 채용할 때는 정말 많이 고민한다. 부정적인 조직의 대표적인 현상이 어떤 일을 하자고 하면 안 되는 이유를 먼저 말한다. 아니면 이러한 어려움과 이러한 문제가 있으니 잘못될 수도 있다는 가정을 먼저 이야기한다. 그 심정은 안다. 결과가 좋지 않을 때 나에게 비난하거나 책임을 묻지 말라는 안전장치를 미리 만들어 놓고 일을 시작하겠다는 심정일 테니까. 그러나 내가 가장 싫어하는 것이 이런 협상이다. 일도 시작하기 전에 이러한 협상을 먼저 하면 한 팀이 될 수 없고 한 팀이 될 수 없으면 성공의 확률도 그만큼 떨어진다.

우리가 하는 것이 다 성공하는 것은 아니다. 나는 성공만을 위해서 일하지는 않는다. 실패하는 과정을 통해 성공으로 가는 길을 배우는 것이다. 내가 좋아했던 사람들은 비록 어려운 일이라도 주어지면 긍정적인 생각을 가지고 시도해 보고 결과 좋지 않을 때라도 부정적인 생각 대신 성공하는 방법에 대하여 고민하는 사람을 좋아한다.

40여 년 동안 직장 생활을 하면서 엄청나게 큰 실패도 해 보았고 그로 인하여 회사에 금전적인 손실도 많이 끼쳤다. 그러나 나는 아직 그런 것 때문에 징계를 받은 적도 없고 인사상의 불이익을 받은 적이 단 한 번도 없다. 한 사업부의 실무 책임자로 일할 때 1년 매출이 100억인 사업부에서 한 건의 품질 사고로 2년에 걸쳐 80억의 클레임을 받은 적이 있다, 이것도 고객과 50대 50으로 부담하여 80억이다. 물론 근본적인 원인은 설계이고 설계는 내가 이 사업부를 담당하기 전에 완료되었다. 내가 양산을 시작할 때 책임자로 부임을 했다는 변명도 가능하지만 어느 누구도 이 사건으로 징계를 당하지 않았다. 이 사고를 마무리하고 영국계 사장님과 커피를 마시며 이야기한 적이 있다. 나는 이번 클레임을 처리하면서 엄청난 공부를 했다. 신제품 개발에 무엇이 얼마나 중요한지를 너무나 많이 깨달았다. 이것을 최대한 기록으로 남겨두려고 노력했지만 내가 느낀 것의 10%도 기록으로 못 남기겠더라. 그러니 나의 머릿속에 80억의 90%가 남이 있으니 잘 관리해야 한다고. 농담 삼아 말했지만, 이 사건을 처리하면서 신제품 개발 절차에 대한 중요성을 뼈저리게 인식했고 그 이후에는 APQP(Advanced Product Quality Plan)의 신봉자가 되었다. 이후에는 이것을 적극적으로 활용하였다.

효율이 낮은 조직의 특징을 보면 미래에 관한 대화의 시간보다 과거에 대한 시간에 더 많은 시간을 소비한다. 과거의 이야기가 필요 없다는 것은 아니다. 과거에 관한 이야기가 필요 없다면 학교에서 역사를 가르치지 않을 것이다. 우리가 과거를 알아야 하는 것은 미래를 위하여 알고자 하는 것이지 누구를 단죄하기 위하여 혹은 누구를 비난하기 위하여 알고자 하는 것은 아닐 것이다. 자재가 결품이 발생했다. 그러면 자재를 발주하는 프로세스가 어떻게 되어있고 이 프로세스 어디에서 착오가 발생해 결품이 발생했는지를 이야기해야 한다. 그러나 잘못된 조직의 대화를 들어보면 누가 무엇을 잘못해서 결품이 발생했는지, 사람에 초점이 맞추어져 있다. 한 번쯤은 누가 잘못했는지가 나올 것이다. 그리고 비난받을 것이다. 이런 색출작업에 익숙하지 않은 사람이 대부분 걸려든다. 그러다 그 사람도 한, 두 번 지나면 걸려들지 않을 것이다. 왜냐하면 방어적으로 일을 할 것이기 때문이다.

해외에서 들어오는 자재가 결품이 발생하여 항공으로 수송을 해야 하는 일이 발생을 했다. 이 건으로 한 시간 이상의 회의를 했다. 절반의 시간은 누가 잘못 했느냐에 소비하고 절반의 시간은 항공 비용을 누구에게 부담시킬 것인가에 소비했다. 정작 결품의 원인이 무엇이고 같은 문제가 발생하지 않기 위해서는 어떻게 해야 하는지는 한마디의 논의도 없이 끝나는 회의가 있었다. 이러한 조직은 절대 발전하지 못하고 임기응변에 능한 사람들이 활개 치는 조직이 될 것이다. 우리가 하는 일은 모두 성공할 수는 없다. 있다면 허들이 너무 낮기에 성공한 것이다. 낮은 허들을 가지고는 시장의 경쟁에서 이길 수가 없다. 그러나 이런 조직은 자꾸 허들의 높이를 낮추기 위해 고민하고 노력할 것이다.

젊은 후배들에게 입버릇처럼 하는 이야기가 있다. 회사는 돈을 받으면서 본인의 능력을 향상시킬 수 있는 엄청난 기회를 제공하는 곳이라고. 회사의 가장 큰 자산이 사람이라는 것은 너무나 상투적인 표현이지만, Parker Hasnnifin의 Tom Williams CEO는 인성이 제대로 갖추어진 사람에

게 지식과 경험을 하게 만들면 회사의 자산이 되지만 인성
이 갖추어지지 않은 사람에게 지식과 경험을 넣으면 회사
의 재앙이 될 수 있다고 했다. 여기에 내가 꼭 하고 싶은 이
야기는 실패를 두려워하지 말고, 실패를 감추지 말고 실
패에서 성공의 방법을 찾으라는 것이다. 발레오의 품질 담
당 중역인 Mr. Kazuo Kawashima는 3현 운동을 위하여
QRQC(Quick Response Quality Control)를 고안했다. 인
상적인 그분의 한마디가 아직도 기억에 생생하다. 양품은
제품 가격만큼의 가치가 있지만, 불량품은 불량에 대한 정
보를 가지고 있기에 그 가치는 누구도 속단할 수 없다. 그러
니 부적합품은 가장 잘 보이는 곳에 보관하고 관리하면서
그에 대한 정보의 가치를 항상 생각하라고 했다. 그때부터
품질 그리고 부적합품에 관한 생각을 완전히 새롭게 가지
는 계기가 되었다.

업체 협박부 이야기

　H 자동차에서 37년을 근무한 친구가 정년퇴직한다고 동창들 단톡방에 소식을 전했다. 참으로 존경할 일이다. 한 직장에서 37년을 근무했으니. 친구에게 전화를 걸어 진심으로 축하의 말을 전했다. 대한민국 1인당 국민소득을 5천 불에서 3만 불로 올려놓고 퇴직을 하는 것이라고. 이것은 나의 진심이다. 나는 자주 이런 이야기를 한다, 대한민국 경제 발전에 자동차라는 산업의 기여도가 얼마나 대단한 것인지를. 그리고 H 자동차의 헌신적인 노력이 얼마나 크게 이바지했는지 두고두고 생각하고 있다.

　10여 년 전쯤인가, 정부에서 상생 지수를 만들어 대기업을 평가하겠다고 했던 기사가 있었다. 나는 그 기사에 이런 댓글을 달았다. 제발 탁상공론 보여주기 쇼 같은 정책은 그만합시다. 20년 전, 30년 전에 H 자동차가 협력업체 발전을 위해 외부 컨설턴트를 고용하고 100명 이상의 자사 직원을 협력업체에 파견해 개선을 독려하고 했던 것을 지금 어떻게 평가할 것인지. 지금 당장 눈에 보이는 쇼가 정말 협력업체에 도움이 된다고 생각하는지. 제발 기업은 경영자에게 맡겨두시라고.

　1983년 입사했을 때 내가 근무하는 회사의 연간 매출이 230억이었다. 현재는 5조의 회사가 되었다. 물론 가장 열심히 뛰고 가장 큰 노력을 한 것은 그 회사의 임직원이다. 그러나 우리가 잊어서는 안 될 것이 H 자동차의 강력한 협력업체의 발전을 독려하는 정책이 없었다면 오늘의 회사처럼 이렇게 엄청난 성장을 스스로의 힘만으로 할 수 있었겠느냐고 생각한다. 나는 여러 외국계 회사에서 근무도 하고 그들과 함께 일도 했지만 이처럼 직접적인 비즈니스가 아닌 협력업체의 발전을 위하여 투자하는 경우는 거의 보지 못했다. 많은 글로벌 기업이 협력업체와 동반자적 관계를 이어가야 한다고 피력한다. 그러나 발전된 협력업체를 찾아서 그런 회사와 동반자가 되려고 하지 협력회사를 발전시켜서 동반자가 되고자 하는 경우는 찾아보기 힘들었다. 나는 이런 면에서 H사를 높이 평가한다.

　나도 그 시절은 너무나 힘들었다. 우리는 업체 협력부라는 정식 이름 대신에 업체 협박부라고 불렀다. 협력회사에 상주하면서 공장 구석구석 미흡한 부분을 지적하고 보고서를 썼다. 너무나 힘든 일이었다. 그 당시를 회상하면, 너무나 열심히 지적하는 친구가 정말 미웠다. 당시 근무하던 회사는 프랑스 회사와 합작 회사였는데 프랑스 벤치마킹을 가자고 권했다, 어렵게 H사의 승인을 받아 프랑스 공장을 견학 했다. 그리고 주말을 이용하여 파리 및 유명 관광지의 관광 가이드도 열심히 했다. 맛있는 프랑스 요리도 대접하고, 이런 것의 이면에는 제발 적당히 지적하고 살살 하자는 바람이 솔직히 크게 깔려 있었다. 그런데 프랑스를 다녀온 그 친구의 보고서를 보고는 깜짝 놀랐다. 그 당시 프랑스 공장은 지붕의 상단 부분을 투명하게 건축하여 낮에는 전등을 켜지 않고 자연 채광으로 충분히 일을 할 수 있도록 건축이 되어있었다. 이 친구가 이것을 본 것이다. 보고서에 프랑스 공장은 낮에는 자연 채광을 이용하여 전력을 절감하니 한국의 공장도 이렇게 개선할 일정을 달라는 것이다. 프랑스 가기 전의 개선 요구 사항인 단위 공정 중심에서 이제 건축물까지 확대가 되었다. 돌이켜보며 그 친구는 그럴 수밖에 없는 것이다. 파리 구경도 시켜 주고 맛있는 프랑스 요리도 대접했으니 개선의 요구가 줄어들기를 바라는 것은 나의 얄팍한 생각이었고, 그 친구 입장에서는 프랑스까지 다녀왔으니 더 거창하고 효과적인 개선을 요구하고 결과를 만들어야 하는 것이다. 프랑스 구경과 본인의 임무를 철저히 구분할 줄 아는 이렇게 투철한 직업정신을 가진 사람들이 국민소득 3만 불의 나라를 만드는데 작은 초석이 되었다고 생각한다.

　나는 요즈음 비용을 지불하고 헬스장에서 개인 PT를 받는다. 나이가 들면서 근육이 줄어드는 것을 방지해야 오래오래 건강을 유지할 수 있다고 해서, 혼자서 적당한 운동으로는 나이로 인해서 줄어드는 근육을 막을 수가 없어서다. 그러나 H 자동차는 내가 1차 협력업체에서 일한 2000년대 초까지 100명 이상의 업체 협박부를 운영하고 있었다. 즉, 이 많은 인력을 협력업체 레벨업을 위해 투자한 것이다. 협력업체가 받는 PT 비용을 협력업체가 지불하지 않고 H 자동차가 지불했다. 그것도 때로는 몇몇 사람들의 지나친 행동으로 욕도 먹고 때로는 비난까지 받으면서 말이다. 83년 내가 근무하던 회사 매출 230억은 그 당시 H 자동차 협력업체 중에서 상위의 규모에 속했다. 그러나 지금은 어떠한가. 조 단위의 매출로 성장한 자동차 부품 제조 회사의 숫자는 헤아릴 수 없이 많다. 이제 이러한 조 단위의 매출이 H 자동차를 통해서만 일어나는 것은 아니다. H 자동차의 PT를 받으면서 스스로 열심히 운동한 회사들이 H 자동차만이 아닌 해외의 유수한 자동차 업체에서 올리는 매출이 높아졌다. H사에서 올리는 매출보다 더 높은 매출을 기록하는 회사들도 상당히 있는 것으로 알고 있다.

많은 시간 동안 외국계 회사에서 일했지만, 그들은 철저히 개인주의적인 문화에서 이러한 시너지를 만들기는 어렵다고 생각한다. 이러한 공생의 문화는 어우러짐의 문화가 밑바탕이 되어있는 우리만이 만들 수 있는 것이다.

친구야, 수고했다. 네가 흘린 땀은 분명히 이 나라의 발전의 초석이 될 것이다.

이제 우리는 즐겁게 남은 시간을 살아가자.

프로젝트에 대한 결재는 나에 대한 신용을 확인하는 것

나는 지난 시간 동안 참으로 많은 기회와 혜택을 받으며 일했다. 다양한 분야에서 다양한 사람들과 일하는 기회가 있었다. 3분의 2 이상의 시간은 서구의 사람들과 일하면서 그들의 표준과 Leadership을 배우기도 했다. 덕분에 그 시절의 나의 업무 성과도 잘 나온 것 같다. 그러고 보면 한국인을 상사로 모시고 일하던 시절은 좋은 성과를 만든 시간이 그렇게 많지 않다. 평화발레오 시절의 김상태 회장님께 직접 보고를 하던 시절과 Parker Hannifin의 유시탁 사장님과 일하던 때를 제외하고는 그렇게 업무의 성과가 좋았던 기억이 없다. 오히려 나쁜 기억은 많다.

성과가 좋았던 시절의 원인은 무엇일까. 한마디로 말하면 긍정과 믿음이라고 할 수 있다. 함께 일했던 서구인들은 영국, 프랑스, 미국 출신들이었다. 그들에게서는 항상 긍정의 힘을 받았다. 가령 어떤 일을 행하고 보고를 하면 먼저 좋은 점을 찾아서 칭찬해준다. 그리고 고쳐야 할 부분은 이런 것은 이렇게 하면 좋지 않겠냐고 피드백을 준다. 많은 시간을 긍정적인 면에 이야기하고 격려를 해주고 부정적인 이야기는 간단하고 짧게 한다. 항상 긍정의 에너지를 받고 나서기에 자신감이 충만하고 그로 인해 더욱더 열심히 하게 된 것 같다. 그리고 한국인 두 분은 믿고 맡기는 스타일의 리더십을 가졌다. 요즈음은 대부분의 결재를 전자 결재로 수행하기에 직접 만나서 결재하는 경우가 많지는 않다. 그러나 내가 평화 발레오에서 일하던 시절은 거의 모든 프로젝트의 결재를 종이 문서에 작성하여 직접 대면으로 승인을 받았다.

때론 이런 일이 종종 벌어지곤 했다. 회장님의 바쁜 일정으로 건건이 결재를 받기가 쉽지 않았다. 그래서 한번 결재를 들어가면 몇 건씩 가지고 가는 일이 흔하다. 어느 날은 억대의 비용이 소요되는 프로젝트 5개를 가지고 결재를 들어가 첫 번째 결재 서류를 설명하고 있는데 귀로는 들으면서 손으로는 5개의 결재 서류에 모두 사인을 해버렸다. 나는 첫 번째 프로젝트의 설명을 마치고 항상 같은 고민을 한다. 두 번째 프로젝트 설명을 계속해야 하는 것인지, 결재를 다 했으니 여기서 중단해야 하는지. 그러나 나는 프로젝트 내용을 알려드려야 하기에 계속 설명한다. 하지만 사장님의 다음 멘트는 정해져 있다. 됐다. 네가 알아서 잘해라. 그래서 다음 프로젝트의 설명은 중단되고 다른 전반적인 이야기를 하고 방문을 닫고 나선다. 지금 돌이켜보면 나는 프로젝트의 승인을 받는 것이 아니고 나에 대한 회장님의 믿음을 확인하는 자리였다고 생각한다. 네가 알아서 하라고 했으니 성공을 해도 실패를 해도 모든 것은 나의 책임이다. 프로젝트의 내용은 물론이고 소요되는 비용까지. 특히 과도한 비용이 지출되어서는 안 된다. 만약 이범수가 진행하는 프로젝트는 공급자에게 수익이 많이 나는 프로젝트라고 소문이라도 나면 나는 일을 잘못하는 것일 것이다. 너무 적은 비용을 지불하여 공급자에게 금전적 손해를 끼쳐서도 안 된다. 우리에게 공급하는 협력업체도 남이 아니다. 함께 발전해야 하는 공동체이기에.

대표적인 사례가 H 자동차와 1차 협력업체일 것이다. H 자동차는 자동차 산업 초기에 정말 큰 비용과 시간을 협력업체의 발전에 투자했다. 그 결과 협력업체도 세계적인 경쟁력을 가졌고 그로 인해 H 자동차에도 양질의 좋은 부품을 공급하여 H 자동차도 세계 유수의 메이커와 당연히 세계 시장에서 경쟁하고 있다. 그리고 내가 지금까지 공장관리의 바이블처럼 생각하는 발레오 5000의 Supplier Integration의 근본적인 정신은 협력업체로 인연을 맺는 것에는 신중에 신중을 기하지만 인연을 맺은 협력업체와는 공동체의 정신을 강조하는 것이다. 우리 회사만 잘하고 수익을 많이 내는 것은 오래가지 못한다. 협력업체, 우리 회사 그리고 고객 회사 모두가 튼튼한 경쟁력을 갖고 있어야 한다는 것이다. 즉, 공급 사슬의 구성원 전체가 강력한 경쟁력을 갖고 있어야 한다. 이러한 이유로 프로젝트의 비용 지출은 적정해야 한다. 아마 정답이 없는 것이 적정한 가격의 지불일 것이다. 그것도 사후 정산이 아니고 사전 계약에 의한 지불이기에. 그래서 나는 정답이 없는 답을 찾으려고 끊임없이 생각하고 공부하고 자료를 뒤졌을 것이다. 나는 프로젝트의 결재를 받으러 들어간 것이 아니고 나의 노력의 결과에 대한 신임을 결재 서류를 통해 확인하고 발전한 것 같다. 정답이 없는 일이 나에게 주어졌고 그것은 최선을 다하는 것 외에는 대안이 없었다. 이런 과정을 통하여 나는 발전했던 것이다.

지금 이력서를 다시 쓰면 4개 회사의 이름이 나올 것이다. 평화발레오 20년, Parker Hannifin 16년 그리고 두 개의 이름이 더 나올 것이다. 이렇게 나에게 많은 경험과 발전의 기회를 준 평화발레오를 2003년 4월 30일을 마지막으로 떠나게 되었다. 평화발레오를 떠나서 작은 중소기업에 몸담게 되었다. 조건도 좋았고 업무의 성과를 만들기 위한 충분한 안전장치도 만들어 놓고 이직하였다. 대학 졸업 후 첫 번째 직장이 평화발레오다. 한 직장에서 20년을 근무했으니 그것이 경험의 전부이고 모든 회사는 평화발레오와 같을 것으로 생각했다. 그러나 많은 곳에서 차이가 났다. 대표적인 것이 프로젝트의 진행이다. 평화발레오에서 하던 대로 최선을 다해 적정 가격을 산정하여 품의 하였다. 그런데 결재 서류를 두고 가라고 한다. 이해가 안 되었다. 프로젝트를 세부적으로 검토하고, 궁금한 것이 있으면 나에게 설명해 달라는 것이 프로젝트 파악에 도움이 될 것인데, 혼자 독학하려나. 며칠 후에 두고 가라는 목적을 알았다. 공급자에게 연락하여 5% 가격 인하를 합의하고 인하된 가격으로 결정한 후 결재 서류를 돌려주었다. 처음 경험하는 일이라 매우 충격적이었다. 내가 과도한 가격을 지급했는가 하는 불안감이 먼저 엄습했다. 그래서 더욱더 적정 가격을 찾으려고 노력했다. 그러나 항상 5% 인하된 결재 서류가 돌아왔다. 그제야 알았다. 내가 결정하는 가격이 최종 가격이 아니구나. 그 후에는 일하는 데 아무런 부담이 없고 고민의 시간도 필요 없었다. 내가 결정하는 가격이 최종 가격이 아니니 책임져야 할 일이 없지 않은가. 많은 시간을 투자해서 가격 조사를 할 필요도 없었다.

한 번은 이런 일도 내 눈앞에서 벌어졌다. 프로젝트를 기안하는 팀장이 공급자와 전화 통화로 프로젝트 가격에 관해 이야기를 했다. 견적을 얼마로 넣어라. 그러면 내가 얼마 인하하고 공장장이 얼마 인하하고 사장님이 5% 인하하면 최종 가격이 될 것이다. 일종의 담합이었다. 나는 엄청난 자괴감이 들었다. 그러나 나는 그 팀장에게 주의만 주는 형편이다. 만약 평화발레오에서 그런 광경이 벌어졌다면 나는 그 직원을 해고를 해도 몇 번은 했을 것이다. 직장 생활 중에 이 시기가 가장 힘들었던 것으로 기억한다. 그리고 또 한 가지 첫해에 약 50% 이상의 매출 성장을 이뤘다. 그런데 그것이 잘못된 것이었다. 매출을 줄여야 한다는 것이다, 세무 때문이다. 도저히 이해되지 않는 일이다. 그러나 기업 자체가 목적이라기보다는 제조업에 주어지는 공장부지의 저렴한 분양 그리고 일정 기간이 지나면 전매가 가능하기에 안전한 제조업을 빌미로 한 부동산 투자가 목적이지 제조업을 성장시켜서 위험부담을 지고 싶지는 않다는 뜻이었다. 회사 생활 전체를 뒤돌아보아도 이 시기가 나로서는 가장 힘든 시절이었다. 지금까지 배우고 노력한 것이 끊임없이 개선하고 기업의 경쟁력을 향상하여 매출을 신장시키는 것이었다. 기업의 목적은 이윤 추구와 영속성인데 완전히 목표가 뒤바뀐 꼴이 되어버렸다.

아무런 의욕이 없어졌다. 책도 보기가 싫어졌고, 사람을 만나는 것도 싫어졌다. 나는 무엇을 위하여 살아가야 하는가. 나의 앞날은 어떻게 될 것인가. 식욕도 없어졌다. 몸이 약해지기 시작했다. 나는 방송을 통해 재벌 총수들이 간혹 잘못을 저질러 죗값을 치르고 교도소에서 출소할 때 휠체어를 타고 나오는 것을 종종 보았다. 나는 그것을 보고 쇼라는 생각이 많이 들었다. 그러나 이 시기를 직접 겪어 보니 그것이 쇼가 아니라는 것을 알게 되었다. 일단은 건강을 지키는 것이 최우선이었다. 어차피 회사는 옮길 수 있다. 그러나 건강을 잃어버리면 아무것도 할 수 없다. 내가 포기하지 않는 한 회사는 과거 평화발레오에서처럼 의욕적으로 일을 할 수 있는 회사로 이직이 가능할 것이다. 그것도 내가 건강해야 한다. 이 시절 가장 열심히 한 것이 퇴근 후 헬스장에 가서 운동하는 것이었다. 거의 매일 하루도 빠짐없이 퇴근하면 곧바로 헬스장에 가서 두어 시간씩 운동했다. 운동을 통하여 건강을 지키는 일이 가장 중요한 일이 되었다. 건강을 잃으면 모든 것을 잃는다는 말이 정말 실감 나는 시절이었다.

왜 출하 품질 검사를 하지 않습니까

  기업의 목적은 두 가지라고 배워왔다. 이윤 추구와 기업의 영속성이다. 이 두 가지 목적을 위하여 어떻게 일을 하고 경영을 해야 할 것인가. 나는 납기와 제품의 품질로 고객에게 봉사하는데 빈틈이 없어야 한다고 생각하고 이것을 실행하려고 노력하였다. 최초의 수주는 여러 가지 방법으로 할 수 있을 것이다. 그러나 두 번째 수주는 한 가지 방법밖에 없다. 첫 번째 공급한 제품의 납기 품질과 제품 품질이 수주를 할 수 있을 것이다. 다시 말하면 어떤 방법으로 첫 번째 수주를 하였더라도 공급한 제품의 납기와 품질이 고객을 만족하지 못하면 계속 수주는 어려울 것이다.

  사람들은 가격 경쟁력을 이야기한다. 가격이 저렴한 것이 기업의 경쟁력을 향상시키고 계속해서 성장할 것이라 생각한다. 그러나 나는 이런 주장에는 동의하지 않는다. 만일 가격에 제1의 경쟁력 요소라면 세계적인 명품을 만드는 회사들은 벌써 문을 닫고, 가장 번창한 사업은 중국의 짝퉁 시장에 모조의 제품을 공급하는 회사일 것이다. 때로는 나 같이 눈매가 날카롭지 못한 사람들은 정말 구별하기 어려운 모조품도 많이 있다. 업무적으로 해외 출장이 많았던 나는 여행용 가방을 종종 상하이 시장에서 모조품을 구매하여 사용하기도 했다. 사실 출장에 필요한 물품을 보관하고 다니는 데는 아무런 불편이 없었다. 그것은 내가 명품의 가치를 모르기 때문일 것이다. 기업이 성장과 발전하기 위해서는 납기와 품질이 직접 일상으로 고객과의 관계를 만들어낼 것이다. 가격은 결정 단계에서는 많은 대화와 노력이 필요하지만 결정되고 나면 일상의 업무에서는 만나지 못하는 일이고 원가 절감 또한 내부적인 일이다.

　품질에서 출하 검사에 대해 논의를 했던 경험이 있다. 품질로서 고객에게 봉사해야 한다면 출하 검사가 당연히 있어야 한다. 그러나 출하 검사를 사람이 실시하는 것에 대해서는 부정적인 생각이다. 기계로 실시하는 검사는 부정적이지 않다. 출하 검사를 하면 오히려 출하 품질이 나빠질 수 있다는 생각이다. 이 무슨 뚱딴지같은 소리인가. 품질은 생산자의 손끝에서 결정된다고 믿는다. 품질에 대하여 가장 잘 알고 있는 사람이 생산 작업자이다. 생산 작업자를 믿고 이들이 최종 책임자라는 믿음을 주어야 한다. 책임감을 주는 것이 출하 품질을 향상시키는 길이라고 생각한다. 작업을 하다 보면 판정을 하기 곤란할 수가 있다. 뒤에 출하 품질 검사자가 없다면 생산 작업자는 관계자에게 알리고 결정을 할 것이다. 그런데 뒤에 출하 검사자가 있다면 뒤에서 판정하겠지 하는 믿음이 생길 수도 있다.

　어느 새로운 조직에 부임했을 때 출하 검사에 한 사람이 전담으로 매달려 있었다. 즉시 사전 품질 예방 쪽으로 돌리려고 했더니 부정적인 의견이 만만치 않았다. 출하 검사를 하지 않고 어떻게 출하 하느냐는 의견부터 출하 후에 품질 문제가 발생하면 어떻게 할 것이며, 책임질 수 있느냐. 출하 검사를 한다고 해도 출하 후 불량이 발생하지 않느냐. 지난 한 해를 뒤돌아보니 126건의 출하 후 품질 문제가 발생했다. 대부분은 출하 검사를 했기에 이 정도에서 막을 수 있었다는 강력한 믿음을 가지고 있었다.

　나는 전 직원을 불러 놓고 설득했다. "지난 한 해 한 사람이 출하 검사에서 발견한 부적합 건수가 단 한 건이었습니다. 어차피 우리는 완벽하지는 않습니다. 어떻게 투자하는 것이 효율적인가가 문제입니다. 첫 번째 직장에서 자동차 부품 사업부를 책임지고 있을 때, 두 곳의 큰 고객이 있었습니다. 한 고객은 출하 검사 성적서 같은 것을 요구도 하지 않았습니다. 그러나 공급한 제품이 품질 문제가 발생하면 매우 엄격하게 다루었습니다. 공급한 제품의 품질에서 부적합 상황이 발생하면 책임자급에서 대책에 대한 발표는 당연하고 경중에 따라서 올라갑니다. 공장장 주제의 원 품질 회의, 사장 주제의 분기별 품질 회의 회장 주제의 반기별 품질 회의, 반기별 품질 회의 대상 회사로 선정되는 날에는 정말 온 회사가 지옥 같은 시간이 흘러갑니다. 주어진 시간은 단 10분, 이 10분 안에 엔지니어도 아닌 회장님께 원인과 개선안 그리고 예상 결과에 대한 이해를 시켜야 합니다. 이 10분이 지나고 나면 회장님의 답은 둘 중 하나입니다. 수고했습니다. 앞으로 잘 부탁하겠습니다. 반대의 경우라면 이 회사 이외에는 다른 회사가 없는가. 후자의 멘트가 떨어지는 날에는 차기 프로젝트 참여는 매우 힘든 난관에 봉착하고 기업의 영속성까지 고민해야 합니다." 내 말에 사람들은 아무 답변도 하지 못했다.

전 직원들이 노력하지만, 결과는 아무도 확신할 수 없다. 가장 확실한 방법은 그 자리에 가지 않는 것이다. 생산 공정에서 부적합품이 발생하지 않도록 하고 발생했을 때는 철저하게 원인을 분석하여 절대 재발을 방지하도록 하는 것이다. 어느 한 사업부의 2019년 출하 품질 부적합품을 분석해보니 74%가 1년의 기간 안에 재발한 것이었다. 이 기간을 2년, 3년으로 확장한다면 재발률은 훨씬 높을 것이다. 반면 한 회사는 납품 때마다 출하 검사 성적서를 요구했다. 이 성적서를 어떻게 작성하는지는 낯 뜨거워 소상하게 밝히지 않겠다.

출하 검사를 하면 관리자의 마음은 평안할 것이다. 그러나 실제 효율적인 방법인지는 생각해보자. 그래서 나는 가장 효율적인 품질 관리는 새로운 유형의 부적합 상황이 발생하지 않도록 하는 것 보다 발생한 부적합과 같은 원인의 부적합품이 발생하지 않도록 하는 것이라고 믿고 있다.

이를 위한 좋은 기법은 아주 간단하고 누구나 알고 있는 PDCA(Plan, Do, Check, Action)라고 믿고 있다. 누구나 다 알고 있는 너무나 평범한 기법처럼 보이는 PDCA에 대한 가치를 다시 한번 되새겨본다.

재고를 줄이면 생산에 문제가 있지 않은가?

2022년을 살아가는 사람들은 태어나서 처음 겪어 보는 질병으로 힘든 시간을 보내고 있다. 전 세계의 시스템이 마비되고 인구 2,400만의 상하이 시민 전체가 몇 달 동안 자유로운 외출이 금지됐다. 지난 수십 년 동안 추구해온 것이 교역을 통한 효율화 중심의 경제 활동인데 어느 날 예고 없이 COVID19가 모든 공급 사슬을 망가뜨려 버렸다.

미국의 모 IT 회사는 중국의 대도시 봉쇄로 입은 매출의 손실이 지난 분기만 1조 원에 달한다는 애널리스트 보고서를 보았다. 그래서 요즈음 많이 받는 질문 중의 하나가 재고를 줄이면 문제가 되지 않느냐, 재고를 줄였기 때문에 팬데믹에 생산의 차질이 더욱더 심각하게 발생하는 것 아니냐는 것이다. 아마 이 질문에는 재고를 줄이라는 전략이 잘못된 것 아니냐는 의미도 조금은 내포되어 있다고 생각한다. 그래서 나는 그러면 범유행을 대비해서 얼마의 재고가 적정 재고인가를 물어본다.

심지어는 "車 지금 주문하면 4년 뒤에나… 제조 강국, 일본 '실시간' 위기. 공급망 위기가 부메랑 되다. 재고 최소화했던 'JIT' 공식 부품공급 원활할 땐 효과 발휘 공급망 단절되자 한계 드러나" 이러한 헤드라인의 기사를 보았다.

Lean에서는 적정 재고를 이야기한다. 적정 재고라는 단어도 막연하지만, 예상할 수 있는 변수를 고려한 재고의 수준을 설정하고 관리한다는 의미일 것이다. 토요타에서는 재고는 낭비로 본다. 특히 적정 재고 이상의 재고는 낭비로 보기에 낭비를 없애야 한다는 것이다. Parker의 Lean에서는 개별 제품별로 재고 전략을 수립한다. PFEP(Plan for every part) = Cycle stock +buffer stock + safety stock. 이라는 수식을 통하여 적정 재고를 산출한다. COVID19로 인한 팬데믹에 대비한 재고를 고려한다면 위의 수식에서는 safety stock에 고려해야 하는데 얼마를 산정해야 할 것인가. 2022년을 살아가는 모든 사람은 평생에 처음으로 겪어보는 팬데믹으로 인한 공급 사슬의 붕괴이다. 100년에 한 번도 발생하지 않았던 사태에 대비하여 안전 재고를 비축해야 하는가. 그러면 얼마의 재고를 비축하여야 COVID19 팬데믹으로 인한 공급망 붕괴에 대비할 수 있었을까. 물론 이러한 대비가 필요한 곳도 있을 것이다. 나라의 안전, 인류의 안전을 위한 일에는···. 그러나 내가 근무하는 영리를 목적으로 하는 기업에서는 이러한 상황을 대비한 재고의 비용과 팬데믹으로 인한 손실의 비용을 비교하고 전략을 수립할 것이다. 하지만 나는 이러한 상황을 예상하는 재고를 준비하는 전략은 수립하지 않을 것이다. 물론 회사는 비상사태에 대비한 생존 전략의 계획이 있다(contingency plan). 토요타의 한 예로 직원 임금을 은행에 예치해 놓았다고 이야기했다. 토요타의 생산 시스템에는 팬더믹 사태와 같은 상황에 대한 비상 계획에는 재고 비축은 없다. 그래서 1조의 매출 손실을 경험한 회사는 중국에 집중되어있던 생산처를 베트남 등으로 다양화한다는 계획을 발표했다. 나도 이 회사의 전략에 공감한다.

1995년 일본 고베 지방에서 대지진의 비극이 발생했다. 지진으로 인한 대부분의 제조 시설들의 생산이 중단되었다. 이 지방은 토요타 자동차에 자동차 부품을 공급하는 협력 업체들이 밀집된 곳이기에 고베 대지진은 토요타의 자동차 생산라인에 직접적인 영향을 주었다. 그래서 자동차 생산라인의 가동이 중단되기 시작했다. 보유한 재고를 소진하고 라인이 정지되기 시작했는데 공장마다 정지되는 시간이 달랐다. 어느 공장은 다음날 즉시 가동이 중단되고 어느 공장은 2일 후에 어느 공장은 3일 후에 정지했다. 사실 여부는 직접 확인할 수 없으나 전해 들은 바에 의하면, 그 해 업무 능력 평가에서 공장이 일찍 중단된 순서대로 좋은 평가를 받았다고 한다. 이유는 토요타에서는 재고는 낭비 중의 하나이고 고베 대지진 같은 천재지변을 대비한 재고의 비축은 토요타의 전략에 포함되어 있지 않은 것이기에 일찍 공장의 가동이 중단되는 공장이 최소의 낭비로 운영을 잘하는 공장이라는 것이다. 그리고 적정 재고를 관리하고 적정 재고의 수준을 꾸준히 줄이려고 노력한다.

2013년 Automation GM으로 부임을 했을 때 재고의 DSI(Days of supply inventory의 첫 글자로 Parker에서 재고를 나타내는 단위)는 78일 정도였다. 이것을 줄여서 2014년 마감을 DSI가 31일로 하였고 지속해서 31일에서 35일 사이에 운영되었다. GM에서 일하는 5년 동안 재고를 줄이라고 이야기해 본 적은 한 번도 없다. 재고를 늘리라고 지시한 적은 많다. 대표적으로 일본의 Parker 공장에서 생산되어 수입해 판매하는 인기 있는 제품이 일본에 주문을 넣으면 2달이나 걸린다. 그러나 국내의 고객은 두 달을 기다려주지 않는다, 경쟁사로 옮겨간다. 그래서 이 제품은 국내에 일정량의 완성품 재고를 보유하도록 하였다. 영국에서 수입하여 판매하는 산업용 인버터 중에서 대용량은 소요량이 많지 않다, 한 대리점에서 1년에 한두 개 이하로 판매된다. 그런데 이 제품이 필요한 시기는 대부분이 보전용이니 필요시에는 긴급을 요한다. 고가이고 소요량이 별로 없으니 대리점에서 재고를 상시 보유하기는 힘들다. 그래서 대리점 간담회에서 본사에서 보유하여 달라고 요청했다. 이것도 즉시 적정 재고량을 산출하고 재고를 비축하도록 했다. 이처럼 고객의 서비스 향상을 위해서 빠르게 취할 수 있는 조치가 재고이기에 재고를 늘리는 일은 많이 했다. 가장 중요한 것이 고객에게 적기 공급이고, 재고는 비용의 문제이지 납기의 문제가 아니기에.

그러면 어떻게 재고의 보유량을 줄여야 하는가. 재고를 줄이는 것은 불필요한 재고를 줄이는 것이다. 필요한 재고를 줄이는 것은 기업을 망하게 하는 지름길이다. 불필요한 재고와 필요한 재고의 구분이 필요하다. 대부분 사업장의 재고를 생산 혹은 구매한 기간을 중심으로 분석하여보면 기간이 오래된 재고가 큰 비중을 차지하고 있다. 1년이 넘은 재고도 상당한 수준이 있다. 물론 1년이 지났더라도 필요한 재고는 있을 것이다. 그러나 많은 재고는 그렇지 않은 재고도 포함되어 있을 것이다. 일본의 어느 공장과 일을 할 때 재고를 들여다보니 약 8억 원가량의 재고가 공장 내에 보유되어 있었다. 그런데 6억 원 이상의 재고가 1년이 넘은 재고였다. 정작 회전이 빠르게 사용되는 재고는 2억 원가량이 되지 않았다. 재고 금액에 대한 압박으로 사용하는 재고를 줄이다 보니 고객을 위한 납기 일정 서비스에 문제가 생기고 그러면 고객은 떠나기 시작한다. 이 회사의 매출은 서서히 줄어들고 있었다. 나는 재고를 줄이라는 말은 하지 않았지만, 적정 재고가 관리되고 있는 시스템이 유지되는지는 항상 모니터링을 하였다. 지금도 자신 있게 하는 이야기가 오토메이션 디비전 사장으로 일하는 5년 동안 재고를 줄이라는 이야기는 해 본 적이 없다. 늘리라는 이야기는 많이 했다. 그러나 전체 재고는 절반 이하로 줄어들었다. 왜냐하면 불필요한 재고를 만들지 않도록 시스템을 구축하고 모니터링 일상화가 관리의 주된 활동이었기에.

임파워먼트와 방종 사이

영원한 숙제 리더십이다. 리더십을 이야기할 때 우리는 흔히들 임파워먼트라는 아름다운 단어를 사용한다. 그러나 임파워먼트라고 자랑스럽게 이야기하는 사람 중에 방종이라고 생각되는 경우가 종종 있다. 임파워먼트와 방종을 혼동하는 것을 많이 목도 했다. 나도 조직을 이끌면서 이 둘 사이에서 많이 갈등했다. 이에 대한 답을 어느 리더십 교육에서 들었다. 임파워먼트는 다음 CARIA라는 단어에서 찾을 수 있다. 이 다섯 가지를 충족했을 때 진정한 임파워먼트는 이루어진다는 것이다.

C:Capability – 그 일을 수행할 능력이 있는 사람인가.
A:Authority – 그 일을 수행할 충분한 권한을 가지고 있는 사람인가.
R:Resources – 그 일을 수행하는데 충분한 자원과 인력이 있는가.
I :Information – 그 일을 수행하는데 필요한 충분한 정보

가 있는가.

　A:Accountability – 그 일을 수행하기에 충분한 책임감을 가지고 있는가.

　리더는 위 다섯 가지의 조건을 갖춘 사람에게 일을 위임하는 것을 임파워먼트라고 하고 임파워먼트를 위임받은 사람은 가진 자원과 정보를 활용해서 위임받은 일에 대한 책임을 지는 것이다. 그리고 임파워먼트를 부여한 사람은 이러한 작용이 일어나는지를 지속적으로 관리해야 한다. 권한만 주고 나머지를 모니터링 하지 않으면 그것은 방종이라고 생각한다. 많은 현실에서 임파워먼트라는 우아한 단어 뒤에 숨어 자기 안위를 생각하는 동안 조직은 나도 모르는 사이에 조금씩 썩어가고 있다. 나를 비롯한 많은 관리자들이 다섯 가지 능력에 대한 면밀한 검토가 없이 방임을 하는 일은 없는지, 그리고 결과가 잘못되면 실무자들의 잘못으로만 치부하는 잘못을 범하고 있지는 않는지 진심으로 고민해야 한다. 진정한 리더는 위임 받은자의 잘못은 과정 중에 적절한 조치를 하여야 하고 결과에 대하여서도 책임의 무게가 위임 받은자보다 결코 가볍지 않을 것이다. 우리가 모르는 사이에 시장은 방종의 리더십을 실행하는 회사와 진정한 임파워먼트 리더십을 실행하는 회사를 정확하게 구분하고 그 결과는 냉철하게 우리에게 돌려준다.

세나개(세상에 나쁜 개는 없다)를 보면서

세상에 나쁜 개는 없다. 즐겨보는 TV 프로그램이다. 옛날에 개통령 강형욱씨도 즐겨보았고 설채현씨의 교정 프로그램도 자주 본다. 개들의 너무나 자연스럽고 놀라운 변화를 보면 신기할 정도다. 나는 이 프로그램에서 조직관리의 원칙을 배운다. 특히 개가 여러 마리인 가정에서 개들끼리 싸우는 경우가 많다. 그런데 모두 다 싸움의 본질은 사람에게 있었다. 사람이 사람의 생각대로 개들을 통제하려고 하다가 문제가 발생하는 경우다. 개들끼리 두면 싸우지도 않고 질서가 잡히며 사이좋게 지내는데 주인이 관여하면 개들끼리 싸움이 발생하고 또 이 싸움을 말리려는 주인과의 싸움도 일어난다.

이러한 경우는 인간들이 살아가는 조직 사회에서도 아주 빈번히 발생한다. 소위 말하는 꼼꼼하고 빈틈없다고 자부하는 관리자들 사이에서 더욱 그렇다. 무슨 일이든 하나하나 꼼꼼히 지적하고 방향을 제시한다. 처음에는 좋을지 모르나 많은 사람이 자기 생각을 잃고 하나의 로봇이 되던가 자의식을 가질 수 없는 지도에 불만이 발생하고 갈등이 만들어지는 경우가 종종 있다. 특히 요즈음은 SNS의 발달로 대화방을 만들고 소통하는 경우가 매우 많다. 소통에는 이보다 효율적인 경우가 없을 것이다. 사소한 일에서 커다란 사건까지 오가는 대화를 보고 있으면 대부분 상황을 파악할 수 있다. 그리고 그 대화에 참여하고 있는 사람들의 성향과 생각을 인지하면 그들과 일하는 데도 많은 도움이 된다. 그래서 나는 그들의 대화를 열심히 읽는다. 간혹 이견이 있으면 교통정리를 하려는 상급자들이 나타나 정리를 한다. 나는 그때마다 그 사람을 만나서 가능하면 스스로 해결하도록 기다려 줄 것을 권한다. 300개 이상의 돌을 놓고 싸우는 바둑도 승부는 반집에서 결정되는 경우가 많다. 모든 돌이 승부를 가르기 위한 최적의 위치에 놓는 결정적인 돌이 되지 않을 수도 있고 때로는 제삼자는 의미를 모르는 돌들도 있다.

다견 가정의 애완견들끼리의 싸움은 지나친 주인의 간섭이 대부분이다. 이것을 관심으로 생각한 개들의 생각에서 시작되는 것이 싸움이기에 해결책은 주인의 무관심이다. 개들 스스로 질서를 잡아 나가도록 가만히 두는 것이다. 나는 간혹 이야기한다, 내가 행한 일 중에 3%는 성공이고 97%는 이 3%의 성공을 위한 과정이고 실패이며 이 실패도 성공을 위한 과정이라고. 최고의 프로 야구 선수도 친다고 다 안타가 아니듯이. 메시가 슛을 쏜다고 다 골인이 되지 않듯이. 내가 존경하는 경영자 중에 한 분인 고 이건희 회장께서는 이렇게 기록하셨다.

'나는 지금까지 살아오면서 세상 어디서도 만나기 어려운 훌륭한 스승을. 그것도 두 분이나 모실 수 있었던 행운아다. 삼성 창업자인 선친 호암 이병철 선대 회장과 법조인 출신으로 정치, 행정, 경제에 두루 밝으셨던 장인 유민 홍진기 전 중앙일보 회장이 바로 그분들이다. 선친은 경영 일선에 항상 나를 동반하셨고, 많은 일을 내게 직접 해 보라고 주문하셨다. 하지만 어떤 일에 대해서도 자세하게 설명해 주지는 않으셨다. 이럴 땐 이렇게 하고, 저런 경우에는 저렇게 처리하라고 구체적으로 가르치는 식이 아니었다. 선친의 이러한 경영 전수 방법이 처음에는 답답하기도 하고 이해되지 않을 때도 있었다. 그러나 선친은 내 속마음은 아랑곳하지 않고, 현장에서 부딪치며 스스로 익히도록 하는 방식을 묵묵히 지켜나가셨다. 20년 가까이 이런 시간이 쌓이면서 어느덧 나는 현장을 통한 경영을 생각하는 나를 발견하게 되었다. 주어진 여건에 따라 수시로 변화하는 것이 경영 현장이므로 이에 대한 문제점을 해결하는 방법도 그만큼 다양하다는 것, 그리고 모든 상황에서 각기 그에 적절한 대처 방식이 있다는 사실도 터득하게 되었다. …경영은 이론이 아닌 실제이며 감이다라는 체험적 교훈을 배울 수 있었다.'

  −이건희 에세이 중에서

결과에 대한 책임론

한때 같은 회사에 근무했던 후배가 찾아왔다. 앞날에 대하여 고민이 많은 것 같다. 아니 회사 생활에서의 비전에 대한 고민이 많아 보였다. 이 후배는 연구부서에서 16년 동안 일하고 있다. 지난 몇 년 동안 회사의 성장이 멈추었고 새로운 것이 없으니 서서히 시장을 잃어가고 있다고 했다. 참으로 고민스러운 시간이다. 여러 생각이 교차할 것이다. 40대 중반으로 접어든 나이에 세상을 알게 되면서 오는 고민이다. 잠깐 이야기를 들어보니 회사에 시대의 발전과 기술의 발전을 따라가는 새로운 제품이 없어 시장에서의 관심이 점점 사라지고 있다는 것이다. 회사는 달리는 자전거와 같아서 전진하지 않으면 쓰러진다. 시장에서 관심이 사라지면 모든 상황은 악화가 된다. 당장 임금이나 물가 등 모든 환경이 악화일로다.

주주의 기대를 만족하기 위해서는 절약이 유일한 방법이 된다. 그러면 더욱 위축되고 악순환의 고리가 되풀이되는 상황이 된다. 이렇게 되면 경영진이 위축되고 리스크에 대한 부담이 있는 새로운 시도는 피하고 비관적인 생각만 자꾸만 커질 것이다. 비난의 화살은 최고 경영진에게 쏠리게 된다. 정말 악순환의 길로 들어선 느낌이다.

야구 이야기를 해 보겠다. 팀이 연승하면 그 팀은 모든 것이 좋게 보인다. 부상 대체 선수로 2군에서 올라온 선수도 펄펄 난다. 그러나 팀이 연패하면 모든 것이 나쁜 것만 보인다. 제일 무능한 사람이 감독이고 그다음 대상이 되는 사람은 고액 연봉자다. 회사도 마찬가지다. 성장을 못 하면 내리막길을 걷게 된다. 그러면 긍정보다는 부정이 모든 것을 지배한다. 이 친구도 자신의 미래가 걱정스럽고 어두운 미래가 경영진의 부족함에서 시작이 되었다고 생각하는 것 같았다. 그래서 나는 질문을 던졌다.

나:회사에 입사한 지가 몇 년이나 되었나.

A:15년 되었다.

나:15년 동안 설계 연구에서만 근무했나.

A:15년 동안 설계 연구소에서만 열심히 일했다.

나:15년 동안 회사의 미래에 크게 기여할 수 있는 연구 실적이 어떤 것이 있는지 몇 가지만 구체적으로 설명을 좀 해줄 수 있겠나.

A:……………….

나:10년이면 강산이 변한다고 하는데, 15년이면 강산이 변하고 또 변할 시간이다. 선참급에 속할 건데 어떤 연구 실적

을 만들어 회사의 성장에 이바지했는가.

A:경영진의 요구 사항에 따라서 매일 늦게까지 열심히 일
했다.

나:그렇게 열심히 했는데도 이야기할 만한 연구 실적이
없는 것인가. 앞으로도 위에서 시키는 대로 열심히 하면 안
되겠나.

A:비전이 없는 것 같다.

나:왜.

A:새로운 것이 없고 시장을 잃어가고 있다.

나:자네가 연구소에 근무하면서 15년 동안이나 나에게 이
야기해줄 만한 실적이 없는데 어떻게 회사가 발전하겠나.
사장이 설계연구까지 하면서 경영까지 할 수는 없는 것 아
닌가. 자네가 편안하게 살아온 지난 15년은 회사도 손실이
지만 더 큰 손실은 너 자신일 것이다. 회사는 15년 동안 자
네에게 스스로 자신을 개발할 수 있도록 무대도 제공하고
금전적인 지원도 했다. 회사가 바라는 것은 자네가 능력을
향상하고 그 능력의 일부를 결과로 만들고 이를 통하여 성
장하는 것이다. 그것이 회사의 목적이니 그렇게 했다고 믿
는다, 그런데 자네가 만든 결과가 없지 않으냐. 15년이 지났
는데 말이다. 만약 자네가 15년 동안 좋은 결과를 만들었는
데도 불구하고 경영진의 큰 실수로 회사가 내리막길을 걷
고 있다면 걱정하지 마라. 이 사회는 매우 현명하므로 자네
를 원하는 회사는 많이 있을 것이다. 그런데 내가 생각하기

에는 자네가 만든 결과가 없으니 사회에서 너를 보살펴주지 않을 것 같아서 고민하는 것 아닌가. 본인의 실적에 대하여 연도별로 하나씩 기록해보자. 그리고 앞으로 해마다 성취하고자 하는 목표를 글로 적어 놓고 달성하도록 하자. 15년이란 세월이 매우 아깝다 그러니 지금부터라도 좋은 결과를 만들도록 하자. 될 수 있도록 회사의 자원을 활용하고 만들어 나가라. 그리고 긍정적인 생각을 하도록 노력하자

독일 차들은 왜 튼튼한가?

    우리는 튼튼하고 성능 좋은 차를 이야기할 때 주로 독일의 몇몇 회사를 말한다. 그들은 어떻게 그렇게 튼튼하고 성능 좋은 차를 만들었을까. 요즘은 소프트웨어의 발달로 아주 빠른 시간에 기술이 개발되고 비용도 절약할 수 있을 것이다. 그러나 컴퓨터 기술이 지금처럼 발전하지 않은 시절에 이미 그들은 안전하고 성능 좋은 차로 명성을 얻었다. 나는 이에 대한 대답을 독일의 고속도로를 달리면서 알았다. 도로의 인프라부터 달랐다. 운전하면서 액셀러레이터를 밟는 순간 운전자에게 오는 느낌이 달랐다. 속도는 무제한으로 달릴 수 있다. 그런 속도로 운전을 해 보지 않은 운전자는 1차선 2차선에 주행하는 것이 매우 부담스러울 것이다. 결국 독일 차가 튼튼하고 안전한 차가 된 것은 이렇게 빠른 속도로 달리면서 사고를 당한 사람들의 희생 위에서 명차가 되었구나 하는 생각이 들었다. 한편으로 마음이 숙연해졌다.

    1, 2차선을 달리는 많은 차는 시속 200㎞ 정도의 속도로

운행한다. 당연히 사고도 발생할 것이다. 탑승자에게는 희생이 따르지만, 자동차 메이커에게는 자료가 남을 것이다. 참으로 아이러니하고 많은 생각을 하게 된다. 우리는 독일의 차가 세계적인 명차라고 환호한다. 그 명차가 만들어지기까지 수많은 사람이 아우토반을 무제한 속도로 달렸고 그 와중에 많은 사고도 있었을 것이다. 100㎞로 달리는 차보다 많은 손상을 당하였을 것이고 때로는 안타깝게도 유명을 달리했을 것이다. 역으로 생각하면 독일의 차들은 많은 사람의 희생의 산물이라는 것인가. 극단적으로 표현하면 아우토반에서 무제한으로 달리다가 유명을 달리하신 분은 명차를 만들기 위한 자료 수집용 실험이었다는 이야기인가. 여기에 대한 평가와 결론은 이 분야를 나루시는 전문가의 영역으로 두자.

그렇다면 기업의 경영에서는 무엇을 배워야 할까. 도전 없이는 이룰 수 없다. 기업은 실패의 관리를 어떻게 할 것인가 하는 것이 성공의 길인 것 같다. 내가 감당할 수 있는 범위 안에서 실패에 대한 관리가 필요한 것이다. 여기 두 가지의 사례에서 우리는 배워야 한다. 1992년 프랑스에서 설계를 마치고 돌아올 즈음에 국내 H 자동차에서 프랑스에 자동차 수출을 시작했다. 그런데 엔진은 H사 자작 엔진이 아니고 일본의 M사 엔진을 수입하여 사용했다. H사는 1980년대 중반부터 자동차의 본고장이라고 하는 미국 시장에 많은 차를 자작 엔진을 탑재한 승용차를 수출하고 있었다. 그런데 1992년에 수출을 하면서 수입한 엔진을 사용한다. 언뜻 보기에는 이해가 되지 않는 일이지만 나는 이 사례를 리스크 관리의 좋은 사례로 이야기했다.

지금까지 H사의 자동차를 사용하고 있는 국가는 우리 한국을 포함해 제한 속도를 엄격하게 관리하는 국가들이다. 프랑스는 제한 속도가 있지만 1차선을 달리는 차들은 속도를 지키는 차들이 거의 없다. 그리고 유럽은 자동차로 여러 나라를 자연스럽게 넘나든다. 나도 주말이면 김밥과 물 한 통만 들고 가족들과 독일로 벨기에로 여행을 다녔다. 그러니 제한 속도 범위 내에서만 달리던 차들이 무제한 속도에서 달리면 어떤 문제가 발생할지 아무도 모른다. 수입 엔진을 사용해 데이터를 수집한 후 자작 엔진을 보완해 대체하는 Risk Management의 사례로 자주 이야기한다. 그리고 누구나 다 알고 있는 관리의 S사는 돌다리도 두드리고 건넌다고 알고 있는데 정작 회장님의 철학은 "돌다리가 아니라 나무다리라도 있으면 건너가라"고 하신다고 했다. 어떻게 도전을 장려할 것인가 그리고 Risk Management를 어떻게 할 것인가. 이 둘 사이를 조화롭게 실행하는 것이 영원한 숙제다.

PART IV

기본으로 돌아가라

예쁜 방울토마토를 먹는 사람

예쁜 방울토마토를 먼저 먹는 사람과 못생긴 방울토마토부터 먹는 사람.

내가 오랜 시간 동안 모셨던 상사께서 항상 하시던 말씀이다. 두 사람이 각각 한 접시의 방울토마토를 먹는데 두 사람이 전혀 반대의 순서로 먹는다. 한 사람은 한 사발의 방울토마토 중에서 제일 예쁜 것부터 먹고 한 사람은 제일 못생긴 것부터 먹어 치운다. 그렇다면 마지막 남은 것은 어떤 방울토마토인가. 마지막 하나이지만 한 사람의 것은 제일 예쁜 것이고 한 사람의 것은 제일 못생긴 것이다.

나는 내가 천성적으로 못생긴 토마토가 눈에 먼저 들어오는 사람임을 뒤늦게 알았다. 누군가가 어떤 일을 실행하고 보고하면 문제가 무엇인지를 먼저 찾으려는 의식이 나에게 있음을 알았다. 참으로 난감한 문제다. 그래서 부단히 노력했다. 잘되고 칭찬할 일을 먼저 보려고 노력을 하자고 말이다.

내가 이런 노력에 심혈을 기울인 이유는 같이 일한 상사들과 나의 성과의 결과 차이 때문이다. 많은 시간을 외국계 회사에서 일한 이유로 나의 직속 상사는 외국인인 경우가 많다. 특히 외국계 회사에서 일할 때 나는 좋은 결과를 많이 만들었고 한국인을 비롯한 동양계 사람이 직속 상사일 때는 두 사람을 제외하고는 나 자신도 만족하지 못하는 결과를 만든 경우가 많았다. 많은 시간이 흐른 후에 이러한 결과를 알고 원인을 알려고 노력했다. 내가 내린 결론은, 대부분의 서양계 상사들은 내가 한 일에 대하여 좋은 점을 찾아서 칭찬을 먼저 했다. 그리고 잘못되고 고쳐야 할 것은 맨 나중에 이런 것은 조금 보완하면 좋지 않겠냐고 가볍게 이야기하고 넘어간다. 그래서 항상 나는 상사에게 보고하고 나오면 내가 정말 최고로 능력 있는 사람이라는 착각과 함께 스스로 도취하여 더욱더 열심히 노력했다. 그리고 흘려들은 이야기도 다음에는 완벽하게 보완하려고 더욱더 고민하고 노력했다.

어느 유명한 경영자의 전기에서 이런 글을 보았다. 계열사 최고 경영자로 일하고 있는데 쓰러져가는 본사의 최고 경영자로 부름을 받았다. 그분은 취임 후에 과장 10명으로 결재 위원회를 만들었다고 했다. 이 결재 위원회 승인을 통과한 품의는 즉시 결재하셨다고 한다. 그 후에 쓰러져가는 회사를 살리고 봉고의 신화를 탄생시켰다고. 나도 정말 이분의 결정에 공감한다. 가장 실무를 잘 파악하고 있는 과장 10명이 검토를 하면 쥐 한 마리 빠져나갈 구멍이 없을 것이다.

사출 제품을 생산하는 어느 조그마한 자동차의 2차 협력 업체가 부도가 났다. 그 회사에서 생산하는 제품을 다른 회사로 이전해야 한다. 자동차 업종의 특성상 재고를 많이 가지고 가지 않는다. 재고가 많다고 하더라도 상당한 시간이 소요되는 작업이 필요한 기간의 재고는 가질 수 없을 것이다. 그래서 들여다보니 대부분의 제품 판매가가 재료비에도 미치지 못하는 실정이었다. 부도가 안 날래야 안 날 수가 없는 상황이다. 금형을 다시 수정해야 하고, 때로는 다시 만들며 가격을 현실화했다. 이러한 이유로 원청회사는 근 1년을 지옥 같은 나날을 보냈다. 지금까지 싸게 구입을 한 원청회사(1차 협력사)의 구매 책임자는 문책해야 하는가, 칭찬해야 하는가. 많은 경우 싸게 구입했다고 칭찬하고 부도는 2차 협력사 사장의 경영부실로만 결론을 내고 만다. 그리고 나를 포함한 내가 모셨던 많은 상사는 잘못을 찾아서 질책하여 나를 발전시키는 방법에 익숙해져 있었다.

나는 일을 하기가 두려웠다. 또 다른 질책을 피하고 싶었다. 이것이 내가 많은 동양계 상사들과 일할 때 퍼포먼스가 좋지 않았던 이유다. 그리고 예쁜 방울토마토를 먼저 먹는 사람과 일하려고 노력했다. 이유는 단 하나다. 긍정적인 사고를 하는 사람들이 결과를 만들어가는 확률이 높기 때문이다. 기업의 목적은 성과를 내는 것이다. 나의 경험으로는 못생긴 토마토만 찾는 사람은 결과에 대한 집중보다는 안되는 이유에 집중하다 보니 결과는 없고 목적을 잃어버리

게 된다. 안되는 이유만 쫓다가 시간을 보내 버리는 경우가
대부분이었다.

프랑스의 자동차 신호등 이야기

1991년 말에서 1992년 상반기까지 한국의 공장에서 사용할 조립라인을 설계하기 위하여 프랑스 아미앙 공장에서 짧은 기간이지만 6개월을 생활한 경험이 있다. 그 시절만 하더라도 해외여행이 흔하지 않은 시절이라 나는 물론 가족들에게 다가온 좋은 기회였다. 둘째는 태어나지 않았고 첫째가 17개월 정도였다. 난생처음 짧은 기간이지만 외국에서의 생활은 많은 것이 생소하고 신기했다. 그런데 자동차 교통 문화와 관련해서 내 생각과 정반대의 현상이 일어나고 있음을 인지했다. 파리에 가면 항상 묵었던 한국인이 경영하는 호텔이 몽마르뜨 언덕 근처에 있었다. 그래서 삐갈(Pigalle) 거리를 자주 찾았다. 그런데 엄연히 신호등이 있는 데도 많은 사람이 신호등의 신호를 무시하고 길을 건넜다. 빨간 불이 들어와 있는데도 횡단보도를 건너는 사람이 너무 많았다. 때로는 나 혼자만 신호가 파란색으로 바뀌기를 기다리고 서 있었다. 너무나 의아했다. 선진국이라는 나라의 시민들이 교통 신호 하나도 제대로 지키지 않는 것에 너무나 크게 실망한 것이다. 그런데 또 다른 곳에서는 정반대의 현상이 일어났다. 파리에 있는 본사에서 회의한 후 저녁을 먹고 밤늦게 아미앙으로 돌아오는 길에서 발생한 일이다.

　새벽 2시에 집으로 돌아오는 일반 도로의 길이었다. 일반 도로지만 제한 속도가 시속 110㎞다. 그러나 마을 앞은 시속 60㎞로 속도를 늦추라는 표지판이 나타난다. 앞에 가던 차가 정확히 60㎞ 표지판에서 속도를 줄인다. 뒤에 따라가는 나는 혼잣말로 불평을 했다. 지금 새벽 2시인데 누가 있다고 속도를 줄이냐고. 특히 한국의 고속도로 제한 속도 100㎞에 구속되어 살다가 거의 무제한으로 달리는 A1 고속도로를 만끽하는 나로서는 아쉬운 속도였다. 그런데 순간 아이러니한 나를 발견한다. 삐갈 거리에서는 교통 신호를 지키지 않는 프랑스인들을 비난하면서 혼자 서서 신호를 기다리고, 새벽 도로를 달리면서는 교통 신호를 정확히 지키는 프랑스인들을 원망한다. 그런데 여기는 내가 모르는 비밀이 있다. 프랑스인들의 생각 속에는 남에게 피해를 주느냐 안 주느냐가 결정에 중요한 부분을 차지하고 있다는 사실이다. 삐갈 거리에서 빨간 불에 지나가는 사람은 본인이 빨간 불에 지나가도 누구에게도 피해를 주지 않는다는 확신이 있는 것이다. 그러나 새벽에 마을 앞 국도를 지나는 사람은 이 시간 아무도 나오지 않는다는 확신을 할 수 없으며 만에 하나 누가 지나간다면 110㎞로 달리는 본인으로 인하여 피해를 줄 수도 있기에 표지판의 속도를 준수하는 것이다.

　설계 작업이 완료되어 한국으로 돌아온 이후에도 발주 및 제작 상황을 확인하기 위하여 자주 출장을 다녔다. 출장 중에 한국인이 경영하는 물랭 호텔에 묵을 일이 있었다. 마침 그 시대를 주름잡던 방송인이 유럽에서 다큐멘터리 촬영을 위해 파리에 도착해 같은 호텔에 묵었다. 호텔 식당에서 본 그 방송인은 프랑스를 자주 왔던 것 같고 스태프 중 많은 사람은 파리가 처음인 것으로 보였다. 파리를 소개하면서 프랑스 사람들은 신호도 안 지키고 질서가 개판이야. 정말 엉망이라니까 라는 말을 들으면서 나는 내심 걱정스러웠다. 왜냐하면 그 방송인은 사람들에게 매우 영향력 있는 사람이다. 특히 청소년들이 매우 좋아하는 인기 연예인이었다. 저렇게 영향력 있는 사람이 본질을 모르고 나쁜 점만 부각하면 어쩌나 하는 걱정이 되었다. 그러나 그 사람에게 당신이 잘못 알고 있다고 말을 건넬 수도 없었다. 다행히 호텔 사장은 그 방송인과 교류가 있어 보였다. 조용히 호텔 사장을 찾아가 내가 생각하는 프랑스인들의 행동 기준 그리고 유명 방송인이 스태프들에게 한 이야기를 전했다. 사족으로 저렇게 유명한 사람이 잘못된 판단으로 부정적인 면만 강조하면 저 사람을 좋아하는 청소년들에게 나쁜 영향을 줄까 걱정이라고. 그랬더니 호텔 사장님께서 그분이 호텔을 떠나기 전에 알려주시겠다고 했는데 근 30년이 지난 지금도 결과는 알지 못한다.

　간혹 한국 사람이 프랑스에서 심각한 교통사고를 낸다고

한다. 우리는 신호등이 없는 네거리에서 라이트를 깜빡이면 내가 지나갈 것이니 너는 멈추라는 의미인데 프랑스 사람은 내가 깜빡이면 내가 멈출 게 네가 지나가라는 신호라고 한다. 어떻게 보면 우리는 참 용감하다. 상대방의 차 안에 어떤 승객이 타고 있는지도 모르고, 혹시 응급 환자일 수도 있는데 내가 지나갈 게 네가 멈추라는 신호를 보낸다니. 내가 멈출게. 네가 지나가라는 신호가 훨씬 명쾌한 의사 전달인 것 같다. 그리고 직진하는 자동차와 옆길에서 나오는 자동차가 충돌 사고를 일으키면 우리는 옆에서 나오는 차의 과실이 크다. 그런데 프랑스에서는 직진하는 자동차의 과실이 크다고 한다. 이유는 직진하는 자동차는 앞을 다 볼수 있는 시야를 확보할 수 있어서 사고를 방지할 수 있기 때문이라고 한다.

우리의 명확하지 않은 표현으로 종종 대형참사를 초래하는 예도 있다. 대구에 살고 있던 2003년 2월 18일 중앙로역에서 화재 사고가 발생하여 192명의 아까운 목숨을 잃는 사고가 발생했다. 그날의 사고를 기록한 기사의 일부이다.

'09시 52분경, 1079 열차가 중앙로역에 정차하는 순간, 김모 씨가 미리 들고 있던 석유 플라스틱 통에 불을 붙였다. 주변 승객들은 당황했고, 승객들이 그를 제지하려는 찰나, 불이 그의 옷에 옮겨붙었다. 놀란 김대한은 휘발유 통을 바닥에 던졌고, 불이 삽시간에 전동차 의자와 바닥 천장에 옮겨붙었다. 결국 잠깐 사이에 큰 화재가 발생했다. 당시 열차는 의자부터 바닥까지 전부 불에 타는 가연재 재질이었기 때문에, 불이 번지는 데는 오랜 시간이 걸리지 않았다고 한다. 다행히 당시 1079 열차는 중앙로에 정차 중이었고 많은 승객이 열려 있던 출입문을 통해 대피할 수 있었다. 그러나 유독가스가 워낙 심해 미처 대피하지 못한 승객도 많았다.'

전체 사망자 192명 중 1079 열차에서 49명이 사망했다. 그런데 불이 난 열차에 있던 손님 중 사망자는 49명인데 전체 희생자는 사망 192명, 실종 6명 부상 151명이다. 143명은 반대편 대곡 방향으로 운행하던 1080 열차에 승차하고 있던 승객들이다. 중앙로역 진입 시 "조심히 운전하여 들어가시기 바랍니다. 지금 화재가 발생했습니다." 라고 지시를 받았다고 한다. 만약에 "중앙로역에 화재가 발생했으니 진입하지 마십시오."라고 방송을 했다면 어떻게 됐을까. 아니 "중앙로역에 화재가 발생했습니다."라고만 방송을 했다면. 1080 열차의 기관사가 중앙로역으로 진입을 했을까 하는 의문은 아직도 남아있다.

비록 조심해서라는 표현이 있지만, 운전하여 들어가라는 표현이 더 크게 인식되었을 것이다. 남의 것을 무조건 따라 하는 것은 좋지 않지만, 프랑스인의 타인을 먼저 배려하는 사고, 그리고 명확한 의사 표현의 방식은 우리도 한 번쯤 생각해볼 필요가 있다.

대구 지하철 참사
大邱 地下鐵 慘事
Daegu Subway Fire

부부싸움 이야기

  알콩달콩 재미있게 살자고 맹세하고 결혼했는데, 우리 집 부부도 간혹 부부싸움을 한다. 요즈음은 결혼식의 문화도 많이 달라졌고 각자 개성 있는 결혼식이 많다, 불과 몇 년 전까지만 하더라도 결혼식의 문화는 똑같다고 해도 과언이 아니었다. 많은 일가친지 및 지인들이 결혼식에 참석하면 꼭 귀담아듣는 것이 주례사이다. 보통 주례는 사회적으로 덕망이 있는 분들이 맡아서 하고 그분들의 수많은 경험에서 나오는 좋은 말씀을 들려준다.

  수많은 주례사 중에서 아직도 기억에 남아있는 말씀이 있다. 올해 결혼 한 나의 여식과 사위 될 사람에게도 이 이야기는 꼭 전하고 싶어서 결혼식 축사로 했던 이야기이다. 소설가 김홍신 님의 주례사이다.

  "마음이 변하지 마라. 모든 갈등은 마음이 변해서 발생한다. 뜨겁게 연애하던 시절 한 사람이 실수로 커피를 쏟았다. 그러면 깜짝 놀라서 어디 다친 곳 없냐고 묻는다. 그

리고는 커피에 피부가 데지 않았나를 걱정하고 얼른 물수
건으로 닦아주는 것이 보통의 사람이다. 그런데 이런 연인
이 결혼하고 자녀를 한둘 낳고 나이가 들면 달라진다는 것
이다. 결혼 생활이 한참 되던 어느 날 또 뜨거운 커피를 쏟
았는데 상대방의 반응이 달라졌다. 어디 다쳤는지에 대한
걱정보다는 칠칠하지 못하게 조심성 없이 커피나 쏟는다
고 핀잔을 주는 부부가 많다고 한다. 똑같이 쏟은 커피인
데 결국 변한 것은 사람의 마음이다. 많은 사람이 연애 시
절보다 결혼 후에 갈등을 일으키는 원인은 마음이 변해서
라는 것이다".

  각설하고 우리 부부가 주로 부부싸움을 했던 것은 주로
두 가지의 원인이었다. 그중 하나가 자녀들의 유치원, 초등
학교 저학년 시절에 자녀 교육에 관한 생각의 차이에서 오
는 갈등이었다. 나는 아이들은 그냥 본인이 하고 싶은 대로
놀게 놔두자. 그러면서 본인들이 잘하는 것, 하고 싶은 것이
무엇인지 발견하고 그 일을 하도록 하자. 이것저것 부모들
이 통제하여 자율성이 없어지고 부모들의 눈치를 보는 아
이들이 되지 않도록 하자. 그래서 집안 물건을 부수어도 사
고를 쳐도 꾸중하지 말고 자유분방하게 성장을 하도록 하
자. 그래야 본인들 스스로 판단의 능력이 생기고 때로는 난
관을 극복해 나가는 능력을 키울 수 있다. 집사람을 설득하
기 위하여 나의 초등학교 동창들까지 소환했다.

학교를 졸업하고 사회인이 되고 중년이 되면서 옛 생각이 그리워졌다. 초등학교 동창들이 하나둘 연락이 되고 동창회가 소집되었다. 매년 꽃피는 봄날에 고향 마을의 물 좋고 공기 좋은 계곡의 펜션에 모였다. 진달래 먹고 물장구치고 놀던 추억 이야기를 나누며 각자 살아가는 이야기로 긴 밤을 지새운다. 뜻하지 않은 코로나의 재앙으로 지난해와 올해는 이 모임도 못 했는데 제발 내년에는 만날 수 있기를 기대해 본다.

나는 이 동창회에서 어릴 때 친구들의 모습과 그들의 현재를 살아가는 모습에서 묘한 것을 발견했다. 학교 다닐 때 선생님 말씀 잘 듣고 착하다는 소리를 듣고 자란 친구들이 많이 나타났다. 대부분이 직장 생활을 하면서 굴곡 없이 평범하게 살아가는 것 같다, 간혹 학교 다닐 때 허구한 날 사고치고 선생님에게 불려 가 두들겨 맞던 친구들도 나타난다, 그런데 이런 친구 중에는 성공한 사업가가 되어서 오는 친구들이 있다. 이런 친구들을 보면서 나는 이런 해석을 한다, 학교 다닐 때 착하다는 소리를 많이 들은 친구들은 어른들이 원하는 행동을 많이 했다는 의미가 포함되어 있을 것이라고. 선생님에게 자주 꾸중을 듣고 사고를 많이 친 친구들은 어른들이 원하는 행동만 한 것이 아니고 나름대로 도전했는데 그것이 어른들의 가치관 밖의 행동으로 보였을 것이라고 말이다. 이러한 가치관의 차이에서 꾸중도 듣고 사고도 치면서 작은 난관이지만 극복하는 힘을 배웠을 것으로 생각한다.

나는 도전이 두려워서 평생을 남의 사업에 충실한 월급 생활자로 살아왔다. 그래서 나는 우리 아이들은 분방하게 도전하고 실패도 하면서 많은 경험을 하기를 바란다. 하지만 집사람은 아니다. 착한 행동만 하기를 원한다. 이러한 생각의 차이로 종종 다투는데 또 두 사람 모두 고집이 있어 사소한 언쟁이 때로는 큰 싸움으로 번지곤 했다. 아이들에게 긍정의 에너지를 만들어 주고자 시작한 대화가 어른들의 싸움으로 커져서 오히려 아이들에게 부정적인 이미지와 본인들로 인하여 부모들이 싸움하니 더욱더 심각한 정신적 상처를 준 것이다.

　이러한 방법을 사용해보았다. 냉장고에 월간 달력을 두 개 붙여 놓았다, 하나는 길상의 것이고 하나는 남경의 것이다. 그리고 마트에 가서 노란 스티커와 파란 스티커를 샀다. 아이들이 칭찬받을 일을 하던가 책을 한 권 읽으면 파란 스티커를 하나 붙이고 어른들이 보는 가치관에서 어긋나는 행동을 하면 노란 스티커를 붙인다. 그리고 그때 아이들의 용돈을 주급으로 500원씩 주었는데 파란 스티커 한 개에 용돈을 100원씩 보너스로 지급했다. 노란 스티커를 받았다고 마이너스 보너스는 없었다.

　어떻게 되었을까. 첫 주에 모두 노란 스티커밖에 없었다. 이유는 무엇일까. 정말 우리 아이들이 이렇게 나쁜 아이들인가. 그것은 아니다. 나는 아이들의 문제가 아니고 어른들의 시각이 문제라고 생각했다. 다시 말하면 착한 행동은 당연하니 눈에 보이지 않는다. 그러나 나쁜 행동은 눈에 잘 보인다. 두 주를 시행하고는 집사람과 대화했다. 스티커 제도의 목적을 설명했다. 아이들의 행동으로 부부간의 갈등이 생기고 이것이 아이들의 성격 형성에 좋지 않은 영향을 줄 것이다. 그래서 아이들 스스로 칭찬받을 일을 하고 그것을 격려하여 본인들이 또다시 칭찬받을 일을 하도록 하는 것이 목적이다. 그래서 지금부터는 잘못된 행동을 하더라도 노란 스티커를 붙이지 말자, 오로지 칭찬받을 일만 보고 파란 스티커만 붙이자.

이러한 전략으로 변경하고 한두 주는 아내가 엄청난 스트레스를 받았다. 이유는 칭찬받을 행동은 당연하니 당연한 것은 눈에 보이지 않는다. 먼저 아내가 칭찬할 일을 보는 훈련이 필요했다. 두 주가 지나면서 서서히 파란 스티커가 붙기 시작했다, 그리고 아이들 교육을 가지고 일어나는 부부싸움도 없어지고 가정에 평화가 찾아왔다. 지금도 기억하고 있는 것 중의 하나가 길상이가 일주일에 동화책을 8권을 읽고 칭찬받을 일도 많이 해서 주급 2,400원을 받은 적이 있다.

내가 즐겨보는 TV 프로그램 중의 하나가 '세상에 나쁜 개는 없다'이다. 나는 이 프로그램을 통하여 긍정의 효과를 공부한다, 그리고 회사에서도 이러한 긍정의 이미지를 활용한 리더십을 가지려고 무척이나 노력한다. 하지만 조급성 때문에 자꾸만 부정의 리더십으로 변해가는 나의 모습을 발견하고는 해 안타까운 마음뿐이다

Leader의 자질

누구나 리더이고 스승이다. 굳이 옛 성현을 말씀을 빌리자면 세 사람이 모이면 그중 하나는 스승이다. 직장 생활 후반부의 대부분 교육은 리더십(Leadership)을 향상하고 조직을 효율적으로 이끄는 능력을 향상하기 위한 훈련이었다. 평생을 공부해도 항상 부족한 것이 리더십이 아닌가 한다. 나는 리더(Leader)의 여러 가지 역할 중에서 중요한 한 가지가 조직의 구성원 모두 긍정적인 생각을 가지고 각자의 능력을 최대한 발휘하도록 만드는 것이라고 생각한다. 이를 위해서 가능하면 긍정적인 면을 보고 긍정적인 피드백을 주는 것이 매우 중요하다. 나의 경험에 비추어 보면 많은 시간을 서양 쪽의 사람들과 일을 했다. 그 시절의 실적이 좋았다. 이유를 생각해보니 그들은 잘한 일을 찾아서 칭찬을 많이 해주고, 잘못되어 고쳐야 할 것은 비난하는 대신 좋은 방향으로 나아갈 수 있도록 피드백을 주었다.

우리는 흔히 리더를 4가지의 형태로 분류한다. 세속적인 표현 그대로 빌리자면 똑부(똑똑하고 부지런한 사람), 똑게

(똑똑하고 게으른 사람), 멍부(멍청하고 부지런한 사람) 그리고 멍게(멍청하고 게으른 사람). 어떤 스타일의 리더가 가장 큰 성과를 만드는 리더가 될 것인가. 혹자는 똑부라고 생각한다. 똑똑한데 부지런하기까지 하면 정말 초능력을 가진 리더라고. 그런데 앞에서 말했지만, 리더는 조직 구성원의 능력을 최대한 끌어내는 사람이다. 그런데 똑똑하고 부지런하기까지 하면 사람들은 그 앞에서 주눅이 먼저 든다.

관계사에 정말 똑똑하고 부지런하기까지 한 경영자 한 분이 있었다. 그분과 같이 5년을 일한 부장이 심각한 스트레스에서 오는 병으로 장기간 입원했다가 퇴사하면서 했던 말이 생각난다. 그분 아래서 생산부장 하려면 박사급 인재 열 명은 데리고 일해야 한다고. 구석구석 다니면서 문제를 찾아오고 개선안을 가지고 가면 붉은 펜으로 보고서 한 장에 대여섯 개씩 밑줄을 그어서 상세한 자료를 보완하여 오라고 한단다. 매번 보고서가 한 장 올라가면 1주일짜리 숙제를 받아오니 스트레스를 견디지 못한 것이다. 결국에는 병원에 입원했고 건강을 위하여 회사를 떠난다는 말을 남기고 십수 년 이상이나 근무하던 회사를 그만두었다.

리더는 실패를 인정하는 아량이 절대적으로 필요하다. 나는 야구를 좋아한다, 그런데 공은 빠른데 완벽하게 던지려고 컨트롤에 집착하다가 볼, 볼, 볼을 던지고 스스로 무너지는 투수를 흔히 볼 수 있다. 이런 투수들이 어느 날 무적의 투수가 되는데 많은 경우에 코치들이 "너의 공은 아무나 못

치니까 그냥 가운데 집어넣어." 라는 충고가 가장 유효한 훈련이라고 했다. 드래프트 1순위로 엄청난 기대 속에서 입단한 선수가 몇 년간 2군과 1군을 오고 가면서 선수 생활을 한 투수가 있었다. 입단 후 처음으로 10승대 투수가 되고 인터뷰한 영상을 보았다. 10승을 할 수 있었던 것은 비록 오늘 성적이 좋지 않더라도 2군에 보내지 않는다는 믿음을 감독으로부터 확인한 순간부터라고. 그때부터 좋은 공을 던질 수 있었고 그 결과 10승 이상을 할 수 있었다고 했다. 감독은 선수에게 타자들이 너의 공을 치지 못하는 이유를 모르겠다고 농담하면서도 기회를 주겠다는 믿음을 주었다고 한다.

우리나라 프로야구는 40년의 역사를 갖고 있다, 지금까지 3,000타석 이상 타석을 기록한 선수 중 최고의 타자는 고인이 된 장효조 선수다. 물론 이 기록도 곧 새로운 천재 타자에 의해서 갱신이 되겠지만, 장효조 선수의 타율은 331리이다. 대한민국에서 야구의 천재들이 모여서 겨루는 프로야구 40년의 역사에서 가장 뛰어난 타자 장효조 선수도 성공률이 33%라는 이야기다. 그러면 역으로 장효조 씨 같은 최고의 천재도 67%는 실패한다는 이야기이다. 150년의 역사를 가진 미국 메이저리그도 지금까지 최고의 타자는 타이 콥 레이먼드로 3할 6푼 6리이다. 그런데 천재도 아닌 우리는 100%에 접근하는 성공을 기대한다.

흔히들 최고의 리더는 똑게라고 한다. 똑똑한데 게으른 사람이다. 전체를 살피고 정확한 전략과 방향을 선정해놓은 후 조직 구성원들이 가는 방향이 잘못되지 않으면 지켜보는 스타일일 것이다. 우리는 실패를 통하여 더 많은 것을 배울 기회가 있다. 실패를 통하여 성공하는 방법을 깨우친다. 이것을 인정하고 그때를 기다려줄 줄 아는 리더가 진정한 리더라고 생각한다. 이런 리더는 숲을 보지 나무를 보지 않는다. 나무를 보더라도 혼자만 알고 있다. 나무 한 그루 나뭇가지 하나를 가지고 시간을 낭비하지 않는다. 공장의 개선에서도 마찬가지다, 모든 것을 한 번에 해결할 수는 없다. 어느 것을 먼저 할 것인가 우선순위의 선정은 정말로 리더가 정확하게 판단해야 할 요소다. 똑똑한 리더는 이런 우선순위와 전략을 정확히 알고 있으며, 이를 위하여 조직의 능력을 최대한 끌어내는 능력을 갖추고 있다. 또한 스스로 능력을 발휘하려고 노력하도록 기다리고 격려를 잘한다.

가장 위험한 리더는 멍청하고 부지런한 리더이다. 이런 영역의 사람은 고 이건희 회장님도 책에서 단호하게 조치해야 한다고 적었던 것을 보았다. 놀고먹는 사람은 월급을 준다. 그런데 다른 사람 일을 방해하는 사람은 즉시 퇴출해야 한다고 했다. 대표적으로 멍청하고 부지런한 리더는 눈에 보이는 대로 지적하고 지시한다. 그리고 듣지는 않는다. 많이 듣고 적게 말하라고 사람의 귀는 두 개, 입은 하나라고 하지만 이런 리더는 입이 세 개다. 5분 듣고 30분 말한다. 그런데 알맹이도 전략도 없다. 숲은 보지도 못하고 나무나 나무의 가지만 보고 모든 상상력을 동원하여 일장 연설을 한다. 때로는 미래의 먹거리가 지금 즉시 수익이 나지 않는 다고 호들갑을 떤다, 그러면 사람들은 예방적인 차원에서 그런 일을 하지 않는다. 이런 사람과 일할 때는 열심히 일하는 사람이 항상 타깃이 된다. 일을 열심히 하고, 많이 하다 보면 잘못된 일도 많이 발생하기 때문이다.

사람은 머리가 좋은 동물이다, 이런 사람과 일하면서 편안하게 살아가는 방법은 일하지 않으면 된다. 실패가 없는 아주 일상적인 일만 하고 놀면 절대 이런 멍청한 리더로부터 지적을 받고 스트레스를 받을 일은 없다. 이런 리더는 눈에 보이지 않는 것을 볼 수 있는 눈이 없으니. 서서히 회사는 죽어간다. 그것은 팔이 부러지고 다리가 부러지는 것처럼 고통이 당장 있는 것도 아니고 서서히 온도가 올라가는 냄비 속의 개구리처럼 죽는지도 모르게 죽어가는 것이다. 그것이 멍청하고 부지런한 리더가 있는 조직이다.

나도 40년의 직장 생활 동안 멍청하고 부지런한 사람을 만난 역사가 있다. 가장 힘들고 기억에서조차 지우고 싶은 시간이다. 나 역시 때로는 급한 성격으로 멍청하고 부지런 한 리더가 아니었나 생각해 본다. 끝으로 멍청하고 게으른 리더, 모 회장님께서도 이런 사람은 월급은 주겠다고 말씀 하시는 글을 보았다. 회사로서도 개인에게 지급되는 비용 의 효율 정도를 반드시 고려할 필요가 있다.

언제나 남의 떡이 크게 보인다

우리는 매우 많은 강점을 가지고 있다. 물론 약점도 많다. 그러나 나는 약점을 보완하기 위한 노력보다는 강점을 살리는 것에 힘을 쓴다. 약점을 보완하려고 노력하니 보완은 안 되고 자꾸 스스로 왜소해지는 것을 알았다. 그래서 나는 부족한 방향으로 가는 것은 피하고 강점을 더욱더 강하게 그리고 강점을 활용한 일에 많은 노력을 해왔다. 많은 사람이 이야기하는 것이 2차 대전 후에 일정한 규모 이상의 인구를 가진 나라로서는 산업화와 민주화를 2가지 모두 달성한 나라는 유일하게 대한민국이라고 한다. 그만큼 우리는 강점을 가진 민족이다. 그런데 우리는 우리의 약점만 이야기하고 우리 자신을 스스로 비하하는데 너무나 많은 시간을 소비한다. 많은 사람이 우리의 약점을 들추고 확인하는데 뛰어나면서 남의 떡은 항상 크게 본다. 노랑머리 한국말을 못 하는 사람들의 이야기는 왜 맹목적으로 믿는지 의문을 가질 때가 참 많았다.

우리에게 사대주의 근성이 있다고 하는 말을 많이 들었

다. 정녕 우리에게 그런 근성이 있는가. 40년의 직장 생활 중 33년을 외국계 혹은 외국계 기업과 밀접한 관련이 있는 기업에서 일했다. 한국 사람들이 강점이 많다는 것을 우리만 모르고 지내는 것 같다. 유압 부품의 공급처 개발을 위하여 중국에 있는 공장과 일을 하였다. 그 공장은 스웨덴에 본사를 두고 중국에서 정밀 부품을 생산해 아시아의 여러 공장에 OEM 방식의 납품을 하는 회사이다. 대부분의 고위직 관리자는 스웨덴에서 파견 나와서 일을 하고 있다. 일을 마치고 저녁 식사를 하면서 이런저런 이야기를 하고 있을 때였다. 스웨덴 출신의 공장장이 너희 나라 한국은 강대국이니까 당연히 그런 것을 할 수 있는 힘이 있지 않냐는 것이다. 우리가 강대국인가?. 지금까지 내가 가지고 있던 인식과는 꽤 거리감이 있는 표현이었다. 그래서 나는 정색을 하고 우리가 어떻게 강대국이냐고 물었다. 이분은 오히려 정색하면서 대한민국이 강대국이 아니면 누가 강대국이냐고 반문한다. 대한민국의 국내총생산(GDP) 규모가 세계에서 10위권의 규모가 아니냐. 인구가 5천만 이상이고 1인당 국민소득이 3만 불에 가까운데 무슨 말이냐. 분명 강대국이다. 그리고 스웨덴은 인구가 겨우 천만 정도인데 무슨 힘이 있겠냐는 대답이다. 우리는 영토가 적고 당신의 나라는 영토가 크지 않느냐며 나도 반문했다. 나의 질문에 사람이 살지도 못하는 땅이 많이 있으면 무슨 의미가 있냐고 항변했다. 항상 열강들의 틈바구니에서 아픈 역사를 중심으로 배워온 나로서는 선뜻 동의하기 어려웠지만 기분 나쁘지 않은 유쾌한 저녁 식사였다.

현재 국내총생산(GDP)은 대한민국이 세계에서 10번째다. 우리 앞에는 미국, 중국, 일본, 독일, 영국, 인도, 프랑스, 이탈리아, 캐나다 순이다. 참고로 스웨덴은 23위다. 내가 스스로 위축되어온 우리의 국토 면적은 108위이고 스웨덴이 49위, 북한이 99위다. 또한 인구는 우리가 29위이고 스웨덴은 86위이다. 하지만 친구나 동료들과 소주잔을 기울이며 잡담을 할 때 대한민국이 강대국이라는 이야기를 당연하게 받아들이는 사람은 아직 별로 없다. 대부분이 내가 이 이야기를 처음 들었을 때와 같은 표정이고 같은 반응이다. 그래서 스웨덴 공장장이 나에게 대한민국이 강대국이라는 증거로 제시했던 수치를 하나하나 이야기하면 반박은 하지 못하는데 그렇다고 흔쾌히 동의도 하지 않는 눈치다. 우리가 모두 그렇게 인식하고 있는 것은 GDP 기준 3강이 우리와 지리적 정신적으로 너무 가까이 있기 때문이다. 1강인 미국은 비록 거리로는 멀리 있지만, 우리와 너무 밀접하게 교류하고 있으며 2번째 강한 힘을 가진 중국이 서쪽에, 3번째 GDP를 가진 일본이 동남쪽에 있기에 상대적인 박탈감에서 우리가 약하다고 인식하는 것 같다.

2차 대전 후 산업화와 민주화를 모두 이루어 낸 유일한 나라라는 것은 가볍게 넘어갈 수 있는 업적이 아닐 것이다. 그러나 우리는 우리가 만들어낸 이 어마어마한 성취에 대하여 너무나 가볍게 생각하고 있다. 유럽에 출장을 다닐 때 김포에서 비행기가 이륙하면 광주까지 내려가서 중국 쪽으로 기수를 돌리는 항로로 비행하던 시절이 있었다. 위에서 보면 온통 산이다. 간혹 평지의 공간도 있기는 하다. 만일 우리가 지금까지도 끼니를 제대로 먹지 못하는 빈국이라면….

어느 사회학자가 대한민국을 일컬어 "조그마한 반도의 나라가 온통 산으로 덮여있어 농사를 짓고 사용할 수 있는 땅은 지극히 적고 천혜의 자원이 아무것도 없는 땅. 그것도 허리가 잘렸으니 가난할 수밖에 없는 숙명을 가지고 태어난 민족"이라고 기록했을 것이고 우리는 또 그것을 당연하게 받아들였지 않았을까 한다. 우리는 이런 수많은 난관을 극복하고 세계 10위의 강대국을 이룩한 것이다. 물론 자만은 금물이다. 그러나 과도하게 자신을 왜소하게 평가하는 것 또한 피해야 할 것이다.

1등 DNA는 다르다

나는 중학교 1학년 4월에 화상으로 다친 곳을 치료하려고 여러 차례에 걸쳐서 성형외과 수술을 받았다. 수술할 때면 1주일 이상은 병원에 입원 치료를 한다. 총 몇 번의 수술을 했는지 기억도 없다. 많이 했다는 것은 병원의 진료기록을 보면 짐작이 간다. 내 병원 기록은 어지간한 나라의 역사책만큼이나 그 분량이 많다. 처음 몇 번은 대구에서 수술하였고 후반에는 서울의 S 병원에서 하였다. 성형외과는 입원 치료를 하는 환자의 비중이 크지 않은 특성이 있다. 규모가 큰 S 병원에도 성형외과 병동은 없었다. 그래서 나 같은 입원 환자들은 빈 병상이 있는 병동에 더부살이해야 한다. 가장 더부살이를 많이 했던 병동이 외국인 병동이다. S 병원에는 외국인 병동을 운영한다. 언어적인 특수성 때문에 외국인이 입원 치료가 필요하면 외국인 병동에 배정된다. 그러나 몇 번을 입원 치료를 했지만, 외국인이 병상을 다 채우는 예는 없었던 것 같다. 그래서 나 같이 더부살이 입원을 하는 환자들은 외국인 병동에 배정받는 일이 많다.

S 병원은 S그룹 산하의 의료복지 재단이고 S그룹은 항상 일등만 추구한다는 것을 너무나 잘 알 것이다. 나는 S그룹과 직접 연관된 일을 해 본 경험은 없지만, S그룹 특히 S 전자의 혁신적인 개선에 관한 사례는 배우려고 많이 노력했다. 공장 혁신에 대한 발표회가 있으면 놓치지 않고 찾아가서 공부했다. 다시 병원 이야기로 돌아가면, 외국인 병동에 있으면서 1등을 하는 사람들은 생각의 시발점부터 나와는 다르다는 것을 깨우쳤다. 외국인 병동에 근무하고 있는 일부의 간호사는 초·중학교 시절에 미국에 이민 가서 미국에서 간호 대학을 졸업한 사람이라는 사실을 알고는 깜짝 놀랐다. 이런 배경을 지닌 간호사를 채용하기 위한 비용은 일반 간호사와는 차원이 다를 것이다. 임금은 차치하고라도 상당한 정도의 추가 비용이 필요할 것이다. 역시 1등 DNA는 완벽을 추구하는구나. 보통의 회사라면 어떻게 할까. 공채로 뽑은 간호사 중에서 일정 이상의 공인된 영어 성적을 가진 사람을 선발하고, 외국어 수당을 주면서 외국인 병동에 근무시키지 않을까. 물론 의료라는 특수한 산업의 문화를 모르는 내가 하는 상상은 전혀 터무니없는 낮은 수준의 것일 수도 있지만.

여기서 나의 경험을 불러와 보겠다. 1998년 프랑스 회사와 합작 공장을 설립하고 생산을 시작하였다. 많은 기술 자료들이 프랑스어로 작성이 되어있었다. 엔지니어 중에서 프랑스어를 제2외국어로 배운 사람도 거의 없었다. 그래서 회사에서는 대학에서 프랑스어를 전공한 성적이 매우 우수한 두 사람을 정식 직원으로 채용하여 기술 문서의 번역 작업을 도울 수 있도록 하였다. 그런데 때에 따라서는 번역한 한글본이 더 이해하기 어려운 때도 있었다. 한번은 이런 일이 있었다. 철사를 꼬불꼬불하게 말아서 만든 막대기 모양의 제품이라고 번역을 했다. 도저히 이해되지 않았다. 둘이서 고민하면 앞뒤 문장까지 꼼꼼히 살펴보았지만, 도저히 알 수가 없었다. 결국 프랑스 엔지니어에게 전화했다. 그것은 스프링이었다. 엔지니어가 아닌 문학을 공부한 사람이 번역하니 세 개의 글자가 기다란 하나의 문장이 된 것이다. 물론 그분들이 엔지니어링 언어들을 정말 열심히 공부한 덕분에 1년쯤 지나자 거의 동시통역 수준의 서비스를 하게 되었다.

나는 S 병원에 입원하여 이 사실을 깨우치고 난 후에 모든 의사 결정을 할 때 1등의 DNA가 무엇인가를 다시 한번 생각하게 됐다. 내가 내리는 이 결정이 우리 회사가 1등의 회사가 될 수 있도록 하는데 올바른 결정인가를 나 자신에게 물어보는 체크 포인트가 생긴 것이다.

2% 부족의 미학, 서울시 버스 중앙차로제

서울시에서 버스 중앙차로제를 시행했다. 세상이 뒤집힐 정도로 민원이 폭주했다. 모든 방송과 신문은 온통 버스 중앙차로제의 문제점과 시민들의 불만, 서울시를 비난하는 내용으로 하루를 채웠다. 그리고 서울시를 상대로 시민들이 겪고 있는 불편함과 피해를 보상받기 위한 시민 소송을 준비하고 소송 참가자를 모집하는 변호사의 인터뷰 방송도 시청한 기억이 있다. 그런데 며칠이 지나자 세상이 언제 시끄러웠냐는 듯이 고요해지고 몇 달이 지나자 런던을 비롯한 해외의 대도시에서 서울시의 버스 중앙차로제도를 도입하겠다고 벤치마킹을 온다는 기사가 종종 올라왔다. 아니 이게 뭐지. 불현듯 의문이 들었다.

나는 이 사건을 2% 부족함의 미학이라고 이야기하고 싶다. 이러한 일이 있기까지의 그 당시 서울시장의 성장 배경에 대하여 생각해보았다. 모두가 알다시피 이 일을 시행한 서울시장은 성공한 샐러리맨의 신화를 만들고, 대기업의 CEO를 지내고 정계로 입문하여 서울시장이 되신 분이다. 물론 지금부터 하는 이야기는 나의 상상으로 기업의 효율과의 관계에서 배울 점을 찾고자 하는 것이지 그분과 이 문제에 관해 대화를 나눈 적이 없기에 그분과는 생각이 전혀 다를 수 있다. 그분이 기업가 출신이 아니고 전통 관료 출신이었다면 초기에 이러한 혼란이 있었을까. 나의 예상으로는 이런 혼란은 일어나지 않았을 것이다. 다만 실시의 시기가 많이 늦어졌을 것이다. 즉, 초기 며칠간의 혼란을 없애기 위해서 몇 개월 혹은 년 단위의 지속적인 연구와 사무실에서 Simulation만 계속 진행하고 있지 않았을까 생각한다. 그렇다고 해도 초기의 혼란을 제로화시키기는 매우 어려울 것이다. 아무리 연구실에서 일어날 문제를 가정하고 준비한다고 하더라도 현실에서 일어나는 모든 문제를 완전히 예측할 수는 없으니까 말이다. 많은 관료 출신의 리더는 효율보다는 부정적인 뉴스의 초점이 되는 것을 두려워했을 것이다. 그러나 그때의 서울시장은 기업가 출신으로 효율을 중시하는 정책으로 방향을 두었을 것이다. 이 때문에 시행 초기 며칠간의 혼란을 줄이기 위하여 연구소에 많은 시간과 인력을 투입하는 것보다는 통제할 수 있는 초기 혼란을 예측하고 효율을 극대화하는 방향에서 실행 시기를 결정하지 않았나 하는 생각을 해 보았다.

나는 의사 결정권자들의 이러한 판단력이 매우 중요하다고 생각한다, 당연히 버스 중앙차로제는 그분의 탁월한 리더십과 기업가로서의 갈고 닦은 역량이 만들어낸 좋은 정책의 사례라고 생각한다. 그리고 실패에 대한 현명한 판단이 매우 중요하다. 모든 실패를 비난하면 사람들은 실패하지 않을 일만 한다. 실패하지 않는 일은 두 가지 방법이 있을 것이다. 일하지 않으면 실패하지 않는다. 또 하나는 100% 성공을 확신할 수 있는 일만 하면 되는 것이다. 나는 질책해야 할 실패는 딱 하나라고 생각한다. 핑계가 앞서는 멍청하고 부지런한 사람이 저지르는 실패는 철저하게 확인한다. 하지만 다른 사람들의 실패는 실패 후에 어떤 일을 하는지 지켜본다. 여기서 나는 리더십에 대한 이야기를 하고 싶다. 우리는 자주 기업의 경영을 이야기할 때 오너 경영과 전문 경영인의 경영을 비교한다. 나는 많은 시간을 미국계 회사에서 전문 경영인 체제하에서 일을 하였다. 평화발레오는 발레오의 전문 경영인 체제와 평화의 오너 경영의 잘 조화된 체제에서 일했다. 그러나 내가 살아가고 있는 대한민국 회사에 대한 뉴스는 대부분 오너 경영에 대한 뉴스다. 그러나 나의 경험으로 오너 경영은 대단히 많은 강점이 있다고 생각한다. 내가 직, 간접적으로 경험한 오너 경영의 강점은 위기의 상황에서 나타난다.

2008년 9월 15일 미국의 투자은행 리먼브러더스 파산에서 시작된 글로벌 금융위기 때의 경험이다. 금융위기가 발생하자 내가 근무하는 미국계 회사에서는 모든 경영을 안전 위주로 실행했다. 대표적으로 대규모의 투자는 모두 동결되고 현금의 비축이 최우선 과제였다. 때마침 우리는 매우 좋은 기업에 대한 인수 작업이 진행되고 있었는데 리먼 사태가 발생하자 훨씬 더 좋은 조건으로 인수의 기회가 왔다. 하지만 모든 투자는 동결되었고 좋은 회사의 인수 기회를 잃었다. 그러나 매스컴을 통해 이 소식을 접한 국내 많은 회사는 리먼 사태 위기 때 글로벌 마켓 점유율을 향상했다는 소식을 접했다. 어느 대기업 회장님은 리먼 사태의 금융 위기가 몇 년 더 지속되었으면 좋겠다는 농담을 했다고 들었다. 이유는 너무나 좋은 사업 인수의 기회, 인재 영입의 기회라는 것이다. 커다란 도약을 위해서는 실패 시의 큰 위험이 동반하기 마련이다. 이러한 하이 리스크(High Risk)를 동반한 의사 결정은 오너 경영 체계가 많은 장점이 있다고 생각한다. 물론 오너 경영의 폐해도 매스컴을 통하여 많이 접한다. 역으로 이는 전문 경영자의 강점이 될 것이다. 기업의 지배구조, 주주 이익 중심의 경영 등. 이러한 강점은 경제학자와 법률가들의 노력으로 충분히 보완할 수가 있다고 생각한다. 그러나 High Risk Taking Decision은 경제학자와 법률가들의 노력으로 이룰 수 없다.

1997년 IMF 경제 위기, 2008년 리먼브러더스 파산에서 시작된 글로벌 금융위기에서 대한민국의 대기업들은 Risk를 책임지는 뛰어난 경영자들의 통찰력으로 세계적으로 경쟁력을 향상하는 기회로 만들었다. COVID19의 팬데믹으로 시작된 위기 상황을 극복하고 또다시 세계 경제의 경쟁력에서 어떤 도약을 할 것인지 앞으로 무척 기대가 크다.

오후 3시면 시작되는 고민

어떤 일에 심취하다 보면 간혹 목적을 잊어버린다. 90년대 후반 2000년대 초에 마이카 붐이 일면서 너도나도 승용차를 한 대씩 구입했다. 대중교통만 이용하다가 자가용 승용차가 있으면 생활은 더욱 편리하고 자유로울 것이다. 자가용 승용차는 여러 가지 면에서 편리한 혜택을 주지만 아직 제반 인프라가 완벽하지 않은 상황에서 발생하는 고민이 있었다. 자가용 승용차가 증가하면서 부족한 주차 공간 때문에 때아닌 촌극이 벌어진 것이다.

성실히 근무하던 한 친구가 있었다. 저축을 많이 하는 관계로 연장 근무도 매우 열심히 하여 착실하게 돈을 모으는 친구였다. 그런데 어느 날부터 연장 근무를 하지 않았다. 당연히 수익은 줄어들었고 얼굴이 어두워져 있었다. 혹시 집안에 우환이 있는지 면담했다. 본인으로서는 매우 심각한 고민이지만 나는 웃음을 참을 수가 없었다. 아이들 때문에 주말이면 가야 할 곳도 많고 해서 얼마 전에 승용차를 샀다는 것이다. 그동안 알뜰하게 모은 적금이 만기가 돌아와 남들처럼 멋지게 살아보자고 자가용 승용차를 샀다. 승용차를 사는 날 온 가족이 행복에 겨워 꿈 같은 시간을 보냈다. 그런데 그다음부터가 고민이었다. 이 친구가 사는 집은 옛날에 건축된 주택가였다. 이 주택가를 조성할 당시는 자가용 승용차의 주차 공간은 전혀 고려의 대상이 아니었다. 그런데 문제는 이 친구만 승용차를 구입한 것 아니고 대부분의 사람도 산 것이다. 그러다 보니 주차할 수 있는 공간이 턱없이 부족했다. 어쩌다 있는 동네 구석의 안전한 주차 공간을 차지하는 것은 하늘의 별 따기만큼 경쟁이 치열했다. 그래서 주차 공간 때문에 잔업을 하지 못하고 일찍 퇴근한다고 했다. 오후 3시만 되면 오늘은 주차를 어디에 해야 하는지가 제일 큰 고민이라고. 그런데 연장 근무를 못 하니 수익이 줄어들자 더 큰 고민이 시작된 것이다. 때로는 안전한 자리에 주차할 기회가 있으면 자리를 빼앗기지 않으려고 며칠씩 차를 빼지 않는다고 했다.

어떤 사람은 집 앞에 주차해둔 차량을 아이들이 장난삼아 그랬는지 못으로 옆면에 커다란 흠집을 냈다. 그 당시 CCTV도 없던 시절이니 누가 이런 행동을 했는지도 모른다. 새 차에 긁힌 커다란 자국에 가슴 아파하던 차주는 비싼 돈을 들여서 전체 도장을 다시 했다. 그 후로는 퇴근하여 2층에서 차를 감시하고 있다고 한다. 많은 돈을 들여 승용차를 사는 것은 생활의 편리를 위해서다, 그런데 때로는 우리가 승용차의 노예가 되어 엄청난 불편을 겪고 생활의 리듬

이 파괴되고 있다.

많은 경우에 목적이 무엇인지 우리가 왜 이 일을 해야 하는지를 망각하고 눈앞의 일만 보고 달려간다. 회사에서도 이와 같은 일들이 종종 발생한다. 기업의 목적은 이윤 창출이고 영속성이라고 한다. 이윤 창출을 위해 많은 고객을 확보해야 하고 저렴한 가격으로 양질의 제품을 만들어 적기에 공급해야 한다. 영업과 생산을 제외한 나머지 기능들은 이 두 업무를 위한 조력자일 것이다. 그런데 때로는 주객이 전도된다. 특히 상위 직급자들이 이러한 목적과 원칙을 잊어버리면 배가 산으로 가듯이 문제가 발생한다. 실제 산업의 현장에서 이런 일이 종종 발생하는데, 원인은 영업이나 생산은 고객의 접점과 가까이 있는 관계로 간절함이 다른 기능의 사람들보다 심하다. 그래서 원만한 관계를 위해 부탁을 한다. 자재 좀 빨리 공급해달라고, 품질 확인을 빨리해 달라고, 고장 난 설비를 빨리 고쳐 달라고, 신제품 개발을 일정에 맞게 진행하여 달라고… 이것이 오래 지속되면 당연한 것이 되고 각자의 기능이 무기가 된다. 그래서 때로는 생산을 위한 회사가 아니고 구매를 위한 품질관리를 위한 회사로 착각할 때가 많다.

대부분의 지원 파트에서 일하는 사람들은 소위 기술이라는 것을 가지고 있다. 협력 업체에서 공급한 제품을 품질부서에서는 불량이라고 판정해버린다. 그러면 생산 부서에서는 답답해진다. 대안을 찾으려고 노력을 하면 때로는 지원

부서가 갑이 되어 승인권자가 되는 경우가 흔히 있다. 이 제품이 납기에 영향을 준다면 나는 품질에서 양품을 선별하여 생산 부서에 제공하라고 지시한다. 그러면 간혹 품질부서에서는 불만이 생긴다. 왜 내가 선별까지 해야 하냐고. 나는 기업의 목적을 이야기한다. 이 제품을 양품으로 빠른 시간에 효율적으로 만들어 공급해야 대금을 받을 수 있다. 그 돈으로 우리가 살아가는 것이다. 품질부서는 양품을 만들고 부적합으로 인한 효율 저하를 방지하는 기능이다. 그리고 이 제품이 품질에 미칠 영향을 제일 잘 알고 있다. 이러한 역할 분담이 잘 된 공장이 자동차 제조공장이라고 생각한다. 이유는 라인 하나가 공장 전체이니까. 라인이 1분이라도 정지가 되면 공장의 최고 책임자에게 즉시 보고가 되고 효율적인 가동을 위한 모든 수단이 작동되기에. 그런데 소형 라인들이 수십 개씩으로 구성된 많은 중소 제조업체에서는 조금만 방심하면 주객이 전도된다. 목적이 무엇인가? 매일 아침 생각하며 일을 시작하자.

삼가 고인의 명복을 빕니다

매일 아침 출근길 길목에 대형 건물이 신축되고 있었다. 이제 외벽의 공사로 보아 곧 완공이 될 것 같다. 어떤 건물인지 모르겠으나 건물의 형태나 위치로 보아 물류 센터를 신축하고 있는 듯하다. 그런데 아침 출근길에 안타까운 소식이 전해졌다. 이 건물에 화재가 발생하여 소방관 3명이 실종되었다고 한다. 매일 출근길에 보던 건물이니 여느 기사처럼 그냥 스쳐 지나가지만은 않는다. 더욱더 안타까운 것이 소방관 3명이 행방불명이라는 기사다. 자세히 내용을 읽어보고 난 후에는 더욱더 마음이 아팠다. 아니 화가 났다.

신문의 기사의 내용은 다음과 같다.

'이번 화재는 전날인 5일 오후 11시 46분께 최초 신고가 접수됐다. 소방 당국은 접수 14분 만에 대응 1단계를 발령하고 진화에 나서 이날 오전 6시 32분께 큰불을 꺼 오전 7시 10분에 대응 단계를 해제했다. 그러나 사그라들었던 불씨가 갑자기 다시 확산했고, 결국 오전 9시 21분에 대응 2

단계가 발령됐다. 대응 1단계는 관할 소방서 인력 전체가 출동하는 경보령이며, 대응 2단계는 인접한 5~6곳의 소방서에서 인력과 장비를 동원한다. 연락이 끊긴 소방관들은 진화작업 중 불이 급격히 재확산하는 과정에서 어딘가에 고립된 것으로 추정된다. 소방 당국은 진화작업과 동시에 이들을 찾는 작업을 하고 있다.'

전날 자정쯤 발생한 화재는 새벽에 정리되었다. 그러나 잔불이 다시 확산되어 2차로 출동한 소방관들이 진입했다가 이런 참사를 당한 것이다. 50세의 가장, 31살 그리고 꽃다운 25살의 청년이 화마로 생을 마감하였다. 안전에 대한 인식이 너무나도 안타깝다. 이 화재의 현장에는 사람이 있는 것도 아닐 것이다. 1차로 진압이 되어 사람 출입은 이미 통제가 되었을 테니까. 그런데 왜 그렇게 불안전한 상황인데도 진입했을까. 가장 소중한 것이 사람의 목숨인데 그 이상 중요한 무엇이 건축 중인 건물 안에 있다는 것인가. 나는 이 점에서 안전에 대한 인식에 관해 이야기하고자 한다.

나는 근무하던 회사의 Asia Pacific Group Lean Manager로 몇 년간 근무한 경험이 있다. 그룹 Lean Manager의 역할 중의 하나가 각 공장에서 실시하는 개선 활동에 대하여 참여하여 지도하고 점검하는 일이다. 현장에서 실시하는 개선 활동이기에 때로는 위험한 일도 있다. 그래서 항상 시작하기 전에 안전에 대한 교육을 먼저 하고 시작한다. 이런 개선 활동을 통해 나라별로 안전에 대한 의식의 일부를 경험할 수 있었다. 통상 안전에 대한 의식은 그 나라 국민의 소득 수준과 비례하는 경우가 많다. 그러나 대한민국 사람들은 아니다, 개선 활동을 실행했던 일본, 중국, 한국, 인도 그리고 동남아 국가 중에서 대한민국의 소득 수준은 일본 다음이지만 안전에 대한 의식 수준은 내가 경험한 나라 중 가장 낮은 수준이다, 여러 가지 이유가 있으나 빨리빨리의 문화도 일조하는 것 같다.

 개선 활동은 1주일간 실시한다. 첫날 오전에는 청소하면서 설비를 점검하는 일부터 시작한다. 이런 날은 평소에 청소하지 않던 기계 위의 먼지도 치우는 작업을 한다. 기계 위의 먼지를 청소하면 대부분의 한국인 근로자들은 기계의 옆면을 타고 내려오던가 2m나 되는 기계에서 뛰어 내려오는 예도 있다. 똑같은 청소 작업을 인도에서도 시행했다. 인도 직원들은 모두 사다리를 놓고 안전하게 내려온다. 사다리도 미끄러지지 않는지를 철저히 확인한다. 중국에서 있었던 일이다. 개선 작업을 시작하기 전에 전체 모임을 하고 시작한다. 한국에서 참여한 한 직원이 뛰어서 모임 장소로 왔다. 늦은 것이다. 그러자 그 사람이 올 때까지 모임을 시작하지 않고 기다리던 중국의 관리자가 위험하니 달리지 말라고 경고했다. 40여 명의 모임이지만 몇 분 늦게 시작하는 것보다 그 직원의 안전이 더 중요한 것이다. 왜 우리는 이렇게 조급하게 일을 할까. 물론 우리 선배 들의 위험을 무릅쓰고 열심히 노력하신 덕분에 우리는 경제적인 풍요를 누리고 있다. 그러나 사람의 생명은 소중한 것이고 그 어떤 풍요와 보상도 사람의 생명을 대신할 수 없다. 물론 이러한 문화를 하루아침에 바꾸기는 매우 어려울 것이다.

다시 언급하지만, 어느 캐나다인이 아시아 책임자로 오랜 시간 일을 하다가 본국으로 돌아갈 때 인터뷰를 했다. 그 자리에서 당신이 아시아에 오랫동안 근무를 하면서 느낀 것 중에 대표적인 것을 이야기해보라고 하니 이 사람은 아시아 각 나라는 다른 기질을 가지고 있다며 사격을 예로 들었다. 사격의 순서는 준비, 조준, 발사인데 한국인들은 발사, 발사, 발사만 강조하고 중국인은 준비, 사격, 사격 그리고 인도 사람은 준비, 준비, 준비만 외치고 있다는 대답을 했다는 이야기를 듣고 웃은 적이 있다. 나도 이에 적극적으로 동의한다. 그러면 우리는 어떻게 해야 할까. 이런 뿌리 깊은 안전 불감증은 하루아침에 고쳐지지는 않을 것이다. 이는 수없이 긴 시간 동안 가정에서부터 철저하게 안전에 대해 교육을 하고 생활화하는 것이 무엇보다 필요하다.

캐나다로 이민을 간 조카가 들려주는 이야기이다. 눈이 많이 오는 나라이다 보니 눈이 오는 날 학교 교정에서 눈사람도 만들고 눈싸움도 한다. 눈싸움하고 있는데 선생님이 오셔서 사람에게 눈 뭉치를 던지는 것은 사람이 다칠 위험이 있다고 하지 말아 달라고 부탁을 하더라는 것이다. 우리는 놀이라고 생각하는데 그분은 안전에 위험하다고 생각한 것이다. 이처럼 우리의 안전에 대한 관념은 많은 것을 생각하게 한다. 앞으로 이런 비참한 참사가 두 번 다시 발생하지 않기를 간절히 바라면서 다시 한번 삼가 고인의 명복을 빈다.

RE(renewable energy)100 어떻게 생각하십니까

　이는 학생들의 퀴즈 프로그램에서 나온 질문이 아니다. 대통령 후보 간의 토론회에서 일대일 토론에서 어느 후보가 상대 후보에서 던진 질문이다. 질문을 받은 후보는 RE100의 용어에 대하여 모르고 있는 것 같았다. 이것이 뉴스가 되었다. 우리는 대통령을 뽑는다기보다는 수억 기가바이트의 인공지능 컴퓨터를 선발하는 대회로 인식하는 것 같다.

　대통령의 제일의 덕목이 무엇인가. 국가 경영에 대한 확실한 비전을 갖고, 이 비전을 실행에 옮길 능력 있는 사람을 보는 눈을 가져야 하고 그러한 사람들이 충분히 자기의 역량을 발휘할 수 있는 판을 만들어 주는 사람이어야 한다. 또한 판이 흔들리지 않도록 보호해 주는 것도 가장 중요한 역할이라고 생각한다. 우리나라에는 5천만 국민이 있다. 아니 오천만 일꾼이 있다. 이 일꾼들이 어떤 국가 비전을 위해서 일하도록 할 것인가. 그래서 오천만 국민이 신명이 나서 밤새도록 일해도 피로를 느끼지 못하게 판을 만드는 지도자가 최고의 지도자라고 생각한다.

내가 직장 생활을 자동차 산업에서 시작하게 된 것은 나의 삶에서 매우 중요한 결정이라고 생각한다. 이러한 결정을 하는데 가장 크게 기여를 한 것은 국가 지도자의 잘살아 보자는 비전이었다. 그 시절 내가 살던 대구는 섬유 산업이 발전한 도시였는데 중공업을 국가의 주요 미래 정책으로 발전하고 있는 현실에서는 더 이상 성장 산업이 되지 못하기에 내리막길을 걷고 있었다. 이 산업에 종사하는 주변 사람들은 점차 위축되고 있었다. 심지어 수주되면 회사에 출근해서 일해 임금을 받고, 수주가 끊기면 회사도 문을 닫고 직원들도 출근하지 않았다. 정규직이지만 마치 파트타임과 같은 일까지 발생하므로 이 업종에 종사하는 대부분 사람들은 생활이 매우 불안정했다. 매슬로의 인간 욕구 5단계에서 안정의 욕구가 절실히 요구되는 그러한 삶을 살아가고 있다.

나는 그 당시 국가에서 줄기차게 추진하고 있는 선진국이 되기 위한 경제 개발계획과 연결을 해 보았다. 눈만 뜨면 잘살아 보세의 노랫소리가 귓전을 때렸고 학교에서는 선진국인 미국, 일본, 유럽 사회의 풍요로움을 보여주면서 우리도 그렇게 될 수 있다는 동기유발을 지속적인 교육을 통해서 보여주었다. 우리도 언제쯤이면 1인당 소득 1만 불의 선진국 대열에 들어설 것이고 선진국이 되면 모든 가구가 승용차를 구입할 것이라고. 그러면 지금은 단칸방에서 월세를 내고 살고 있지만 언젠가는 나도 선진국 국민과 같은 풍요로움을 누릴 수 있을 것이라는 희망이 있었다. 자동차 시장은 앞으로도 크게 성장을 할 것이며 자동차 업종의 회사들은 일감이 없어서 회사가 문을 닫는 일은 없을 것이 아닌가. 또한 꾸준히 일하면 월급도 고정적으로 받을 수 있을 것으로 생각했다.

그러나 학교를 졸업하고 자동차 산업의 대기업에 입사하려고 했으나 실패하고 대구에 있는 자동차 1차 협력사 평화 클러치에 입사했다. 입사를 한 후 회사의 매출은 매년 30~40%씩 고속 성장을 하였다. 대한민국의 자동차 산업은 세계시장으로 사업 영역을 확장하였고 이러한 글로벌 추세에 함께 해야 한다는 회사 경영진의 탁월한 미래에 대한 비전으로 프랑스 발레오사와 합작 공장을 설립한 것이다. 서구의 노하우(Know How)가 있는 기술력과 관리 기법을 받아들여 평화 클러치는 세계시장으로 사업의 영역을 넓혀나갔다. 입사했던 1983년 평화 클러치 매출은 230억 정도로 기억하는데 대한민국 자동차 산업의 성장과 이런 기회를 적극적으로 잘 활용한 경영진의 현명한 판단과 노력으로 지난해에 전 세계 유수의 자동차 완성품 메이커를 통하여 약 5조의 매출을 달성한 것으로 알고 있다. 내가 자동차를 택한 것은 국가가 경제발전의 비전을 내게 보여주었고 그 비전에 따라 자동차 산업이 성장할 것을 예상한 것이다. 또한 지속적인 성장과 함께 나도 안정적인 생활을 할 수 있겠다는 소박한 생각으로 자동차 산업을 택했는데 지금 돌이켜 생각해봐도 정말 잘한 선택이었다.

자동차 산업은 고도의 기술을 필요로 하고 신차의 개발에서 양산까지 철저한 관리의 기술이 필요로 하며 대량 생산체제를 위한 고도의 관리력이 있어야 하는 산업이었다. 나는 직장 생활 초기 20년을 이러한 환경에서 훈련받은 덕분에 어떤 산업에 가서도 평화발레오에서 경험하고 배운 것이 기초가 되어 좋은 결과를 만들어낼 수 있었다. 또한 이런 경험을 바탕으로 Parker Hannifin이라는 훌륭한 기업을 만났다. 항상 두 회사에 감사하면 살아왔다. 확실한 국가의 비전과 나의 소박한 꿈이 하나가 되어 오늘의 나를 만든 것이라고 생각하니 감개무량하다.

업계와 재계에 전설처럼 전해오는 이건희 회장의 반도체 산업에 대한 집념, 500원짜리 지폐 하나 들고 조선소도 없이 선박을 수주하여 선박의 건조와 현대중공업이라는 조선소 건설 두 가지 일을 동시에 진행 시킨 정주영 회장의 신화는 지금 이 나라 경제의 초석이 되었다. 언제 우리는 또 이러한 위대한 지도자를 만나서 명실상부한 선진국을 만들 수 있을까.

서비스 산업의 4대 패키지

평화 발레오에 같이 근무하던 선배께서 일찍 퇴직하고 식당을 개업했다. 퇴직금 포함해 모든 자산을 쏟아부어 식당을 개업했다. 평생을 제조업 현장 관리 감독자로 일했던 분이 50대의 나이에 새로운 도전을 한다고 하니 매우 걱정스러웠다. 주위 사람들에게 가능하면 이 식당을 이용하자고 권했다. 어쩌면 10년, 20년 후의 우리의 모습일 수도 있는 일이라고 생각해서다. 그래서 거래처 손님과 식사할 일이 있으면 이 식당을 이용했고 팀원들과 회식할 때도 이용하자고 했다. 그러나 한 달 두 달이 시간이 지나면서 걱정스러운 모습이 보이기 시작했다. 어느 날 점심을 먹으러 갔는데 우리 팀밖에 없었다. 어느 날은 우리 외의 한 팀이 더 있을 뿐이었다. 전 테이블이 만석이고 일하는 분들이 바빠서 허덕이는 모습과는 자꾸만 거리가 멀어졌다. 마침 대학원에서 수강하는 과목 중에 서비스 경영이라는 과목을 수강하던 중이었다. 수업 시간에 서비스 산업의 4대 패키지에 대한 강의를 듣게 되었다. 서비스 산업의 4대 패키지는 시설, 상품, 주 서비스 그리고 마지막 보조 서비스이다.

이 선배 식당의 시설은 매우 좋다. 프랜차이즈 가맹점으로 개업했기에 규격에 맞추어 시공한 시설이라 우수하고 새롭게 개업했기에 매우 깨끗하고 청결했다. 상품 역시 프랜차이즈로 성공한 제품이기에 모자람이 없다고 생각한다. 주 서비스 역시 프랜차이즈 본사에서 충분한 교육을 이수했다. 그러나 보조 서비스는 이야기가 조금 다르다. 시간이 지나면서 이 선배의 영업장이 힘들어진다는 것을 눈으로 확인이 할 수 있었다. 안타까운 마음에 그 시절 대구 성서에서 가장 인기 있는 식당과 서비스 패키지 측면에서 비교 정리를 해 보았다. 먼저 시설은 신장개업한 식당으로 청결한 면에서는 우수하다고 생각한다. 물론 입지에 대해서는 내가 비교 평가할 능력이 안 되니 별도로 검토했다. 상품은 도가니탕과 칼국수로 생존의 위협을 느낄 정도로 차이가 날 제품은 아니다. 주 서비스 역시 표준화된 프랜차이즈 매뉴얼에 따라 이루어지기에 우수한 편이었다. 그런데 문제는 보조 서비스다. 보조 서비스는 한 단어로 정의하기가 어려운 것이다. 나의 짧은 식견으로는 친절과 교감이라는 단어가 조금은 어울릴 것 같은데 그러나 친절이라는 단어만으로 보조 서비스를 해석하기는 충분하지 않을 것이다. 영어로 표현하여 Customer experience가 좀 더 합당한 표현인 것 같다. 결정적인 차이는 보조 서비스였다고 판단했다.

앞에서 비교하지 못한 시설의 입지에 대하여 한 식당을

두고 검토해보았다. 성서 공단 네거리 고깃집이 있다. 평화 발레오가 입주하던 초기 시점부터 있던 고깃집인데 내가 알고 있는 첫 번째 업주는 매우 사업을 잘했다. 항상 테이블은 만원이었고 누구나 즐겁게 식당을 이용했다. 어느 날 주인이 바뀌었다. 같은 자리 같은 상품으로 영업했다. 그런데 주인이 바뀌고 서서히 손님이 줄어드는 것을 느낄 수 있었다. 나 역시 식당을 이용하는 횟수가 서서히 줄었다. 몇 년 후 다시 주인이 두 번이나 바뀌었다. 우연하게도 최근에 이 식당을 인수한 사람은 앞서 비교의 대상으로 삼았던 칼국수 집이었다.

나는 인수 과정을 유심히 지켜보았다. 새 주인은 식당을 인수하고 실장과 카운터 담당 직원 그리고 홀 서비스하는 직원 일부를 파견했다. 시설, 상품, 주 서비스보다는 보조 서비스를 대대적으로 변경하고 강화하는 조치를 우선으로 하는 것이었다. 네 번째 주인은 첫 번째와 같은 호황을 누렸다. 시설은 입지를 포함해서 동일하다. 상품도 똑같은 고깃집이다. 주 서비스는 고객들이 불편한 것이 없다. 그럼 다른 것은 보조 서비스뿐이다.

또 다른 사례를 보자. 같이 근무하던 동료 직원이 회사를 그만두고 닭갈비 식당을 개업했다. 관리자 출신인 것을 십분 살려 모든 것을 매뉴얼화하고 체크 시트로 관리하도록 했다. 같이 일하던 동료가 새로운 사업을 시작했으니 당연히 축하해주기 위해 가족들과 저녁 식사를 하려고 방문했다. 종업원들도 매우 조직적으로 일을 하고 화장실도 매우 청결하게 잘 관리되고 있었다. 음식도 우리 집 식구 모두가 만족했다. 그런데 식사를 마치고 난 후 차를 마시며 대화하고 있는데 종업원들이 서둘러 우리가 앉아 있는 식탁을 정리하는 것 아닌가. 너무나도 황당했다. 식당을 나서는 집사람은 다시는 이 식당에 오지 말자고 했다. 이 때문이라고만 할 수는 없지만, 이 식당도 1년을 못 넘기고 다른 사람의 손에 넘어갔다.

나는 이 모든 것을 보조 서비스로 분류하고 싶다. 그러면 회사에서 일하는 우리가 성공적인 생활을 하기 위한 보조 서비스는 어떤 것이 있을까. 각자 다른 의견이 있을 것이다. 나는 긍정적인 생각과 도전 정신에 기반한 소통의 능력과 공감의 능력이라고 생각한다. 긴 나의 직장 생활 전체를 뒤돌아보면 나에게 가장 부족한 것이 소통이고 공감의 능력인 것 같다. 항상 목표만을 바라보면서 사냥개처럼 덤비기는 했어도 다른 사람의 마음의 문을 열도록 하는 데는 큰 노력을 하지 않았다. 내가 만일 이 사실을 일찍이 알았다면 그리고 공감의 능력이 조금이라도 더 있었다면 아마도 더욱 좋은 결과를, 성과를 만들었을 것이다.

누구의 책임인가

　내가 처음 평화 클러치에서 일을 시작할 때는 산업화의 초기이고 관리의 체계가 잘 정립이 되어있지 않았다. 아니 날마다 성장하는 산업에서 관리를 뒤돌아볼 여유가 없었다는 말이 올바른 표현일 것이다. 특히 기술 문서의 관리도 체계화되지 못했다. 날마다 밀려드는 새로운 제품의 공급요청에 모두 늦은 밤까지 일해도 시장의 수요를 따라가기가 벅찬 시절이었다. 이런 이유로 당장 지금 생산에 필요한 일들 중심으로만 진행되는 실정이었으므로 체계적인 관리를 위한 제반 일들이 생략되는 경우가 많았다. 그중에서도 중요한 한 가지인 BOM(Bill of material)이 체계적으로 관리되지 않았다. 제품의 종류가 몇 가지 되지 않을 때는 문제로 인식되지 않는다. 사람의 기억만으로도 어떤 제품이 어떤 모델에 사용되는지 관리할 수 있다. 그러나 회사가 성장하면서 날로 새로운 품목이 추가되었다. 이젠 기억력으로만 관리가 이루어질 시기는 지났으나 설계 부서에서는 예전과 같이 도면만 배포하기에 급급했다. 이것을 선견지명이 있는 한 직원이 본인의 노트에 BOM을 기록하기 시작한 것이다. 이 직원은 이것을 이용하여 생산 계획, 자재 발주 모든 것을 무리 없이 수행하고 있었다. 이때까지 이 직원은 매우 총명하고 관리 능력이 있는 직원이었다.

문제는 먼 훗날 발생했다. 회사의 규모가 확대되면서 한 사람이 생산 계획, 현장 관리, 자재 발주, 입고 및 재고 관리를 하는 것은 너무나 큰 과부하가 발생하였다. 여기서 병목현상이 발생하자 회사의 발전에 심각한 문제를 초래했다. 문제는 본인만 가지고 있는 BOM 정보를 독점하고 남들과 공유할 생각이 없다는 것이다. 아마 평생 이 정보를 독점할 수 있고 이 정보를 통하여 현재의 상태를 유지할 수 있다고 판단을 했던 것 같다. 회사는 이 정보를 공유하기 위하여 노력을 하였다. 그러나 이 노트는 어느 사람에게도 공유되지 않았다. 본인의 심장처럼 항상 몸에 지니고 다녔다. 그런데 이 사람이 간과한 것은 회사의 발전이라는 큰 수레의 바퀴를 한 개인이 거스를 수 없다는 사실과 회사라는 큰 조직과 경쟁을 하여 개인이 이길 수 없다는 사실이다. 회사가 정보를 정리하고 데이터화하는데 얼마의 비용을 지불하는 것이 문제가 되지 회사로서 불가능한 일은 아니었다. 아니 회사 전체가 움직이지 않고 일부 부서의 노력으로 약간의 시간과 비용을 들이면 이 자료는 데이터화가 완성이 되는 것이다.

직원은 이 정보의 독점에 대한 자기 확신을 지나치게 가지고 있었던 것 같다. 회사의 데이터가 정리되자 이 사람은 스스로 혼란에 빠졌다. 많은 것을 내려놓아야 했다. 혼자서 다 할 수 없으니 여러 사람과 나누어서 시스템적으로 일해야 했다. 그러나 오랜 세월 독단적으로 일하던 습관이 남아 있어서일까. 여러 가지 문제가 발생했고 급기야는 지금까지 해오던 일과는 다른 새로운 부서로 발령받는 일까지 벌어졌다. 이 직원은 그 후에 몇 년간 몇 개의 부서를 전전하다가 회사를 떠나고 말았다.

나는 이 일을 오랜 시간 바라보면서 여러 생각에 잠겼다. 과연 누구의 책임인가. 많은 사람이 하루하루 살아가는데 급급한 시절에 본인의 노트에 BOM을 깨알같이 기록을 한다는 것은 관리자로서 매우 우수한 자질이 있다고 생각된다. 그런데 그 우수한 자질이 한순간의 생각으로 반 회사적인 사람으로 오해를 받았고 회사는 한순간이나마 어려움을 겪었다. 그리고 회사와의 관계는 행복하게 끝이 나지 않았다. 참으로 안타까운 일이다. 이 새드 엔딩이 누구의 책임인가라고 자신에게 물어보았다. 쌍방이 책임이 있다고 생각한다. 먼저 개인은 꾸준히 자기 발전을 이룩해야 한다. 고인물은 썩는다는 것은 엄연한 진리이듯이 정보를 독점했다고 해서 안주하려고 한 것은 안타까운 일이다.

지난날을 뒤돌아 생각해보면 최고의 교육은 OJT(On the job training)라고 하는 일을 통한 교육이라고 생각한다. 그러나 자칫하면 매너리즘에 빠질 수가 있다. 가장 좋은 방법은 꾸준히 외부의 교육이나 세미나에 참여하는 것이다. 어떤 분이 이렇게 말씀했다. 사회인들의 교육은 자신을 되돌아보고 새롭게 하는 기회를 만들어 준다고. 나는 이 말에 적극적으로 동의한다. 외부 교육의 기회가 있어서 참석하게 되면 그 시간에 교육하는 지식 외에 멀리서 회사와 나 자신을 바라볼 수 있는 시간이 되었다. 부족한 면과 보완해야 할 것이 좀 더 선명하게 보이는 경험을 하는 것이다. 그리고 그렇게 습득된 지식을 회사로 돌아와서 적용해보면서 스스로 발전해야 한다는 생각이다. 특히 교과서에는 원칙적인 이야기만 할 수 있기에 그것을 즉시 나의 실무에 적용하는 데는 많은 한계가 있다. 교과서의 내용이 잘못되어서가 아니라 각자 다른 비즈니스 환경에 적용하는 데는 많은 고민과 노력이 있어야 한다는 의미다.

그동안 일을 하면서 TPS를 적용한 경험과 결과를 전달하고자 두 편의 논문을 발표했다. 그러나 논문을 통해 기록할 수 있는 것은 지극히 제한적이었다. 그래서 논문에 기록하지 못한 경험을 이 책을 통해 나누고자 함이 목적이다. 끊임없이 도전하고 새로운 경험을 하며 자기 능력을 향상하도록 노력하는 것이 각자의 할 일일 것이다. 회사는 어떤 책임이 있는가. 많은 사람이 이야기한다. 리더가 해야 할 일 중에서 50%는 부하 육성이라고 말이다. 모든 직원이 평생 우리 회사와 함께 갈 수는 없다. 때로는 변화하는 기업 내, 외적인 환경 때문에 헤어져야 하는 일도 있을 것이다. 헤어져도 그들이 당당하게 사회로부터 대접받는 인재로 만들어

놓는 것이 회사의 책임이라고 생각한다. 서로 웃으면서 헤어질 수 있는 회사가 좋은 회사일 것이다.

지하철 이정표 이야기

프랑스 발레오사와 합작 초기에 많은 프랑스 기술자들이 대구에서 함께 근무했다. 이 사람들이 대구에 도착하면 제일 먼저 구입을 하는 것이 대구의 지도다. 그 당시 나로서는 조금은 이해하기 어려웠다. 우리는 지도를 일상생활에 잘 사용하지 않기 때문이다. 그런데 프랑스에서 잠시 생활하는 동안에 그 이유를 알았다. 처음 1주일은 호텔에서 생활했다. 1주일 동안 겨우 지리를 익히고 출퇴근을 했다. 그러다 주말에 아파트로 이사했다. 또다시 고민이 시작되었다. 월요일 아침 출근을 어떻게 할 것인가. 토요일 이사를 하고 밤새 고민을 하다가 프랑스 사람들이 한국에 오면 제일 먼저 지도를 사는 것이 기억났다. 일요일에 지도를 샀다. 깜짝 놀란 것이 지도가 너무나 상세하게 표시되어 있었다. 일요일 지도를 따라서 출근 예행연습을 했다. 집사람이 조수석에서 지도를 보고, 나는 운전을 해서 회사까지 아무런 어려움 없이 도착했고 다시 집으로 돌아올 수 있었다. 아, 이래서 프랑스 사람들이 한국에 오면 제일 먼저 지도를 샀구나.

한편으로는 우리의 지도 수준에 미안함도 조금 있었다. 1992년 초에는 투르(Tours) 지방의 고성들에 매료되어 자주 방문했다. 내가 살던 Amiens는 파리에서 북쪽으로 약 150㎞ 정도에 자리 잡고 있고 투르는 파리의 남쪽에 멀리 떨어져 있다. 파리를 지나야 갈 수 있는 도시이다. 이런 도시를 지도와 고속도로의 이정표만으로 어려움 없이 찾아갈 수 있었다. 어느 도로이든 고속도로의 이정표에는 내가 가는 방향의 고속도로의 마지막 도시 이름이 항상 제일 위에 나타나 있다. 우리의 도로를 예를 들면 경부 고속도로 하행선에 있는 이정표에는 항상 제일 위에 부산이라는 표시가 있고 상행선은 항상 서울이라는 지명이 나온다. 그리고 아래에는 다음의 출구가 3개가 순서대로 표시되어 있다. 파리에서 회의를 마치고 A1 고속도로를 타면 A1 고속도로의 마지막 도시인 릴(Lille)은 어느 이정표라도 제일 위에 있다. 그러니 나는 릴이라는 이정표만 보고 운행하면 된다. 그리고 내가 살던 Amiens이 나타나면 고속도로에서 빠져나오면 된다. 너무나 단순하다. 그런데 우리의 이정표에는 어떠한 원칙이 있는가. 60년을 살아온 나도 어떤 원칙이 있는지 모르겠다. 내가 서울에서 출발하여 김천을 가야 한다면 운전자는 계속 이정표를 살필 것이다. 그런데 어느 이정표는 대전, 평택, 안성이라고 되어있다. 그러면 이 고속도로를 처음 운행하는 내가 이 모든 도시의 위치를 숙지하지 못했다면 매우 불안할 것이다. 대전, 평택, 안성이 김천 방향의 도시인지 궁금할 것이다.

　프랑스에 잠시 있는 동안에 대구의 신천대로가 개통했다. 어느 하루 주말에 프랑스 동료에게 갓바위를 구경시켜 주기 위해 차를 운전하고 있었다. 성서에서 출발하여 대구 공항 옆으로 지나서 팔공산 갓바위를 갈 수 있다. 곧이어 신천대로에서 대구 공항 방향 이정표를 따라가면 된다. 그런데 팔달교를 지나 주행하고 있는데 대구 공항이 좌측이라고 화살표로 표시되어 있었다. 나는 1차선으로 방향을 바꾸고 계속 달렸다. 그런데 수성교를 지나니 앞산이 나타나는 것이다. 이유는 이렇다, 대구 공항을 가려면 오른쪽 출구로 나가서 좌회전하라는 의미였다. 아마 이정표는 그곳의 지리를 모르는 사람들을 위한 표시일 것이다. 대구 공항을 가기 위해서 다음 출구에서 신천대로를 빠져나와야 한다는 것을 알고 있는 사람은 아마 이정표 없이도 갈 수 있을 것이다. 이것을 대구 시청에 제안했더니 즉시 변경해 주었다. 빠른 조치에 감사드린다.

　파리는 지하철이 매우 잘 발달한 도시이다. 어느 위치에서도 가까운 지하철역을 발견할 수가 있는 도시다. 그래서 파리에 업무가 있을 때는 기차로 도착하여 시내의 이동은 지하철을 자주 이용하였다. 파리의 지리를 전혀 모르는 내가 아무런 부담 없이 자유롭게 파리 시내를 다닐 수 있는 것은 많은 지하철 노선과 지하철역을 알려주는 이정표 시스템이다. 종착역을 제외한 모든 역이 양방향으로 열차가 운행된다. 예를 들면 나는 동탄에서 김포공항을 가기 위해 버스로 신논현역까지 간다. 그곳에서 9호선으로 갈아탄다. 하지만 김포공항으로 가는 열차가 좌측 노선인지 우측 노선인지 종종 주위 사람에게 확인하고 승차해야 한다. 그런데 내가 본 파리의 지하철역은 철로가 가운데 있고 플랫폼이 양쪽에 있다. 좌측 플랫폼 입구에 좌측 열차가 운행하는 모든 역의 이름이 기록되어 있고 우측에도 똑같이 이정표가 있다. 그러니 내가 가는 역의 이름만 기억하면 아주 쉽게 목적지 역에 도착할 수가 있는 것이다. 이것 또한 대구시에 제안했다. 며칠 후 대구 시청의 담당자에게서 전화가 와서 고민을 전한다. 전체 역의 이름을 모두 기록하려면 너무나 큰 공간이 필요하기에 어렵다는 것. 이유는 곧 대구에서 유니버시아드 대회를 개최하는데 국제화 도시가 되기 위해 영어, 일본어, 중국어까지 4개 국어로 표기하려고 한다. 그래서 너무나 많은 면적이 필요하다는 것이다.

  나는 그분을 설득했다. 내 경험상 이렇게 많은 언어가 없을 것이라고 했다. 얼마 후에 지하철을 이용해보니 한국어와 영어로 작성된 모든 역의 이름이 열거된 이정표가 전 역사의 플랫폼 입구에 설치되어 있었다. 매우 기분이 좋았다. 나의 사소한 의견이 받아들여지고 많은 사람이 도움을 받겠구나 하는 생각에서다. 사실 다중 언어로 표시할 필요는 없다. 나 역시 파리에서 이용할 때 불어를 알고 이용한 것이 아니고 불어로 작성된 지하철 지도에서 내가 가고자 하는 목적지 역의 이름을 비교하면서 다녔다. 대구에 오는 외국인도 한글로 표시된 지하철 지도의 역 이름과 이정표에 표시된 역 이름을 비교하면서 충분히 이용할 것이다. 또한 우리는 단순함보다는 불필요하게 많은 것을 하려는 생각이 있지 않나 한다. 요즈음은 대구에서 버스를 많이 이용한다. 동대구역에서 학교까지 대중 버스를 이용한다. 이 버스를 이용하면 정차할 정류장에 대한 안내를 방송과 자막으로 매우 상세하게 한다. 이에 사용하는 언어가 한국어, 영어, 중국어 그리고 일본어 4개 국어다. 과연 4개나 되는 나라의 말로 안내의 필요성이 있을까.

그런데 아쉽게도 몇 년 후에 이정표가 모두 철거되었다. 이유는 모르겠다. 안타깝다, 그래서 대구에 40년을 살았던 나도 또다시 남들의 도움을 받아서 지하철을 타는 경우가 종종 있다. 물론 부족한 것이 있을 것이다, 그러나 모든 것이 처음부터 완벽하지 않다 부족한 점을 조금씩 개선하는 것이 필요한데 아예 없애 버리면 발전의 기회조차 사라져 버리는 것이다. 우리는 불꽃처럼 타오르는 열정을 가지고 있다, 이것은 매우 큰 강점이라고 생각한다. 그러나 우리에게는 벽돌을 하나하나 쌓아서 큰 집을 짓는 꾸준함은 부족한 것 같다. 평화발레오에 근무하는 동안 생산기술 쪽 아이디어는 주로 한국 동료들에게 많이 들으려고 노력했다, 대신 제품의 기술은 철저하게 프랑스 자료 중심으로 운영했다. 특히 프랑스 연구소에서 신제품 설계 자료가 오면 많은 새로운 아이디어를 내놓는다. 그러나 철저하게 프랑스의 자료를 존중하도록 당부했다. 아이디어는 최소한 1~2년 이상 생산을 해 보고 반영하자고 설득한다. 일을 효율적으로 하기 위해서는 문서도 매우 중요할 것이다. 새로운 양식을 설계하는 것은 가능하면 피하는 방법이다. 그래서 새로운 양식을 접하면 개정 번호부터 확인하는 습관이 생겼다. 따라서 개정이 많은 자료는 믿고 사용하는 습관이 생겼다.

자산의 90%를 65세 이후에 일구다

아침에 출근할 때는 주로 투자 관련 라디오나 유튜브를 청취한다. 오늘 아침 출근길에는 세계적인 투자자이자 오마하의 현인이라고 존경받는 워런 버핏의 이야기를 들었다. 그는 자산 중에 90%를 65세 이후에 일구었다고 했다. 아직 65세의 나이를 살아보지 않아서인가 마음에 닿는 느낌은 없다, 그러나 워런 버핏의 교훈은 가슴에 새기고 갈 것이다. 방송을 들으면서, 이제 사회에 막 진출해서 열심히 일하고 있는 가족들에게 하는 이야기를 해 보려고 한다.

지난 40년 동안 회사에서 일하면서 받은 금전적인 보상을 어림잡아보면 총 보상 금액의 85% 이상을 Parker Hannifin 후반 10년에 받은 것 같다. 지금은 Parker에서 퇴직했지만 앞으로 시간이 지나면 이 비율은 90% 이상으로 달라질 것이다. 이유는 Parker에서 부여받은 Stock Option이 주가가 오르면 늘어날 테니까. 그러나 지금 받는 보상에 대하여 너무 집착하지 말고 스스로 경험을 키우고 능력을 키우는 데 집중하자고 생각한다. 처음 회사에 입사하여 받은 월급이 23만 원이다. 불가능한 일이지만 연봉협상을 잘 해서 100% 인상되어도 46만 원이다.

나는 가장 가까운 가족들에게 너무 근시안적으로 살아가 지 말라고 조언한다. 여러 어려운 일 중에서 참 어렵고 괴 로운 일이 매년 해야 하는 직원들의 연봉에 관한 결정과 각 자의 동의를 받는 일이다. 매년 진행하면서도 어렵다. 어떻 게 하면 조금이라도 더 좋은 보상을 해줄 수 있을까를 고민 하게 하는 직원이 있고 이것밖에 주지 못하는 이유를 찾기 위하여 밤새 고민하게 하는 직원이 있다. 그래서 나의 가까 운 사람들에게 전자의 사람이 되어야지 후자는 되지 말라 고 당부한다. 그러면서 차트를 하나 보여준다, 미국의 Big Tech 애플, 구글, 마이크로 소프트 주가의 월간 차트다. 나 의 지난 40년간 회사로부터 받은 보상을 그래프로 그리면 이것과 비슷한 그림이 나올 것이라고. 어느 전문 투자자가 시장은 IQ가 2만이라고 하는 이야기를 들었다. 나는 이 사 회 IQ가 1만이라고 하고 싶다. 저평가된 주식은 현명한 시 장이 발굴하여 주가를 끌어 올리듯이, 능력 있는 사람이 부 당한 대우를 받고 있으면 누군가는 정당한 보상을 해주고 스카우트할 거라고. 회사에서 연봉을 더 받기 위해 회사와 신경전을 벌이는 것보다 그리고 단기적으로 현금의 직접적 인 보상을 받기 위해 노력하는 것보다 회사에서 많은 일을 경험할 수 있는 투자의 승인 받아 각자의 경험과 능력을 향 상하는 데 사용하기를 바란다. 이런 목적의 돈은 회사에서 아주 쉽게 승인하고 금액도 내가 받은 월급에 비하면 천문학적인 금액을 얻을 수 있다. 이렇게 각자의 경험과 능력을 쌓아 놓으면 IQ 1만의 현명한 사회는 반드시 보상해줄 것이다. 비록 조금 늦더라도 말이다.

나는 한 번도 나의 임금 인상을 가지고 협상을 해 본 적이 없다. 아니 적다고 염려하는 인사 책임자를 설득하려고 노력한 적은 있다. 파카와 첫 인연을 맺을 때 최종 면접에서 면접관이 연봉은 현재대로 하자고 했다. 나는 망설임 없이 동의하였다. 그러자 며칠 후 인사 책임자에게서 전화가 왔다. 혼자 서울 근교에서 생활하려면 추가 생활비가 꽤 필요할 것인데 대구에서와 같은 연봉을 받으면 생활이 어렵지 않겠냐는 걱정이었다. 그래서 나는 일을 하고 내년 있을 연봉협상에서 능력을 보고 결정하자고 설득했다. 그러나 나는 투자를 얻기 위해서는 많은 협상을 하면서 살아왔다. 때로는 나의 태도가 너무 과격하여 며칠 후 꾸중을 듣는 경우도 몇 번 있었다. 미국 사회에서 같은 일을 하는 남녀의 연봉을 비교해보니 대체로 남자가 여자보다 많은 연봉을 받는다는 글을 읽었다. 남자가 여자보다 연봉협상을 잘해서 그렇다는 글도 보았다. 무엇이 정답인지는 모르겠다. 각자에게 맞는 전략이 어떤 것인지는 본인이 결정할 문제이다. 한 가지 분명한 것은 이 사회는 매우 현명하다는 것이다.

여성가족부

　새로운 정부의 탄생을 위한 대통령직 인수위원회가 활동을 시작하자 연일 대형 뉴스가 나온다. 10년 만에 꾸려지는 인수위원회라고 한다. 어두운 과거 그리고 나라가 반으로 갈라지는 치열한 선거전을 치르고 0.73%라는 역대 최소의 표 차로 이겼다고 한다. 그저 한마음이 되어 모두가 잘 사는 나라를 만들기를 간절히 바라본다. 어느 분이 단군 이후 5,000년의 역사에서 배고프지 않은 세대는 한 세대만으로 끝날지도 모른다는 염려의 이야기를 들었다. 나의 자식들에게 나보다는 잘 살아야 한다고 당부한다. 2차 대전 후에 산업화와 민주화를 모두 성취한 지구상의 유일한 나라 대한민국. 너무나 빨리 달려왔기에 너무나 크게 생각도 변했고 세대 간의 간격도 크지만 이젠 하나하나 화합하는 나라가 되기를 간절히 기원한다.

　연일 쏟아지는 뉴스에서 여성가족부 폐지안이 이슈다. 물론 지금 쟁점이 되는 논점과는 다르지만 내가 직장 생활을 하면서 가졌던 여성관, 아니 한국의 여성관에 대하여 다시 한번 돌아볼 기회가 되었다. Asia Pacific Lean manager를 하면서 여러 나라에서 Division Lean manager를 채용했다. 중국, 인도 등에서는 여성을 Division Lean manager로 채용하는 데 적극적으로 동의했지만, 한국에서는 절대 반대했다. 일본에서도 가능하면 여성을 채용하지 않도록 했다. 아마 나의 삐뚤어진 여성관 때문일 것이다. 그러나 나의 여성관만 탓하지 말고 왜, 내가 중국과 한국에서 이렇게 다른 여성관을 가지게 되었는지에 대한 이유를 들어보라.

사업의 책임자로 근무하면서 설계 파트에 여사원이 한 사람 있었다. 성격도 쾌활하고 업무적인 욕심도 꽤 있었다. 나는 이 사람이 매니저로까지 성장했으면 하는 강력한 바람이 있었다. 그런데 아쉬움을 뒤로하고 생각을 바꾸었다. 그녀는 결정적인 순간에 '나는 여성'이라고 언제나 한발 물러선다. 상급자의 임무는 여러 가지가 있을 것이다. 그중의 중요한 하나가 책임감이라고 생각한다. 자주 언급하지만, 우리가 계획하고 실행하는 일의 대부분은 항상 좋은 결과만 나오는 것은 아니다. 아니 나쁜 결과가 나오는 경우가 훨씬 많다. 그래서 우리는 나쁜 결과지만 포기하지 않고 좋은 결과가 나올 때까지 책임감을 가지고 추진하는 의지가 필요한 것이다. 그런데 결정적인 순간에 '나는 여자'라는 표현과 함께 한발 물러서는 경우를 몇 번이고 경험하였다. 나의 경험으로는 중국에서는 남성과 여성이 가지고 있는 책임감의 차이를 느끼지 못했다. 대부분의 여성 동료들도 정말로 적극적이고 책임감이 강하다.

나는 한국에서 크지 않은 조직의 효율화를 위해 설계한 사람이 시제품을 제작하는 과정을 수행하도록 했다. 항상 강조하던 말은 DFMA(Design for Machining and Assembly)설계는 가공과 조립이 쉽게 해야 한다. 이것을 위해서는 설계를 했던 사람이 가공과 조립에 직접 참여하여 문제점을 파악하고 개선 아이디어를 만들어야 한다. 그러나 이 사원은 여자라는 이유로 기름이 흘러내리는 작업장에서 손에 기름과 그리스가 범벅이 되는 조립 작업을 직접 수행할 수 없다고 회피했다. 현장 작업자들이 실행하고 문제점이 발견되면 알려 달라. 그러면 도면에 반영하겠다는 견해를 피력했다. 결국 R&D(Research and development)가 아닌 R & D(Repeat and drawing)만 가능한 태도로 일관했다. 그 후로도 몇 사람의 여성 동료들과 일하면서 책임 있는 자리 맡기기를 시도했지만, 항상 아쉬움을 느꼈다. 그러나 중국과 인도에서 여성 동료들과 일을 많이 했지만, 한국에서 느꼈던 아쉬운 감정은 없었다. 오히려 여성의 섬세함이 거친 성격의 나의 약점 대신 강점으로 작용하여 나에게 많은 도움이 되었다.

몇 번쯤 이런 일을 경험하고 나니 어느 날부터 나의 머릿속에는 여성 동료를 채용하는데 나만의 기준이 만들어졌다. 그러나 여전히 섬세함이 강점인 여성의 특성과 책임감을 동시에 가진 능력 있는 여성을 만나기를 원한다. 그 확률이 높지 않기에 어느 날부터는 여성 동료 직원들을 위한 책임 있는 중요한 자리를 생각하는 데 소극적으로 되었다. 고리타분한 사람이 된 것이다. 여성가족부 문제는 현명하신 위정자들이 합당한 결론을 이루어 낼 것이다. 그런데 이 아침 왜 여성가족부의 존폐가 위정자들의 화두에서 첨예하기 이야기되고 있는 걸까. 잠시 생각해보면 정답이 나올 것 같다.

나의 금연 이야기

 오늘은 금연의 날이다. 1994년 5월 30일 밤 9시쯤 퇴근하는 차 속에서 정문을 나설 때 옆 공장 앞을 지나면서 불붙인 담배가 나의 마지막 담배다. 흡연은 대학 입학과 함께 시작되었다. 내 뿜는 담배 연기에 하늘을 쳐다보며 낭만을 이야기하는 멋진 모습을 생각하며 담배를 시작했다. 담배가 좋지 않다는 것을 인식했을 때는 이미 습관이 되어버렸다. 학교를 졸업하고 직장 생활을 하면서 그리고 결혼하고 난 이후에도 몇 번이나 금연을 결심했지만 잘되지 않았다. 때로는 6개월 많게는 1년간 담배를 끊은 적도 있었다. 하지만 어쩌다 보면 다시 피우고 있다. 몇 번의 금연을 반복하고는 더욱더 금연이 힘들어졌다.

 1994년은 나에게 엄청 힘든 시간이었다. 새로이 인수한 사업의 생산 능력이 절대 부족한 상황에서 설비는 노후화되었고, 관리의 통제력도 제대로 발휘하지 못하는 상황이었다. 하루하루 고객 회사 생산라인에 지장을 주지 않고 이어간다는 것은 그야말로 살얼음판을 걷는 심정이었다. 일이 너무 힘들어 담배라도 끊으면 체력적으로 도움이 될 것 같았다. 담배 대신 사탕을 호주머니에 넣어 다녔고 초콜릿도 넣어 다녔지만, 아침 회의 때 두어 마디만 나오면 담배부터 찾는다. 참고로 이때는 사무실과 회의실에서 담배를 피우는 것이 아주 자연스러웠다. 회의실에 모이면 담배부터 한 대 피우고 시작했다.

94년 5월 30일도 밤 10시나 되어서 피곤한 몸으로 퇴근했다. 잠을 자려고 누웠는데 숨이 차고 가슴이 답답해서 잠이 오지 않는다. 양쪽 옆에는 4살, 2살의 아이들이 천사처럼 잠을 자고 있었다. 아이들을 보니 등에 땀이 흐르고 잠이 오지 않았다. 이렇게 무리하다가 잘못된 일이라도 일어난다면 저 어린 것들은 어떻게 살아갈까. 헐떡이는 호흡에 등에는 식은땀이 흐른다. 잠을 잘 수가 없어 일어나 거실로 나왔다. 잠은 오지 않고 저녁에 배달된 석간신문을 뒤적이다가 금연에 관한 짧은 칼럼을 보았다.

금연에 성공하는데 가장 어려운 고비가 72시간이라고 했다. 몸에 있는 니코틴의 중독 현상으로 생리적으로 담배를 갈구하는 시간이 72시간이고 그다음은 마음의 문제라고 했다. 어렵지만 도전해보고 싶은 욕구가 발동했다. 1차 목표로 72시간을 금연하자고 마음을 먹었다. 신기하게 31일 아침 회의에서 스트레스는 똑같은데 담배에 손이 가지 않았다. 공교롭게도 6월 1일은 회사의 정기 승진 일이다. 31일 발표한 정기 승진 명단에 우리 팀에서 나를 포함한 다섯 사람이 승진자 명단에 포함이 되어있었다.

우리는 아무리 힘들고 바쁘더라도 오늘은 소주 한잔하고 서로 축하하자며 퇴근 후 선술집으로 갔다. 그런데 술을 마시면서도 담배에 손이 가지 않았다. 승진 축하의 술자리는 다음 날도 그다음 날도 계속되었다. 그러나 72시간이란 목표의 덕분인지 무사히 흡연하지 않고 72시간이 지나갔다. 이것이 목표 관리의 힘이구나. 그래서 막연하게 금연을 하겠다는 의지가 아닌 구체적인 목표 설정을 하는 것이 확실하게 금연에 성공하는 길이라는 생각이 들었다. 1차 금연 72시간을 성공했으니 2차 목표 1주일간 금연 기간을 다시 설정했다. 그리고 3차 목표 2주, 4차 목표 1달, 5차 목표 1년, 6차 목표 10년, 7차 목표 20년을 달성하고 현재는 8차 목표 30년을 향하여 달려가고 있다. 돌아보면 몇 번을 실패한 금연이 막연하게 담배를 피우지 않겠다는 구호가 원인이라고 생각한다. 금연해야겠다. 언제부터 언제까지가 없었다. 나의 금연 8차 목표는 2024년 5월 30일까지이다. 24년 5월 30일이 되면 작은 가족회의를 할 것이다. 8차 목표가 달성이 되었으니 이제 담배를 피울 것인가 아니면 9차 목표를 수립할 것인가.

나는 금연을 통해 목표 관리의 대단함을 알았고 가능하면 모든 일을 구체적인 목표를 가지고 살아가려고 노력한다. 이 일을 통해 목표 관리의 중요성에 대해 새삼 깨우치게 되었다. 목표의 크고 적음은 문제가 되지 않는다. 목표가 있고 없음이 중요하다. 그중에서도 특히 관심을 가졌던 것은 일정 관리에 대한 목표다. 그래서 어떤 계획이 있으면 반드시 일정에 대한 목표를 확인한다. 많은 경우 일정의 목표를 지키지 못하기도 한다. 특히 나를 비롯한 한국 사람은 적극적인 생각을 가지는 경향이 있기에 무리한 일정 계획을 잡는 경우가 많다. 그래서 반드시 계획 일정이 되면 확인을 하고 목표가 달성되지 않으면 다시 목표 일정을 수립한다. 목표 관리의 중요성을 다시 한번 되새겨본다.

늦은 결정은 잘못된 결정보다 나쁘다

늦은 결정은 잘못된 결정보다 나쁘다는 말은 기업 경영에서 일상처럼 해오는 이야기이다. 그러나 막상 실천은 매우 어렵다. 꼼꼼하게 열심히 확인하는 것이 때로는 더 큰 실수를 저지르고 있다는 것을 우리는 망각하고 살기 때문이다.

이 주제에 대한 글을 쓰려고 생각한 이유는 일상적으로 일어나는 수많은 나쁜 사례 때문이지만 정말 충격적으로 빠른 의사 결정의 사례 경험 하나를 이야기하고 싶다. 첫 만남은 험악하게 만났지만, 서로를 알아가면서 정말 가까이 지낸 지인이 한 분 있다. 이분은 정밀 가공에는 사업 이상의 애착을 두고 정말 좋은 정밀 가공 기계를 가지고 있었다. 이것이 알려지면서 광주에 있는 S 전자의 자회사에서 샘플 가공을 의뢰했다. 그런데 샘플의 숫자가 지금까지 경험한 샘플 수준이 아닌 많은 숫자였다. 그래서 이분은 샘플 생산을 위한 라인을 만들어버렸다. 이것을 본 S 전자 자회사는 매우 난감했다. 샘플을 발주했는데 양산 수준의 생산시설을 구축해놓았으니. 그랬더니 이 회사에서는 매우 난감한 일에 책임을 질 필요는 없지만 책임 있는 결정을 했다. 이 설비를 효율적으로 활용할 수 있도록 양산에 대해 구매도 하기로 한 것이다. 그런데 이 한 개의 라인을 가지고는 적정한 이윤을 만들면서 사업을 할 수 있는 규모가 되지 않는다. 이 회사는 해당 부품의 내부 생산 설비를 이 회사로 이전하여 외주화하기로 하는 결정에 이르렀다. 이 모든 것이 연초에 수립한 사업계획서에는 없는 일들이다.

S 전자의 자회사는 생산품 전량을 수원에 있는 S 전자에 납품하여 S 전자의 이름으로 판매한다. 이런 연유로 외주 구매에 대한 예산은 S 전자 본사에서 통합 구매 예산으로 운영되고 인건비에 대한 예산은 S 전자 자회사의 예산으로 운영이 되는 체계로 경영이 된다. 즉, S 전자 본사의 통합 구매 예산은 증가하고 S 전자 자회사의 예산은 연초 사업계획에서 감소한다. 이러한 의사 결정의 품의가 월요일에 올라갔는데 승인이 수요일에 떨어졌다. 정말 놀라울 정도로 빠른 의사 결정이다. 그 순간 우리 회사가 생각났다. 이 정도의 결정은 얼마나 걸릴까. 이 경험은 90년대 말에 있었던 일이다.

며칠 전 이런 빠른 의사 결정의 조그마한 비밀 하나를 알았다. S 전자의 인사가 있었는데 인사의 대상이 되신 분을 언론에서 소개하면서 혁신팀을 이끈 경력을 소개했다. 혁신팀 리더일 때 제안한 것인데 24시간 내 결재 시스템 도입이라고 했다. 언뜻 들으면 미친 사람의 행동 같다. 모든 결

재는 24시간 이내에 반려든 승인이든 해야 하며 24시간이
되면 자동으로 승인이 되도록 프로그램을 만들었다고 한
다. 연간 매출이 수백조에 달하는 회사이므로 투자 등의 건
당 집행 금액도 수천억, 혹은 조 단위의 프로젝트도 많이 있
을 것이다. 그런데 24시간 이내에 의사 결정을 해야 한다,
24시간이 지나면 프로그램이 자동으로 승인하여 집행된다.
마치 정신병자의 오락 게임 같은 이야기이지만 이 회사는
오늘도 세계적인 기업으로서의 위치를 확실히 유지하고 있다.

　이 기사를 보면서 정말 놀랐던 것은 이 사람이 내어놓은
이런 절차를 지원한 최고 경영자이다. 최고 경영자, 아니 최
대 주주의 적극적인 지원 없이는 절대 불가능한 일이다. 아
니 이런 아이디어를 내놓은 사람이 회사에서 쫓겨나지 않
는 것만으로도 다행이라는 생각을 하는 사람도 있을 것이
다. 나도 공장 합리화 팀을 팀장으로 약 2년간 일을 했던 경
험이 있다. 처음 몇 달은 하루 출근해서 가장 많은 시간을
소비한 것이 임원들 부서장들에게 호출되어 불평불만과 안
되는 이유를 들어주는 일이었다. 지나고 보면 그들이 나에
게 불평불만을 이야기하고 안 되는 이유를 이야기하는 것
은 변화에 대한 거부를 표현하는 것이었다. 내가 했던 일은
절반 이상의 사람들이 원론적으로 동의하지만, 우리의 특
수성 때문에 혹은 우리 현실에 맞지 않기 때문에 바꿀 수
없다는 저항에 대한 어려움이다. 그런데 수천억 수조 원 프
로젝트의 검토 시간을 24시간만 준다니. 그 시간 안에 승인

하던지 반려하지 않으면 자동으로 승인이 되도록 한다니 놀라웠다.

　프로젝트가 잘못되면 누가 책임지냐는 비난이 제일 먼저 있을 것이다. 이것은 최고 경영자가 전적으로 책임진다는 확신 외에는 누구도 할 수 없는 이야기일 것이다. 그래서 이러한 혁신안을 승인해준 분이 정말 이 시대 최고의 경영자라고 높이 존경하고 싶다. 이것이 세계적인 경쟁력을 가진 기업을 만드는 원동력일 것이다. 빠른 의사 결정의 중요함을 다시 한번 더 생각해보는 기회가 되었다.

개 님과 시어머니

　요즈음 사흘이 멀다고 여기저기 SNS에 올라오는 글을 잠
시 빌려온다.

　아들이 여행을 가야 한다면서 아버지, 어머니 두 분 우리
집에 와서 데미를 좀 봐 달라고 했다. 4박 5일 동안 보는데
20만 원이라고 하니 괜찮은 수입이라고 생각했다. 출발하
면서 며느리는 당부했다.
　"데미가 더워하니까 에어컨을 꼭 켜주세요. 밥은 시간 맞
춰 챙겨 주시고요."
　며느리는 시부모님에 관한 생각은 전혀 하지 않았다. 어
머님 더우니 전기세 아끼지 말고 에어컨 빵빵하게 켜고 지
내세요. 끼니 거르시지 마시고 꼭꼭 챙겨 드세요. 당연히 이
런 말은 한마디도 없이 오로지 데미, 데미였다.
　"알았다. 너희 개 님 잘 모시고 있을 테니 휴가나 잘 다녀
오너라."
　"개 님이라뇨. 그냥 데미라고 하세요."

아들 부부가 출발하고 냉장고 문을 열어보니 텅 비어 있다.

"그래 돈 20만 원으로 사 먹든지 굶든지 마음대로 하라 이거지?"

그녀는 에어컨부터 우선 끄고 TV부터 켰다. 한참 있으니 개가 끙끙거렸다. 그녀는 모르는 척하고 부채질만 세차게 해댔다. 배가 고파지면 냉면도 시켜 먹고 자장면도 시켜 먹었다. 개의 사료는 주라는 양의 1/3만 주었다. 더워서 정 힘들면 샤워로 몸을 식혔다.

여행 갔던 아들 내외가 돌아왔다. 강아지를 안아보던 며느리가 흘깃 쳐다본다.

"어머니 데미가 왜 이래요?"

"에어컨 바람이 싫어서 껐더니 그러는구나!"

"데미는 에어컨 없으면 안 된다고 했잖아요?"

"시에미는 에어컨 바람에 병들어도 좋으냐? 그리고 너 냉장고는 왜 깡그리 비워놨니? 나는 굶어도 좋고 개새끼만 상전으로 모시라는 거냐? 시에미가 에어컨 안 켜서 개새끼가 뒈지기라도 하면 이걸로 장사 지내거라."

시어머니는 며느리에게 20만 원을 던져 버렸다.

"엄마 왜 이러세요?"

아들이 그녀의 팔을 잡았다.

"그래, 너도 똑같은 놈이구나! 너희들 나를 잘못 건드렸어! 나 누군지 알아? 방천여고 7공주파를 무릎 꿇린 전설의 인물 권경미야! 너희들 내가 죽었다고 해도 올 생각도 하지 말거라. 너희들이 보이면 관 뚜껑을 열고 나와 너희들을 쫓아내고 도로 들어갈 테니 어미보다 촌수가 더 가까운 개 님이나 모시고 잘 살거라."

집에 와 있으니 아들이 아버지에게 전화했다.

"아버지, 우리 엄마 치매에요?"

"그래 치매다. 치매든 뭐든 내 마누라니까 내가 데리고 살 테니 너는 네 마누라와 개 님 모시고 잘 살거라. 전화 끊는다."

참으로 많은 것을 시사하는 웃픈 글이다. 이 글을 보는 나는 어떤 판단을 하여야 할까. 낳은 정 기른 정 모두 망각한 배은망덕한 남의 집 자식 이야기로 치부하면서 우리 집 아이들은 가정교육을 제대로 받아서 이렇지는 않을 거야 생각하면 나도 꼰대가 되기에 십상일 것이다. 한편 왜 강아지 데미가 저토록 사랑받고 귀여움을 받을까를 생각한다면 나는 너무 기회주의적인 생각을 하는 줏대 없는 사람일까.

여기서 나의 이야기로 옮겨가 보자. 대학원 마지막 학기에 기업가 정신이라는 과목을 수강할 때의 일이다. 담당 교수는 대한민국 벤처 기업 1세대의 발전에 크게 이바지하신 분이셨다. 5명씩 한 조를 만들어 사업 계획서를 만들어 발표하는 프로젝트였다. 우리 조는 일본에서 수입하는 부품의 국산화로 결코 교수님으로서는 관심 있는 주제가 아니라는 것을 나중에 알았다. 당연히 성적은 좋지 못했다. 첫째 나는 과제의 목적을 정확하게 파악하지 못하였다. 과제의 의도는 새로운 사업 아이템에 대한 기발한 아이디어를 원하는 것이었다. 그런데 전혀 감흥이 없는 주제를 가지고 온 나로 인하여 좋지 못한 성적표를 받은 친구들에게 늦으나마 미안하다는 말을 전한다. 이때 1등 상을 받은 팀의 제목이 '무지개다리 너머'라는 제목으로 애완동물 장례업에 대한 사업계획서였다. 근 20년이 지난 지금도 생생하게 기억하는 것이 그 팀의 발표를 보면서 혼자 속으로 했던 생각이다. 참 쓸데없는 짓을 하고 있다. 개를 키우다 죽으면 가까운 산에 묻으면 되는 것이지 무슨 개가 죽었다고 장례까지 지내주냐. 물론 산에 매장하는 것은 불법이다. 지금도 합법적인 것은 종량제 쓰레기봉투에 담아서 쓰레기 수거통에 넣는 것이다.

그로부터 정확히 18년 후에 그 사업은 나에게도 현실이 되었다. 아이들이 성장하면서 정서 교육에 도움이 된다고 하여 별이로 이름 지어진 토이 푸들 한 마리와 16년 동안 같이 살았다. 그리고 16살이 되던 어느 날 무지개다리를 건너갔다. 당연히 장례를 치러 주어야 한다고 생각하고 과하지 않은 비용으로 장례를 치렀다. 왜 내 마음이 달라졌을까.

산에 매장하는 것이 불법이라는 법리적인 이유만은 아니다. 그동안 별이가 우리 가족에게 준 믿음과 충성심 때문일 것이다. 더 이상 내가 언급하면 꼰대 소리가 극에 달할 것이다. 별이와 내가 끝까지 좋은 관계를 유지할 수 있었던 것이 무엇인가. 그리고 그것은 나와 별이와의 관계에서만 작동하는 것인가를 종종 생각한다. 오늘도 데미 이야기에서 나와 주위의 사람들, 아니 특히 우리 집 아이들과 항상 좋은 관계를 유지하는 아이디어를 얻으려고 생각해본다.

우리는 선진국이 될 수 있을까

59년 출생인 나는 어린 시절을 경제 성장의 구호와 함께 보냈다. 보릿고개, 가난 이 모든 것을 이겨내자고 경제개발 5개년 계획, 새마을 운동, 산업화라는 단어를 수없이 들으면서 살았다. 아마도 곧 국민소득 1만 불을 달성하여 선진국이 된다는 비전 아래 성장해온 세대일 것이다. 내가 첫 일자리로 자동차 산업을 선택한 것도 성장하고 선진국이 된다는 비전에서 선택한 것이라는 것은 어느 꼭지에선가 이야기했을 것이다.

어린 시절 1인당 국민소득 1만 불이 선진국의 기준이라고 들었는데, 3만 불이 된 지금 우리는 선진국이라고 자부할 수 있고 남들이 대한민국을 선진국이라고 인정하는가. 솔직히 흔쾌히 대답하기는 어렵다. 업무적으로 만난 몇몇 외국인들로부터 우리가 강대국이라는 이야기는 들은 기억이 있다. 그렇지만 우리는 이 엄연한 사실을 흔쾌히 동의하기에 주저한다. 왜 그럴까. 아마 어릴 때부터 위로는 러시아, 옆에는 중국, 아래는 일본이라는 열강들 틈바구니에 끼어서 고난받은 역사 교육에 충실했기 때문일 것이다.

그러면 과연 우리는 선진국이라고 자부할 수 있을까. 어느 교수님이 내린 선진국의 정의를 보면 선진국이 되기 위해서는 경제적인 부가 있어야 하고 문화가 있어야 한다고 했다. 1인당 국민소득이 3만 불이니 경제적인 부는 이의가 없을 것이다. K-드라마, K-Pop, K-콘텐츠는 전 세계인들이 열광하는 문화가 아닌가. 그러면 우리는 경제적인 부와 세계인들이 열광하는 K-콘텐츠의 종주국이니 당연히 선진국이라고 자부하고 세계인의 존경을 받아야 마땅하지 않을까. 이 역시 흔쾌히 동의하지 않는 사람이 있을 것이다. 나 스스로부터. 그러면 우리가 명실상부한 선진국으로 자부하는 인정을 받기 위하여 채워야 할 빈자리는 어디가 남아있는 것일까. 나는 많은 것 중의 하나는 도덕적 양심의 기준이라고 생각한다.

집안에 일찍 객지에 나가서 외롭게 살아온 이유로 가까운 핏줄이면서 가족의 정을 느끼지 못하고 살아가는 아픈 손가락이 하나 있다. 공부를 열심히 해서 사법고시에 합격하고 사법연수원 연수 중 검찰 시보로 연수하는 기간이 있었다. 다행히 내가 사는 대구에서 시보 생활을 하게 되었다고 하기에 따로 집을 구하지 말고 우리 집에 방이 여유가 있으니 집에서 출퇴근하라고 했다. 이 기간만이라도 가족의 정을 느끼도록 만들어 주고 싶은 욕심이었다. 다행히 내 제의에 동의하고 우리 집으로 왔다. 첫날 저녁에 맥주 한잔하면서 질문을 했다. 사법연수원에서 식사 예절 교육이나, 사교댄스 교육은 하냐고 물었더니, 아니라고 했다. 그러면 지난 1년 동안 연수원에서 무엇을 배웠느냐고 하니, 모든 시간을 법률 공부에 전념했단다.

나는 이렇게 생각해본다. 그 친척의 사법연수원 동기가 800명이다. 800명 중에는 장래에 국회의원이 되는 사람이 있을 것이고, 장관이 되어 국정을 논하는 사람도 있을 것이다. 물론 이 사람들에게 법률적인 지식 외에 전인적인 교양을 교육하는 의무가 사법연수원에 있는 것은 아닐 것이다. 그런데 나라의 지도자가 될 가능성이 큰 집단에게는 법률적인 지식 이외의 전인 교육은 누구의 책임이고 누가 할 것인가. 내가 받은 교육의 기회 시간을 돌이켜보면 내게 많은 영향을 준 시기는 초등학교, 중학교 시절이다. 대학에 교양 과목이 있지만, 이 또한 지식 전달이 목적이고 평가도 지식의 결과이다. 공학도로서 어떻게 살아가고 어떻게 일해야 한다는 정신적인 교육만 전전했던 것으로 생각된다. 고체 역학, 동 역학, 유체 역학 등등 기술적인 지식을 배우고 좋은 성적표를 받아서 좋은 회사에 취업하고 좀 더 풍족한 경제적인 생활을 하는 것이 온통 내 머리를 지배하고 있을 뿐이었다. 슬픈 표현으로 기계공학에 대한 기능공이 되어 졸업한 것이다. 그러면 사람의 생명을 다루는 의학은, 법학은, 경영학은 어떨까.

모든 학문이 도덕적 기준을 가지고 있는가. 생계형 기능공의 양성소가 아닌가. 우리는 학문적 지식의 깊이에 합당한 도덕적, 사회적 책임의 기준도 함께 할 수 있는 교육 훈련을 하였는가. 극히 일부이지만 사회적으로 문제가 되어 세상을 시끄럽게 하는 일들을 우리는 자주 목격한다. 거짓말, 허위 조작된 문서, 보통 명사가 되어버린 내로남불, 오로지 자신의 목적을 위하여 권력을 사용하고 학자는 아무런 거리낌 없이 누군지도 모르는 사람의 논문으로 저자 등록을 한다. 고위 공직자 인사청문회의 단골 메뉴다. 왜 우리는 사람마다 도덕과 위법의 기준이 달라지는지. 프로야구 선수는 음주 운전이 선수 생명을 잃을 정도의 심각한 일이고, 권력자는 과거의 실수쯤 투표를 통하여 당선되면 국민의 심판을 통하여 용서되는 것인가.

아마 이런 것을 극복하는 노력으로 대학 입시를 지식 암기식 단편적인 면에서 벗어난 선발을 위해 수시 전형, 특별 전형의 제도를 마련했을 것이다. 그러나 이 또한 탁월한 사람들 덕분에 학생이 전인 교육이 아닌 서류만 전인 교육인 제도가 되고, 능력 있는 부모를 둔 학생을 선발하는 제도가 된 것 같다. 아무런 죄의식 없이 최고의 지식인들까지 참여하는 조작과 아집의 사회가 되어가는 안타까운 현실을 보면서 우리는 언제 선진국으로 자부하고 살아갈 수 있을 것인가. 경제적으로, 문화적으로 이룩한 우리는 이제 객관적으로 모두가 인정하는 도덕적으로 같은 기준만 만들면 선진국이 될 것이다. 간절한 희망을 가지고 적어본다.

보릿고개의 배고픔을 블루칼라 중심의 산업화로 발전한 공로는 충분히 공감하고, 민주화는 80학번으로 회자하는 젊은이들의 희생과 헌신으로 이루었다. 덕분에 2차 대전 후 유일하게 산업화와 민주화 두 가지를 모두 이룬 유일한 나라라고 하지 않은가. 이제 남은 길은 명실상부한 선진국이 되는 길이다. 그런데 선진국이 되기 위해서 넘어야 할 가장 큰 장애물은 무엇일까에 대하여 한 번쯤 생각해보고자 한다. 물론 단 하나만 해결되어 선진국이 된다면 영리한 대한민국이 벌써 해결했을 것이다. 내가 생각하는 최우선으로 해결해야 할 과제는 소위 지식인들의 도덕적 타락에 대한 불감증과 자아중심적 사고에서 깨어나야 하는 것이다. 대학 교수의 노트북에서 위조된 서류가 나왔다고 세상이 시끄럽다. 그러자 한편에서는 요즈음 다 그렇게 하는데 왜 그 사람만 가지고 그러냐고 한다. 어제는 모 국회의원의 대법원 공판이 열리지 못한다는 뉴스를 읽었다. 이유는 대문을 열어주지 않아 공판을 알리는 문서를 전달해주지 못해서라고. 그런데 그 사람은 지금 서울 한복판을 활보하고 있다. 올해 초반 온통 뉴스는 검수완박이다. 이것이 중요하게 관계되는 사람들은 5천만 대한민국 국민 중에 몇 퍼센트나 될까. 수사를 경찰이 하던, 검찰이 하던 판사가 하던 나와 무슨 상관일까라는 사람이 대부분일 것이다. 그런데 온 나라의 힘을 이곳에 쏟아붓고 있다.

　　마이클 샌델 교수의 책 "공정하다는 착각"을 잠시 빌려오면, '학식을 갖춘 이들의 거드름과 무시가 사회적 갈등을 격화시켰다.' 것이다. 소위 지식 노동자들의 도덕적 타락으로부터의 회복과 일관된 기준 그리고 세상 모든 것을 자기중심의 기준에서 탈피하는 일이 중요한 시작이 아닐까 한다. 또한 많은 사람이 소위 말하는 화이트칼라의 불감증이다. 오래전 김수환 추기경님께서 "내 탓이오"를 말씀하셨다. 내 탓이 무엇이 있는가에 대하여 각자가 곰곰이 생각해보자.

어느 Division lean manager의 Lean saving report

토요타의 생산 시스템의 기본 철학은 낭비제거일 것이다. 도요타의 혁신 추진 임원의 강의에 의하면 토요타의 일상 행위 중에서 부가가치를 창출하는 행위는 27%에 지나지 않고 나머지 73%는 직접적으로 부가가치를 창출하지 못하거나 불필요한 행위라고 이야기하였다. 토요타는 낭비제거를 위하여 매우 좋은 기법들을 많이 개발하였다. 그런데 나는 이 좋은 기법들이 양날의 칼이라는 사실을 매우 심각하게 생각한다, 나는 토요타 생산 시스템을 실현하면서 개발된 기법들은 매우 좋은데 적재적소에 사용되어야 할 것이다. 기업의 환경에 따라 그 기업의 실정에 맞게 적절한 때에 적절한 기법을 사용한다. 그래야 개선의 결과가 도출되고 그 결과에 대한 지속적인 개선이 이루어져야 하지만 많은 경우 이렇지 못한 안타까운 사실을 종종 보았다. 그중에서 가장 안타까운 사실은 현실에 대한 철저한 분석 없이, 낭비에 대한 세심한 분석 없이, 기법에 대한 정확한 이해가 없이 기법이라는 처방전을 너무 일찍 들이대는 현실이었다. 물론 이러한 기법을 사용하고 그 결과를 숫자로 보여주면 보고 받는 사람으로부터는 높은 신뢰를 받을 수 있을 것이다. 이러한 기법이 Presentation을 좋게 보이도록 하는 마스킹의 장치가 되지 않는 것인가에 항상 조심하여야 한다.

그룹의 Lean manager로 일을 시작했을 때 많은 Division Lean manager 들이 매월 Lean saving이라는 보고서를 보내주었다. 지난 한 달 동안에 Lean 활동을 통하여 절감한 것을 돈으로 환산하여 보고하는 문서였다. 나는 몇몇 Division lean manager를 만나서 이 자료를 왜 만드는지를 물어보았다. 대부분 사람의 반응은 내가 한 달 동안 노력한 결과를 보고하고 그에 대한 정당한 평가를 받기 위해서라고 대답하였다. 이러한 세부적인 자료를 만들려면 시간이 얼마나 필요하며 그리고 이런 세부 자료는 실무부서에서 자료를 요청하여 만들 것인데 그 사람들은 얼마의 시간을 투자하는지 질문했다. 더욱더 중요한 것은 이 보고서를 분석하여 지난달의 개선 결과에서 개선의 아이디어를 찾고 그 아이디어를 새로운 개선으로 연결을 시키는지 말이다. 많은 Division에서 그렇게 사용하지는 않았다. 그런데 각 공장에서는 매월 사업 성과보고서를 만든다. 이것은 회계 책임자를 중심으로 전문가들이 만드는 보고서로 공장의 공식적인 자료가 된다. 모든 경영에 필요한 자세한 자료가 있으니 모든 활동의 기준이 된다, 이런 보고서가 있는데 왜 별도의 보고서가 필요한가.

누구나 이런 유혹을 많이 느낄 것이다. 실무자들은 자기가 한 일에 대하여 좀 더 좋게 보일 수 있도록 포장을 하고 싶고 관리자는 실무자들이 어떻게 일하고 있는지 확인하고 싶은 심정은 충분히 이해는 한다. 그러나 본질을 위해서 일을 하고 긴 호흡으로 바라보는 인내도 필요하다. 나는 직장 생활 대부분을 외국계와 연관된 회사에서 일했다. 더군다나 직장 생활의 절반 가까이는 100% 외국계가 지배하는 회사의 한국 사업장이었다. 회사의 경영권은 외국에 있지만, 한국에 근무하는 인력은 100% 한국 사람이다. 현지에 파견된 본사의 인원은 한 사람도 없는 사업장이다. 이런 환경에서 가장 안타까운 사람은 일은 잘하는데 영어를 하지 못하는 사람들이다. 평가와 중요한 결정은 이역만리 떨어져 있는 본사에서 1년에 한두 번 방문으로 평가의 기준이 되는 경우가 종종 있다. 그런데 영어로 의사소통이 되지 않는 사람들은 본인의 능력을 보여줄 기회를 잡기가 매우 어렵다.

내가 어느 사업부의 책임자로 부임을 했을 때 생산 책임자가 있었다. 예전에도 이 사람과 함께 프로젝트를 수행해 본 경험이 있는 나로서는 이 사람에 대하여 어느 정도는 알고 있다고 생각했다. 그런데 너무나 자신감이 없고 움츠려 있었다. 원인을 알아본 결과 영어 때문이었다. 시간이 흐르고 경력이 쌓여가면서 부장으로 승진했다. 이 사람에게 기회를 주기 위해서 본사에서 손님들이 오면 생산부분의 보고를 하도록 했다. 영어로 의사소통을 하지 못하는 것이 이 사람의 전부를 지배하다시피 되어버렸다. 그런데 왜 이 사람이 꼭 영어로 보고해야 하는가. 이 사람이 본사의 사람들을 만나는 시간은 1년을 통틀어서 몇 시간이 되지 않을 것이다. 그리고 이 사람은 생산부장이고 생산 부서의 모든 사람은 한국 사람이다. 누구보다도 현장의 사람들과 의사소통이 잘되고 유관부서와도 협조적으로 일을 잘하는 사람인데 영어 때문에 자기 능력을 인정받을 수 없는 안타까운 일들을 많이 보아왔다. 왜 모든 사람이 일률적으로 영어를 잘해야 하는가. 이 사람은 현장의 작업자들과 아주 소통이 잘되며 생산 현장을 매우 잘 운영하여 수주된 제품을 고객에게 정시의 인도율은 어느 사업부보다도 우수한 실적을 나타낸다. 그야말로 영어를 잘하지 못하는 것을 제외하면 모자람이 없는 관리자이다. 왜 우리는 일률적으로 모두가 팔방미인이 되어야 하는가.

이승엽 씨는 야구를 잘해서 존경받는 유명인이 되었고 손흥민 씨는 축구를 잘해서 전 국민으로부터 사랑을 받고 있지 않은가. 내가 야구를 못한다고 축구를 못한다고 흠결이 있는 것은 아니지 않은가? 반면에 업무적인 능력에는 많은 의문이 있는데 영어를 잘해서 본사로부터 인정을 받는 사람이 있다. 그런데 이러한 경우 때로는 매우 심각한 상황을 만들어간다.

좋은 회사 나쁜 회사

어떤 회사가 좋은 회사일까, 그리고 어떤 회사가 나쁜 회사인가. 간혹 이런 질문을 받는다. 나 스스로에게도 이런 질문을 해 본다. 물론 여러 가지 이야기가 있을 것이다. 지속해서 성장하고 복리 후생이 좋고 임금을 많이 주고…. 좋은 회사와 나쁜 회사를 평가하는 것에는 수많은 기준이 있을 것이다. 그런데 나는 나를 중심으로 생각해보았다. 좋은 회사는 나 개인의 경쟁력을 향상할 수 있는 회사가 좋은 회사라고 생각한다. 다시 말하면 회사의 일을 열심히 하다 보니 나의 경쟁력이 나도 모르게 향상되는 회사이고 나쁜 회사는 회사의 일을 통하여 나의 경쟁력을 향상하는 데 어려움이 있는 회사다.

지난 40년 동안 4개의 회사와 인연을 맺었다. 첫 번째가 평화 클러치, 평화발레오이다. 정말 회사 일에 대하여 열심히 하였다. 회사 일을 통하여 나의 능력이 향상되었고 회사의 일을 잘하기 위하여 개인의 능력도 꾸준히 발전시켜 나가야 했다. 소위 말해서 회사가 지속해서 미래지향적인 비전을 제시하고 독려하니 회사의 일을 열심히 하다 보니 나의 능력이 향상되었다. 회사의 일을 잘하려고 어학 공부도 해야 하고 리더십 공부도 해야 하니 나의 개인적인 능력 향상, 경쟁력을 높이기 위하여 또 다른 고민을 할 필요가 없이 그냥 열심히만 하면 되었다. 그러나 두 번째 회사는 짧게 인연을 맺었다. 가장 큰 현안은 회사 일과 별도로 나 자신의 경쟁력을 높이기 위하여 꾸준히 고민하고 노력해야 했다. 그런데 개인으로서는 쉬운 일이 아니었다. 비교적 좋은 조건으로 업무적인 성과를 만들 수 있는 시간적 보장을 위한 여러 장치를 하고 이직하였다. 그리고 열심히 일했다. 지난 20년 동안 평화발레오에서는 여러 가지 비전이 있었지만, 회사는 지속해서 성장하면서 이윤을 창출하고 영속성을 위한 경쟁력 향상이라고 배웠다. 그리고 그것을 향하여 앞으로 가는 길만 보며 살아왔다.

　어느 날 새로운 회사의 주인으로부터 받은 지침은 회사를 성장시키지 말라는 것이었다. 아니 일정 규모 이하로 줄여야 한다는 것이 목표다. 전략적으로 뒷걸음을 걸어본 경험은 있지만 앞으로 걷는 것을 포기하고 뒤로만 걷는 것이 나의 일상적인 삶이 된다는 것은 너무나 비참하고 모든 희망이 사라지는 것이었다. 아무런 의욕이 없어지고 삶의 목표가 사라지니 제일 먼저 나타나는 것이 건강 이상 신호였다. 이대로 살아가면 아무런 경쟁력이 없이 이 치열한 세상에서 도태되고 말 것이라는 공포가 24시간 나를 짓눌렀다.

이 시절 제일 열심히 했던 것이 퇴근하면 피트니스 센터에 가서 운동하는 것이었다. 건강을 유지하면서 좋은 회사를 다시 찾을 수 있다고 자신에게 용기를 북돋웠다. 간혹 매스 컴을 통해 높으신 분들이 잘못된 일이 있어서 죗값을 치르려고 교도소에 들어갈 때는 건강하게 본인 스스로 걸어서 들어갔는데 수형 생활을 마치고 교도소 문을 나올 때는 휠체어에 몸을 의지하고 나오는 것을 볼 때마다 일종의 보여주기 위한 쇼라고 생각했다. 그것이 쇼가 아니고 그럴 수 있겠구나 하고 이해가 되었다. 다행히 2년이라는 짧은 시간에 새로운 세상이 존재한다는 큰 교훈을 얻고 그러한 생활을 청산할 수 있었다.

다음에 만난 회사가 Parker Hannifin이다. 파카 하니 핀에서의 일은 다시 본래의 모습으로 돌아온 것 같았다. 아니 너무나 할 것이 많았다. 제일 첫 번째의 도전이 소통을 위한 언어의 능력이었다. 평화발레오라는 합작 회사의 공식 언어는 한국어와 영어다. 프랑스에서 한국에 상주하는 동료들과의 대화는 영어다. 13년이라는 기간 동안 항상 프랑스 동료들과 밀접하게 일을 해왔다. 우스운 이야기이지만 그렇게 큰 어려움이 없이 일했다. 그런데 Parker Hannifin에서의 영어는 전혀 달랐다. 그리고 회사는 Global 환경에서 성장하고 경쟁력을 향상하기 위하여 하루도 빠짐없이 새로운 전략을 개발하고 모든 구성원이 함께 성장하기 위한 기회와 임무를 부여하고 있었다. 2017년 창립 100주년 기념행사를 각 사업장마다 가졌다. 우리는 도자기로 각자의 염원이 담긴 조각품을 만들어 하나로 모아 액자를 만들었다. 그리고 입구에 장식하였다. 도자기로 만든 이유는 지난 100년보다 더 오랜 기간, 고려청자가 영원한 빛을 간직한 것처럼 Parker Hannifin이라는 회사도 영원하기를 바라는 바람을 한 조각 한 조각에 담은 것이다. 급변하는 세계 경제 속에서 100년간 지속적인 성장을 하는 것이 결코 쉬운 것이 아니지만 회사의 최고 경영진은 앞으로 100년을 위하여 꾸준히 노력하기에 Parker Hannifin이라는 배 위에 서 있는 나는 그 배 위에서 나에게 주어진 길만 열심히 가면 경쟁력이 갖추어지니 얼마나 편안한 마음에서 살아갈 수 있는 것인가.

COVID19라는 아무도 경험하지 못한 팬데믹과 함께 나는 정년을 맞이하였다. 많은 사람의 축하를 받으며 회사의 문을 나설 수 있는 기회가 왔다. 그러나 그동안 수많은 실패와 시행착오를 통하여 나의 가슴과 머리에 축적된 자산을 어떻게 사회에 환원할까 고민했다. 비록 나의 가슴과 머릿속에는 존재하지만, 그 경험과 지식을 위하여 회사와 사회는 수천억 원을 투자하였다. 이것은 나만의 것이 아니다. 비록 내가 가지고 있지만, 나의 경험을 나누고 그것이 회사나 국가의 발전에 미미하게나마 기여한다면 가장 행복하고 보람되게 나에게 주어진 시간을 사용하는 것으로 생각했다. 그러나 어떻게 사용해야 하겠다는 준비가 전혀 없이 정년퇴직의 날을 기다리는데 네 번째 회사가 기회를 주겠다는 것이었다. 너무 반가웠다. 나의 경험을 나눌 수 있는 기회가 생긴 것이다.

이 회사의 제품 설계는 매우 훌륭한 것처럼 보였다. 엔지니어링 관리 체계가 파카와는 반대의 전략을 가져가고 있었다. 파카에서 일하면서 가장 아쉬운 부분이 이것이었다. 이 회사는 유럽에 있는 본사에서 Engineering center를 운영하면서 설계의 표준을 강력히 유지하고 지속해서 제품을 개발하기에 좋은 새로운 기능이 있었다. 제품의 경쟁력은 매우 좋은 것으로 예상되었다. 그리고 국내의 시장 점유율과 사업의 규모도 크지 않았다. 굉장한 가능성이 있고 성장의 희열을 누릴 수 있다고 생각되었다. 사실 Parker에서 AKD Division의 사장으로 일하면서 가장 아픈 손가락이 대부분의 제품이 세계적인 경쟁자들과 시장에서 싸우기에는 제품의 경쟁력이 부족한 것이었다. 그래서 한국 시장에서 성장성이 있는 제품 하나를 선정하여 제품의 경쟁력을 향상하기 위해 전력을 다해 투자했는데 결과를 보기 전에 내부적인 사업 구조조정으로 그 일에서 손을 떼어야 했다. 그런 아픈 상처를 치유하기에 충분한 제품이라고 판단이 되어 새로운 인연이 시작되었다.

출근 첫날, 내 눈에 보이는 회사의 모습은 좋은 제품을 가지고 시장 점유율과 작은 비즈니스의 규모의 가능성이 아니라 안될 수밖에 없는 이유가 너무 많이 보였다. 나에게는 새로운 과제가 생긴 것이다. 여기서 일하고 있는 저 젊은이들이 저렇게 생활하다가 장년이 되면 저들의 삶은 어떻게 될 것인가. 저들에게 이러한 현실을 알리고 스스로 껍질을 깨고 나오도록 해서 바깥세상도 관심 있게 보도록 하여야 하겠다는 목표가 생겼다.

그들은 넓은 평야의 한 가운데에서 귀한 아들로 태어났다. 그리고 성인이 될 때까지 거기서 소먹이고 농사지으면서 평화롭게 살아가는 사람이다. 그는 지구는 평편하다는 확신을 하고 살아가고 있다. 그러나 지구는 둥글다. 그러나 그는 지구가 둥글다는 것을 믿으려고 하지 않는다. 내가 본 것은 평편한 평야이니까. 지구가 둥글다는 것은 믿으려 하지 않고 의심도 하지 않는다. 책 한 권만 읽어도 인터넷으로 한 번만 의심해도 지구가 평편하지만은 않다는 것을 알 수 있다. 그저 내가 본 세상만 진리로 알고 살아가는 저들이 언젠가는 둥근 지구와 마주칠 것인데 그때 저들이 그 세상에 어떻게 적응하고 경쟁을 하며 살아갈 수 있을까. 그건 아닐 것이다. 그때 저들이 겪어야 할 좌절과 경쟁이라는 생태계에서 도태되면서 느낄 고통을 생각하니 초조해질 뿐이었다.

회사가 나의 삶을 책임지고 나의 행복을 보장해주지 않는다. 그러나 나는 좋은 회사는 회사의 전략과 함께 가면 나 자기 경쟁력을 향상해서 혹시라도 내가 이 회사의 울타리 밖으로 나가야 하는 일이 발생하더라도 그곳에서 나의 경쟁력을 높게 평가받을 수 있는 기회도 함께하는 회사라는 믿음이 가는 회사는 좋은 회사라고 이야기하고 싶다. 회사와 함께가 아니라 지속적으로 나의 경쟁력을 향상하기 위하여 부단히 고민해야 하고 회사 일과 별도로 투자를 해야 하는 회사는 나쁜 회사라고 나는 생각한다. 내가 생각하는 좋은 회사라는 기준에서 보면 나는 참으로 행운아다. 회사 생활 40년 중 90%나 되는 36년을 좋은 회사와 일을 할 수 있는 기회를 얻었고 짧은 기간이지만 4년은 정말 많은 것을 생각하게 하고 아주 중요한 타산지석(他山之石)의 엄청난 기회를 가질 수 있었기 때문이다.

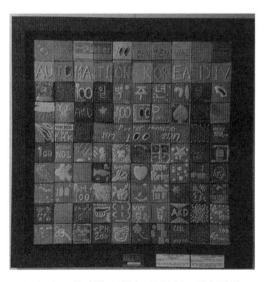

<Parker hannifin 창립 100주년 AKD Division 기념 조형물>

PART V

새로운 희망을 꿈꾸다

새벽 6시의 일과

내가 하는 일 중에서 가장 오랫동안 반복적으로 하는 일이 있다. 이 일은 앞으로도 계속될 것 같다. 매일 새벽 6시에서 30분간 전화로 행해지는 영어 수업이다. 이 수업은 2009년 어느 날부터 시작되었는데 오늘 아침에도 했고 앞으로도 계속될 것이다. 나는 영어를 모국어로 가지고 태어나지 않은 숙명을 가지고 살아가야 하기에.

먼 과거를 뒤돌아보면 나에게 참 많은 아픔과 때로는 즐거움을 준 것이 영어였다. 시골에서 중학교에 다닐 때는 누나의 강력한 가르침의 도움으로 영어가 재미있었다. 영어 시간이 되면 항상 제일 먼저 손을 들고 읽기를 하였다. 그런데 대구로 전학하니 교제가 달라졌고 영어가 점점 어려워졌다. 이때부터 나와 영어의 아픔은 시작되었다. 영어는 점점 멀어지고 고등학교 졸업 학력 검정고시에서는 영어 점수가 과락이었다. 시험을 두 번이나 더 치른 후에 겨우 학력인정 검정고시를 통과하고 대학에 진학을 할 수 있었다.

대학을 졸업하고는 사실 영어와 접할 기회가 많지 않았

다. 그런데 1989년 1월부터 프랑스 Valeo사와 합작 회사의 운영이 시작하였다. 나는 회사의 일원으로 참여했고 프랑스 파견 기술자와의 협력을 위해서 영어는 필수적인 수단이 되었다. 이때부터 다시 나와 영어의 울고 웃는 싸움은 시작되었다. 하루의 일과가 끝나면 언제나 영어 학원으로 향했고, 주말이면 프랑스에서 파견된 동료들과 많은 시간을 보내려고 노력했다. 이런 덕분에 Mr. D. Maingaud와는 비교적 소통이 잘되었다. 나의 영어를 다른 프랑스 엔지니어들은 알아듣지 못해도 Mr. D. Maingaud는 이해를 했다. 한번은 이런 일이 벌어졌다. 다른 프랑스 엔지니어와 회의하는데 Maingaud씨가 중간 통역을 했다. 내가 하는 영어를 Maingaud씨가 이해하고 그들에게 전달하면 그들의 영어를 Maingaud씨가 내게 다시 전달했다. 프랑스 엔지니어들이 내 영어를 알아듣지 못해서 생긴 일이다. 마치 어린아이가 울면서 이야기하는 것을 우리는 이해 못 하지만 아이의 엄마는 알아듣고 대답을 하듯이 말이다. 이렇게 나의 영어는 발전했고 어느 때부터인가 Mr. D. Maingaud가 한국의 엔지니어들과 회의하면서 나에게 통역을 요청했다. 이렇게 10년이 넘는 시간을 프랑스 엔지니어들과 일했다. 그들과 일할 때 더 이상 커다란 어려움을 느끼지 못했다.

그런데 Parker Hannifin으로 이직을 하려고 할 때 최종 면접에서 영어 소통 능력 부족으로 실패했다. 결국 다른 자리를 통해 Parker Hannifin과 인연을 맺었다. 입사하고 보니 영어의 장벽이 너무나 높았다. 지금까지 내가 영어로 소통을 했던 사람들은 영어가 모국어가 아닌 외국인들이었다. 그러나 Parker에서 만나는 영어는 모국어인 사람들이 대부분이고 비록 모국어가 아닐지라도 모국어 수준으로 훈련된 사람들이다. 또다시 영어 공부가 시작되었다. 그러나 하다가 말다가를 반복했다. 몇 년 후에 내가 처음 지원했던 자리로 갈 기회가 있었다. 그러나 본사의 조건이 있었다. 영어의 소통 능력이 부족하니 영어 능력을 향상하는 교육을 시행후에 그 자리에 채용하라는 것이었다. 회사에서는 영어 연수를 시켰고 그때부터 시작한 전화 영어가 오늘도 계속되고 있다. 영어는 내가 극복하지 못할 숙명이기에 내가 말을할 수 있는 날까지는 노력해야 한다. 영어를 모국어처럼 잘하자는 목적이 아니고 현재 수준이라도 유지하고 싶은 마음에서이다.

처음으로 미국에서 있었던 Group Lean Manager 회의에 참석했다. 1주일 동안 계속된 회의는 고통의 연속이었다. 13시간의 시차와 따라가지 못하는 영어, 참으로 고통스러운 일주일이 끝났다. 한국에서 대학을 졸업한 후 미국에서 심리학을 공부하고 현재는 미국 대학에서 교수로 일하고 있는 친척에게 전화했다. 그리고 1주일간의 고통스러운 경험담을 이야기했다. 다음 회의 때는 좋아지지 않겠나 했더니 그것은 평생 해결되지 않는 일이라며 너무 크게 희망을 품지 말고 인정하며 살라고 했다. 이제는 영어에 대하여 저항

하지도 않고 네이티브처럼 해야겠다는 욕심도 없다. 그냥 매일 숨 쉬는 것처럼 6시면 수업하고 훈련하고 능력껏 소통하면서 일상화하고 있다. 이제 내가 바라는 영어는 해외여행을 하면서 대금 버스킹으로 청성곡을 연주하고 우리의 문화에 대한 소개와 함께 내가 살아온 삶을 그 누군가와 최소한의 소통을 할 수 있는 도구로 사용하고 싶을 뿐이다.

<해인사 원당암 혜암스님 법어비>

요리사가 가장 좋아하는 사람은 누구일까

D 회사가 A 회사를 인수하고 현재의 사업과 새로 인수한 사업을 재편하면서 공장도 통폐합을 하고 Lean의 개념으로 구조조정을 하겠다고 한다. 일정한 기간을 계약하고 같이 일하자는 요청이 있었다. 듣는 순간 귀가 번쩍했다. 그러면서 보수에 대한 의견을 달라고 하였다. 고민이다. 나의 첫 번째 관심은 보수가 아니다. 나의 경험을 즐겁게 받아들이고 변화의 의지가 있어서 좋은 결과를 만들 환경이 되는지가 가장 큰 관심이다. 이것을 어떻게 설명하여야 나의 진심이 전달될까. 고민 끝에 생각한 비유가 음식을 만드는 요리사다. 물론 나는 요리를 할 줄은 모른다. 집사람이 요리하면 가장 즐거워하는 것이 내가 맛있게 먹을 때인 것에서 착안했다. 요리사가 가장 좋아하는 사람은 어떤 사람일까. 자기가 만든 요리 값으로 비싼 돈을 주는 사람일까. 요리를 맛있게 먹어주는 사람일까. 물론 제일은 맛있게 먹어주고 감사의 의미로 많은 돈을 주는 사람일 것이다. 다음은 맛있게 먹어주는 사람일 것이다. 가장 싫어하는 사람은 비싼 돈을 주

고 음식은 제대로 먹지도 않고 맛없다고 소문내는 사람일 것이다. 이러한 사람들은 이 요리사가 요리를 하지 못하도록 만드는 사람이기에.

　돈 이야기는 나중에 하고 내가 한 요리를 즐겁고 맛있게 먹어줄 수 있는 환경이 되는가 하는 것이 가장 궁금했다. 나의 경험대로 즐겁게 일하고 좋은 성과를 만들 수 있는 환경이 되는지가 가장 큰 관심사다. 이런 생각을 하면서 변해있는 나의 모습을 본다. 옛날에는 가능성이 큰일이 있으면 불을 보고 달려드는 불나방처럼 뛰어들었는데, 이제는 환경을 확인하는 과정이 생겨났다. 내가 했던 경험이 너무나 소중하기에 그 경험을 통해 낭비를 어떻게 제거해야 하고 낭비의 제거가 얼마나 큰 효율과 이익의 증가를 가져오는지 알기 때문이다. 그래서 나의 경험을 많은 사람들과 나누고 도움을 주고 싶은 간절한 생각이 있다. 또한 그것을 간절히 원하는 사람이 있다면 언제든지 달려갈 생각이다. 많은 사람은 내가 Parker를 퇴직할 때 당연히 공장 컨설팅하는 일로 전환할 것이라고 했다. 그러나 나의 머릿속에는 컨설팅은 크게 생각이 없었다. 물론 내 경험을 활용할 수 있도록 가장 효율적인 도움을 주는 방법이 컨설팅이라고 나도 믿고 있다, 그러나 컨설팅을 진정으로 원하는 사람을 만나는 것이 너무 어렵기 때문에 이 일은 일찍이 우선순위에서 미루어 두었다. 진정으로 낭비를 제거하고 효율을 높이기를 원하는 기업이 있으면 미미한 힘이나마 기꺼이 도와주고 싶은 심정이다.

내게는 변화를 받아들일 환경이 되는가가 가장 중요한 관심 사항이다. 많은 사람은 변화를 즐기지 않는다. 싫어하는 사람들이 더 많다. 강의할 때 간단하게 하는 실험이 있다. 모든 사람에게 양손의 깍지를 끼어 보라고 한다. 사람은 항상 끼는 자세가 있다. 나는 태생적으로 왼손잡이라 항상 왼손의 엄지가 가장 위에 올라와 있다. 그다음은 바꾸어 보라고 한다, 나의 경우 오른손 엄지손가락이 가장 위에 올라오는데 당장 익숙하지 않은 자세라는 것을 누구나 느낀다. 변화와 발전을 위해서는 때로는 이러한 불편을 감수하고 노력하여 오른손 엄지손가락이 제일 위에 오는 것이 어색하지 않도록 꾸준히 노력하고 훈련해야 한다. 이 일을 누가 사명감을 가지고 하느냐가 나에게는 중요하다.

2012년 양산 공장, 같은 제품을 생산하는 인도 공장의 공장장과 Lean 매니저를 한국으로 초청했다. 양산 공장을 견학시키고 질의응답의 시간을 가질 때다. 인도의 공장장이 나에게 질문을 했다. 양산 공장은 공정 대부분을 변경하고 시스템화하는 작업을 진행하고 있는 과정이었다. 인도의 공장을 이렇게 전환하기 위해서 얼마의 시간이 필요 하느냐는 질문이다. 그때 나의 대답을 지금도 생생하게 기억한다. 양산의 사람들 생각을 바꾸려고 논쟁하는 데 1년을 소비했다. 생각이 바뀌고 난 후 물리적으로 변경하는 데는 6개월이 걸렸다. 그런데 내가 당신 생각을 바꾸려고 논쟁하는데 얼마의 시간이 필요할지는 모른다. 그래서 공장이 이렇게 변화하는 데 얼마의 시간이 필요한지도 모르겠기에 당신의 질문에 정확한 답변을 할 수가 없다. 그러나 당신 공장의 Future value stream에 대한 설계는 이미 나의 머릿속에 그려져 있다. 그래서 물리적인 변경을 하는 데는 6개월도 소요되지 않을 것이다. 그러자 인도 공장장의 대답은 본인은 마음의 준비가 되어있다고 했다. 그리고 정말 빠른 속도로 진행이 되었다. 물론 Audit의 순서 때문이지만 인도 공장이 양산 공장보다 한 달 먼저 그리고 전 세계 Parker 공장 중에서 세 번째로 Model site 인증서를 수여 받았다. 나에게 가장 약한 부분이 사람의 생각을 바꾸려고 노력하면서 일어나는 갈등의 관리인 것 같다. 이제 나의 바람은 변화를 일으키면서도 덕을 쌓을 방법을 깨우치는 것일 것이다. 그래서 계속 공부를 하기로 마음을 먹었다.

사람들은 말한다. 새삼스럽게 무슨 공부를 하는가. 지금 공부해서 어디에 사용할 것인가. 대부분 부정적이다. 그러나 내가 공부하기로 결심을 한 것은 나 같은 사람들만이 할 수 있는 공부가 있기 때문이다. 학자는 이론적으로 매우 완벽하게 정리한다. 그러나 그것을 현장에 적용하기는 어렵다. 그래서 많은 중소기업의 공장장은 자기 경험 중심으로 운영한다. 그것도 맞다. 그러나 그것은 그 공장의 특수 상황에서만 적용이 되고 발전적이지 못한 경향이 있다. 그래서 내가 하고자 하는 공부는 도서관에 있는 수많은 이론을 어떻게 현장에 접목할 것인가 하는 다리를 놓는 공부를 하고 싶은 것이다. 아마 이러한 다리는 나 같은 사람이 놓을 수 있다고 믿기에.

5000년 역사 속에서 배고프지 않은 한 세대에 삶의 절반 이상을 얹혀서 살아왔다, 그리고 평화 발레오라는 좋은 회사를 만나서 젊은 나이에 기초를 잘 배웠고 파카라는 좋은 회사를 만나서 배고픔의 고통에서 잠시나마 벗어날 수가 있었다. 결국 오늘의 내가 있기까지 이 사회는 나에게 너무나 많은 투자를 하였다. 나의 성공 3%는 97%의 실패에서 얻은 경험의 결과치이다. 이제 내가 할 일은 96%의 실패로 4%의 성공을 만들기를 갈구하는 사람들을 위한 나의 실패의 오답지를 바탕으로 실패를 줄이는 데 조금이나마 도움을 주는 것이다. 그것이 내게 남은 일일 것 같다. 그리고 이 일은 정년이 없기에 매일 자고 일어나면 할 일이 있는 기쁨 속에서 하루의 눈을 뜰 것이다.

국민연금의 수령을 연기하다

　나의 부모님 세대는 아들딸만 잘 키워 놓으면 노후가 보장되는 것으로 믿고 살아왔다. 그런데 세월이 바뀌고 문화가 바뀌면서 노후의 경제적 안정이 커다란 숙제로 대두되었다. 다행히 우리 세대는 미리 준비를 할 수가 있었다. 나 역시 은퇴 후의 경제적인 안정은 커다란 관심사 중의 하나였다. 또한 가난을 숙명처럼 알고 살아온 나로서는 절약이 철저하게 몸에 배어 있었다. 그리고 항상 머릿속에는 퇴직 후 그 많은 세월 동안 어떻게 경제적으로 안정된 생활을 할 수 있도록 준비하느냐였다. 다행히 국가에서도 이런 일에 많은 관심을 가지고 보완책을 마련하고 있다. 그중의 하나가 국민연금일 것이다. 나는 국민연금이 개시된 1988년부터 납부를 시작하여, 2020년까지 납입하고 2년을 추가로 냈다. 그리고 이제 곧 수령 개시일이 되었다.

　하루는 카페에서 차를 마시다 동창 친구들과 연금 수령에 대한 토의가 있었다. 친구들은 62세가 넘었지만 여전히 현역에서 일하고 있었다. 년 수익이 가입자 평균 수입을 상회하면 법정 수령액의 50%밖에 수령을 할 수 없다. 이는 매우 합당한 제도라고 생각한다. 국민연금은 사회 안전망이다. 수익이 있는 사람에게 많은 부를 주는 것보다 수익이 없는 사람에게 최소 생활의 기초가 되도록 하는 사회 안전망 제도이다. 50%라도 즉시 받는 것과 수령을 지연하는 것 어떤 것이 유리한가이다. 물론 수령을 연기하면 연 7.5%씩 최대 5년간 연기가 가능하며 5년 연기 후에는 월 수령 금액이 36% 증가한다. 다시 말해서 최대 5년을 수령 연기를 할 수 있다. 그러니 5년 동안 50%라도 받는 것과 5년을 연기하여 36%의 증가한 연금을 받을 것인가 결정해야 한다. 몇몇 친구들은 법적 수령일이 되면 50%라도 받는 안을 택했다. 그러나 나는 5년 연기안을 선택하였다. 부지런한 친구들이 관리 공단까지 찾아가서 자료를 받아와서 금액적으로는 50%의 수령이 유리하다고 했다. 이 돈으로 투자를 잘하면 더 큰 자산이 될 수도 있다고 한다. 물론 얼마나 오래 사느냐는 아무도 모르는 일이지만. 내가 5년 연기를 택한 것은 미래에 대한 안전장치이다. 앞으로 5년간의 나의 경제적 상황은 어느 정도 예측이 가능하다. 그러나 10년 후 20년 후의 나의 상황은 예측이 어렵다. 금액의 문제가 아닌 경제적 리스크를 줄이는 안정성이 나의 판단 기준에서는 제일 우선이다.

프랑스 제빵학교 이야기

　현재 대한민국은 60년대 보릿고개와 80년대 민주화 항쟁을 넘어 세계의 모든 사람이 부러워하는 소위 2차 대전 후 산업화와 민주화를 모두 만들어낸 강대국이 되었다. 남녀노소 누구나 밤이나 낮이나 가고 싶은 곳이면 언제나 갈 수 있는 안전한 나라다. 단 한 가지, 신문만 펼치면 보도되는 부정부패 이야기들이다. 특히 지식인, 권력자의 지능적 부정부패, 도덕 불감증 등, 마치 모든 삶의 목표가 물욕이 되어버린 듯한 이야기가 매일 매일 지면의 상당한 부분을 차지하고 있다. 정말 선진국이 되고 존경받는 나라가 되기 위한 마지막 관문인 것 같다. 그런데 날이 갈수록 암울해진다. 옛날에는 몰랐는데 정보통신이 발달하여 많이 들려와서일까. 그러면 좋겠지만 어느 분이 5000년 단군의 역사에서 배고픔을 잊고 살아가는 것은 한 세대로서 끝날 것이라고 하는 외침에 두려움이 엄습한다.

　하이칼라의 권력형 비리의 소식을 접할 때마다 원인이 무엇인가를 혼자 깊이 생각해본다. 그리고 남의 나라 이야기를 가져와 본다. 몽마르트 언덕의 물랭 호텔 사장께서 파리 관광을 오는 한국인들을 위한 소책자를 만든 것이 있다. 책의 제목은 "파리를 하루 만에 구경하는 법"으로 50페이지 정도 되었던 것으로 기억한다. 그 책에 보면 프랑스의 음식 문화가 왜 유명한지에 대하여 기록되어 있는데 그것은 프랑스의 교육제도에서 기인한다고 적고 있다. 프랑스의 요리학교는 사관학교식으로 모든 학생이 기숙사에서 생활하면서 교육받는다고 한다. 제빵학교는 새벽 4시에 일어나서 실습을 시작한다. 프랑스 제빵학교에서는 제빵 기술만 교육하는 것이 아니라 네가 제빵사가 되기로 했으면 평생 새벽에 일어나서 빵을 구워야 아침 식탁에 따뜻한 빵을 공급할 수 있다는 제빵사로 가져야 할 숙명적인 직업윤리를 함께 몸에 배도록 교육한다는 것이다. 그리고 웨이터 학교는 자정에 실습이 끝난다고 한다. 웨이터는 손님이 모두 떠나고 뒷정리를 하고 잠자리에 들어야 한다는 웨이터가 가져야 할 숙명적인 삶의 체험을 함께 가르친다고도 적었다. 이 글을 읽고 나서야 이해가 되는 한 장면이 있다. 88 서울 올림픽을 준비하면서 많은 행사를 치렀다. 그중 아직도 뇌리에 생생하고 의아했던 한 장면이 서울 마라톤 경기에 참여한 한 프랑스 웨이터 출신의 마라토너가 접시를 손에 들고 마라톤을 하는 것이었다. 나에게 웨이터는 학창 시절 잠깐 아르바이트로 하는 일쯤으로만 알고 있었는데 자기의 직업에 대한 큰 자부심에 의아함을 가졌다. 그런데 이 글을 읽고 그 마라토너가 조금은 이해가 되었다.

이 글을 읽으면서 우리의 교육제도와 비교하였다. 우리

는 아침 9시에 등교하여 제빵 기술을 익히는 수업과 실습을 하고 3~4시면 하교하여 친구들과 열심히 뛰어논다. 이렇게 교육받은 학생들은 시간이 지나면서 목표가 바뀔 수 있다. 졸업할 때는 가장 큰 목표가 제빵 공장이나 빵 가게에 취직하는 것이다. 시간이 흘러 중견 사원이 되면 목표가 바뀐다. 빨리 고참이 되어 빵 맛이나 보고 강평이나 하는 감독자가 되겠다고. 그리고 드디어 감독자가 된다. 그러면 또 목표가 바뀐다. 창업하여 돈이나 많이 벌고 골프를 치면서 즐겁게 살자고. 물론 과장된 비약이지만 우리는 직업윤리에 대하여 어떻게 교육하고 있는가 하는 의문이 든다.

  기계공학을 대학에서 전공한 나도 물욕을 쫓는 기계 기능공이 된 것은 아닌가 한다. 우리는 배움을, 남에게 널리 혜택을 주는 것이 아닌 개인의 물욕을 이루는 수단으로만 활용한 것은 아닌가. 법학대학에서는 법을 이용한 욕구를 충족시키는 법률기술자, 의과대학에서는 인술이 아닌 의료기술자들만 만들어내는데 충실한 것은 아닌지. 진정으로 히포크라테스의 선서를 매일 몸소 실천하자고 생각하면서 살아가는 의료인이 얼마나 되는지 궁금하다. 인류와 나라를 위하여 어떤 기여를 해야 한다는 사명감에 대해 가르치는 일은 소홀함이 없었는지, 저자는 한 시간 만에 읽은 파리 구경하는 법이라고 제목을 달았지만, 이 책을 읽고 내가 느끼는 감정은 며칠을 갔다.

스마트 팩토리

가깝게 지내는 후배가 소규모의 기업을 운영하고 있다. 그런데 대표가 너무 바쁘다. 온종일 현장에서 제품을 확인해야 하고 납품 자재 확인까지 24시간이 모자라고 1주일에 7일이 모자란다. 대표가 저렇게 바쁘면 진정 중요한 큰 것을 보지 못하고 하루하루 살아가는 데 급급하면 회사의 발전이 어렵다. 최소한 대표는 회사의 5년 후, 10년 후에 대한 계획과 상상을 펼칠 시간적 여유가 있어야 한다. 코로나로 인한 해외 출장도 불가능하니 비교적 시간이 여유로웠다. 그래서 토요일에 후배의 공장에 가서 도와줄 생각으로 방문했다. 대화해보니 현재 국비 지원 사업으로 스마트 팩토리 사업을 진행 중이었다. 생산 계획, 생산 진행 상황 등 제반 생산 관리 업무를 IT(Information Technology)의 활용하여 전산화하고 이에 대한 정보를 현장에서도 쉽게 확인할 수 있도록 모니터를 통하여 공유하는 계획이다.

이런 작업을 하기 위해 현장의 표준화는 어떻게 진행하는지 궁금했다. 그러나 현장의 표준화 작업 없이 현재 진행하고 있는 일을 전산과 연결하는 작업이라고 했다. 몹시 걱정스러웠다. 전산화를 하기 위해서는 많은 노력이 필요하다. 현장 공정과 사무 공정의 표준이 수립되지 않고 IT 기술만 적용했을 경우 원활하게 운용이 되지 않는 상황을 너무 많이 경험했다. 날로 발전하는 IT 기술, 특히 소프트웨어의 기술은 우리가 상상할 수 있는 모든 것의 구현이 가능하다. 그러나 현장이 표준화되지 않으면 날마다 달라진다. 소프트웨어는 날마다 달라지는 프로세스를 따라가지 못한다. Parker에 근무하면서 간혹 IT 엔지니어들을 만나면, 당신들이 너무 쉽게 다 해결해주니 오히려 회사의 시스템이 정립되지 않는다고 푸념했던 적이 있다.

몇 개월 후에 프로젝트 진행에 대한 의견을 들었다. 다행히 컨설턴트와 중소기업 경영자는 프로젝트는 종료했지만 사용하지 않는다고 했고, 컨설턴트는 초기 계획보다 2배나 많은 프로그램을 만들어 완성시켰다는 것이다. 안타까운 일이다. 정부에서는 많은 비용을 투자하여 지원 사업을 한다. 그러나 올바르게 계획하고 실행되어 훌륭한 결과가 나오는 비율이 얼마나 되는지 항상 의문이다. 때론 컨설팅 무용론이 되기도 한다. 매우 안타까운 일이다. 스마트 팩토리는 반드시 가야 할 우리의 미래다. 그래서 정부에서도 많은 투자를 지속해서 하는 것이다. 특히 중소기업을 위하여. 그런데 과정보다는 결과에만 매몰되어있는 현실이 안타깝다. 과정이 없는 결과는 요행이다. 그 요행은 한두 번은 가능할

지라도 지속적으로는 일어나지 않는다. 과정이 완전하면 결과는 당연히 좋다.

현장이 표준화되면 스마트 팩토리는 그렇게 어렵지 않다. 여기서 재미있는 이야기 하나를 하자. 이야기는 평화Valeo에서 새로운 ERP 시스템을 도입할 때 들은 이야기다. 다행히 2001년까지 칸반에 의해 모든 생산 현장 관리 체계를 표준화하여 완료된 이후, ERP 시스템을 도입하는데 커다란 혼란 없이 짧은 시간 안에 마치고 유용하게 사용할 수 있었다. 그리고 Kick off 회의때 부탁했다. 가능하면 ERP 시스템에 있는 업무의 절차를 유지해 달라고 당부했다. 그러나 우리의 업무 절차가 너무 상이하여 ERP에 구축된 절차의 변경이 필요할 때는 반드시 운영위원회의 협의 안건에 올려 달라고 했다. 실무자 개개인의 요청으로 ERP의 절차가 수정되고 구축되는 일은 없어야 한다는 생각과 지금까지도 ERP 세계시장의 40%를 점유하고 있는 소프트웨어의 절차는 가장 널리 사용되고 보완된 절차라는 믿음, 우리 공장에서 사용하고 있는 절차가 세계 최고의 절차는 아니라는 확신 때문에 부탁을 한 것이다. 그리고 대부분 절차는 ERP에서 가지고 있는 절차대로 일하도록 했다.

국내의 통신 대기업이 동종의 ERP를 도입하려고 계획했다가 포기를 했다고 한다. 거의 천문학적인 비용이 소요된다고 해서다. 몇 년 후 새로운 CEO가 취임했다. 가장 큰 현안인 ERP 시스템 도입을 지시했다. 그러나 실무진에서 몇 년 전에 추진하다가 포기한 사례를 알려주었다. 그러자 신임 CEO는 비용의 구성 내용을 자세히 살펴보았다. 비용 대부분은 ERP의 소프트웨어 및 하드웨어의 비용이 아니고 당사의 업무 절차에 적합하게 소프트웨어를 수정 보완 그리고 개발하는 개발자의 인건비였다고 한다. 이 통신 회사는 전 국민을 상대로 사업을 하기에 수많은 지사와 개별 사무소를 가지고 있었다. 그런데 각 지역 사무소마다 같은 업무지만 다른 절차와 실행 실행 과정이 다른 경우가 허다했기에 그에 맞춰 절차를 개발하려니 천문학적인 비용과 시간이 투자된다는 것이다. 그러자 CEO가 한마디로 정리했다고 한다. "왜 ERP의 절차를 바꾸나. 우리가 일하는 방식을 ERP의 절차대로 따르도록 바꾸면 되지". 현명한 CEO의 판단력 덕분에 이 회사는 적은 비용으로 ERP를 도입하여 전사적으로 효율을 향상 시킬수 있었다고 한다.

20년 만의 졸업장

2001년 칸반에 의한 공장 운영이 실현되면서 너무나 효율적인 것에 나 스스로 감탄하였다. 그런데 그 시절 내가 책임지고 있는 사업부는 겨우 매출 100억 정도의 미미한 조직이었다. 나는 이것을 이 작은 공장에서만 사용할 것이 아니라 좀 더 연구하여 많은 공장에서 사용할 수 있도록 정리하고 싶은 욕심이 생겼다. 그래서 대학원에 진학했다. 그동안 내가 실패한 원인을 통해 한국의 제조업에서 좀 더 쉽게 적용할 수 있도록 정리하자는 원대한 꿈을 가진 것이다. 진학은 단순히 내가 생각했던 생산 시스템뿐만 아니라 나의 모든 면에 새로운 시각을 가질 수 있는 기회였다. 학교생활은 매우 흥미로웠고 새로운 활력소가 되었다. 시간이 흘러 2004년 내가 경험한 일을 토대로 논문을 쓰고 졸업해야 했지만, 2003년 회사에서 보직이 변경되었다. 실린더에서 칸반을 활용한 JIT의 실행을 논문의 주제로 삼을 수 없는 상황이 되었다. 새로운 실행의 결과를 가지고 논문을 써야 했으나 업무의 변경으로 내가 관심을 두고 공부하는 토요타 생산 시스템 관련 논문은 쓸 수가 없게 된 것이다.

그 후로 나의 가슴 한구석에는 마무리하지 못한 숙제 하나 있었다. 물론 Parker Hannifin에서 일을 시작하고 논문으로 남기고 싶은 것들은 너무나 많았다. 그런데 이제는 논문을 쓴다고 집중할 수 있는 시간적 정신적 여유가 없었다. 그렇게 미루어 오던 것이 입학하고 20년이 지났다. 이제 회사 일을 마무리하기 전에 논문을 쓰고 졸업을 해야 한다고 굳게 다짐했다. 다행히 이젠 시간적 정신적 여유가 조금은 허락이 되었다. 지금까지 나의 Lean(Toyota Production System) 경험을 정리하는데, 새롭게 Lean을 도입하고자 하는 회사나 사람들에게 가장 크게 기여할 수 있는 내용이 무엇인가 생각했다.

나에게 가장 힘든 시절은 1996년 토요타 나고야 공장을 다녀온 다음 날부터다. 시작은 했는데 계속되는 실패로 좌절과 갈등을 겪었던 2001년 봄까지의 힘든 시간이다. 그래서 실패를 줄일 수 있는 도움이 될 수 있는 내용 일부라도 논문을 통하여 남기는 데 초점을 맞추기로 하였다. 논문의 제목을 '토요타 생산 시스템(TPS) 적용을 위한 절차와 표준에 관한 사례 연구 : PH사 J 공장을 중심으로' 이렇게 정했다. TPS를 도입하고자 하지만 많은 시행착오 앞에서 좌절하고 혹은 포기하는 회사나 사람에게 조그마한 도움이 되고자 하는 마음으로 정리를 했다.

나는 5년간의 실패와 시행착오를 겪었지만, 이 논문을

읽어보고 TPS를 도입하는 사람은 4년간의 시행착오만 경험하고 성공하기를 간절히 바라는 마음이다. 이 논문은 Parker Hannifin 장안 공장의 실행 자료를 사용했다. 제안한 절차는 장안 공장의 유압 제품에만 해당하지 않고 어떤 산업에도 공통으로 적용할 수 있는 것이며 Parker Hannifin 에서 근무하는 일종의 장치 산업인 고압 호스 생산 공장 다품종 소량 생산 업종인 공업용 부품 생산 그리고 계절적인 특성이 커다란 건설장비용 부품 생산 업종에서 모두 적용하여 좋은 결과를 만드는 것까지 검증된 절차를 제공하였다.

20년 만에 졸업장을 받게 도와주신 주위의 많은 분들 그리고 열심히 함께 일한 평화 Valoe, Parker Hannifin의 여러 동료도 잠시 떠 올리며 감사의 마음을 전해본다. 지금까지 수많은 실패와 시행착오를 통하면서 조그마한 결과를 만든 미미한 한 사람이지만 언제든지 기회가 된다면 그 실패의 자산을 누군가의 성공을 위하여 아니 실패를 줄이기 위하여 함께하고 싶다.

다시 학교로 돌아가다

대학원 졸업을 하였다. 그동안 논문을 정리하지 못해 많이 늦어졌다. Lean(TPS;도요타 생신 시스템)이라는 시스템은 너무 효율적이고 좋은데 정작 현장 사용은 매우 제한적이다. 지리적으로 토요타 자동차와 가까운 관계로 어느 나라보다 일찍 도입을 시작했고 어느 나라보다 많은 비용을 투자했을 것인데 정작 실질적인 사용은 너무나 저조하다. 항상 나의 머릿속에는 왜, 라는 단어를 달고 다녔다. 여러 이유가 있을 것이다. 크게 보면 본질을 알고 전달하는 것보다 지엽적인 기법에 매달렸다고 생각한다. 한때는 분임조가 대세를 이루었다. 분임조 전국 대회도 있었으니. 언제는 3定5S가 온 공장을 지배했다. 회사 정면 벽에는 3定5S의 구호가 온 벽면을 차지했다. 저 멀리 고속도로를 지나가도 선명하게 읽을 수가 있었다. 칸반, 평균화, TQC, TPM JIT 등이 유행병처럼 순간순간을 지배하였던 것 같다.

지금 생각하면 정말 안타까운 현실이다. 가장 적합한 말이 숲을 보지 못하고 나무에 매달린다는 표현을 쓰고 싶다.

아니, 나무가 아니고 나뭇가지 하나하나에 모든 것을 걸고 달려가는 형편이다. 이런 하나하나의 기법들이 적절한 기여를 하여 효율이 높아지고 수익이 높아지는 것이다. 그런데 그 기법의 하나가 마치 모든 것을 해결하는 절대적인 수단인 양 전달되었다고 생각한다. 한편 이러한 기법에 매달리지 않고 칸반에 의한 JIT를 실현하고자 했던 나는, 왜 5년이라는 긴 시간 동안 실패와 실패를 거듭했는지에 대한 성찰이 먼저일 것이다. 여러 원인 중에서 두 가지를 이야기하고 싶다. 제일 먼저 토요타에서 본 것이 협력 업체와 연결된 칸반이었다. 너무나 심플하고 명쾌하게 운영되는 것에 흥분하여 돌아오자마자 자재 창고와 협력 업체 간의 칸반을 설치하고 시도를 했다. 하지만 운영이 되지 않았다. 평균화가 되지 않은 칸반은 돌아가지 않는다는 것을 알지 못했다. 두 번째 원인은 내가 처한 환경을 고려하지 않고 토요타의 시스템을 그대로 모방하는 데만 심혈을 기울인 것이다.

5년이라는 긴 시간 동안 시행착오를 거듭한 것이 안타까워 이런 시행착오를 줄이는데 조금이나마 기여하고자 경험을 논문으로 정리하였다. 현업에서 은퇴하고 남은 시간을 어떻게 활용할 것인가 고민하던 중 이 분야에 관한 연구 활동을 계속하는 것도 의미 있는 일이라는 생각이 들었다. 지금까지 수많은 경험을 하였고 그 많은 경험을 위하여 사회와 국가, 특히 회사는 수천억 원의 비용을 지불하였다. 그 많은 비용 대부분은 실패와 시행착오를 거쳐서, 작은 성공이라는 결과도 만들었을 것이다. 하지만 성공한 결과는 흔적이라도 남아 있지만, 대부분을 차지하는 실패와 시행착오는 나의 머리와 가슴속에만 남아있다. 그런데 현역에서 퇴직하고 남은 시간을 좋아하는 합창이나 골프 등의 취미 생활에만 사용한다면 정말 많은 비용을 지불하고 어렵게 얻은 경험은 영원히 사라질 것이다. 그래서 다시 학교로 돌아가 현장의 경험에 입각한 공부를 하기로 했다. 이것이 나에게 남은 시간을 가장 가치 있게 사용하는 길이라고 생각하기에.

주변 사람들의 반응은 부정적이다. 지금 공부해서 어디에 써먹을래. 지금 학위 받아서 뭘 할래. 지금 학위 받는다고 인생이 바뀔 게 있나. 모두 틀린 이야기는 아니다. 대부분의 사람은 학교에서 공부하고, 학위를 취득하고 이것을 바탕으로 좋은 일자리를 구한다. 당연하게 생각하는 길이다. 그런데 나는 학교를 졸업하고 40년을 현장에서 일하고, 60이 넘은 나이에 다시 학교에 간다. 모두 가보지 않은 길이니까 그렇게 생각하는 것은 당연할 것이다. 그러나 가보지 않은 길이라고 해서 잘못된 길이라고 단정할 수 있는가. 학교에서는 수많은 새로운 이론들이 연구된다. 그런데 그러한 연구들이 어떻게 얼마나 효율적으로 현장에서 사용되고 인류의 발전에 이바지하는지는 모르겠다. 특히 내가 대학원에서부터 공부한 경영이라는 부분은 더욱더 심할 것이다. 그러면 도대체 그렇게 많은 사람이 공부하고 연구하는 경영은 어떤 것인가. 그것을 좀 더 효율적으로 현장에 적용할 수 있도록 하는 방법에 대하여 알고 싶었다.

평화 발레오에서 칸반에 의한 생산 관리, 자재 관리가 정상화되면서 많은 사람이 견학을 왔다. 아직도 생생하게 기억하는 한마디가 있다.

"칸반에 대한 논문은 참 많이 읽고, 많이 쓰기도 했는데 칸반이 실제 돌아가는 것은 오늘 처음 본다."

우리는 모두 학교에서 공부하여 지식을 쌓고 그 지식을 바탕으로 사회에 진출해 실적을 만든다. 그리고 나이가 들면 은퇴하여 남은 시간을 여유롭게 즐기는 것이 정상적인 흐름이라고 생각한다. 그러나 어느 누군가 한 번쯤은 역주행해 볼 필요가 있지 않을까. 가던 길을 되돌아오면 갈 때 보지 못했던 세상을 볼 수 있을 것이다. 비록 좋은 연구 실적을 만들어내지 못할지라도 역주행을 시도해보았다는 것 자체만으로도 의미가 있을 것이다. 3%의 성공을 위해 97%의 실패와 시행착오를 했던 그 시간이 누군가의 3.1%의 성공을 위해 도움이 된다면 내가 이 사회로부터 받은 혜택에 대한 최소한의 보은일 것이다. 이를 위하여 오늘도 열심히 읽고 있다. 한창 젊어서 두뇌의 회전이 빠른 사람들보다 두 배, 세 배의 시간이 필요하지만.

지금까지 나는 너무 치열하게 살아왔다. 가난한 학자이자 농부의 아들로 태어났기에 가난이라는 것을 운명처럼 받아들이고 그 가난을 극복하기 위해 최선을 다해 살았다. 좀 더 노력하여 좀 더 나은 성과를 만들고 그에 대한 눈앞의 보상을 언제나 생각하며 울고 웃으면서 달려온 40년이다. 이젠 성과와 보상을 잊어버리고 진정함이 무엇인가에 대한 생각을 하면서 남은 시간을 활용하고 싶다. 세상이 각박해지면서 모두가 눈 앞에 펼쳐지는 현실에서 발버둥 치는 21세기. 누군가는 먹고사는 걱정, 성과의 걱정 없이 본연의 모습에 대해 고민하는 철학적인 생각을 하는 사람도 필요할 것이다. 그런데 그것을 할 수 있는 사람이 많지 않다. 그래서 나의 남은 시간만이라도 물질적 성과를 떠나서 진정으로 고민하고 생각해보고 싶다.

가보지 않은 길

지금까지 나는 가능하면 많은 사람이 갔던 길을 택하여 걸었다. 그 길이 안전한 길이라고 생각했기에 성공의 확률이 높다고 생각했기에. 내가 이런 길만 택한 것은 여러 이유가 있다. 소극적인 성격, 가난하기에 결정의 최우선 순위에는 의식주에 대한 안정이 자리하고 있었을 것이다. 그래서 항상 안전 지향의 선택을 해왔다. 나는 지난날의 나의 선택을 후회하지는 않는다. 그런데 이젠 남들이 가보지 않은 길을 가고자 한다. 회사를 그만두면 많은 자유의 시간이 나에게 주어진다. 친가 외가 모두 장수를 하신 집안이기에 나에게도 장수의 DNA가 있을 것이다. 그러면 내게 많은 시간이 주어질 것이다.

먼저 퇴직한 친구들을 보면 참 시간이 많다. 그 시간을 매우 유용하게 효율적으로 사용하는 친구도 있고 주어진 많은 시간에 힘들어하는 친구도 있다. 나는 노래도 하고 대금 연주도 익히고 있다. 그러나 이것으로 소비할 수 있는 시간은 불과 남은 인생의 몇 퍼센트에 지나지 않는다. 내가 프로 연주자도 아니고 대금은 앞으로 여행을 다니면서 거리공연을 하려고 한다. 이것을 매개로 낯선 사람들과 소통하는 일도 의미가 있을 것이다. 남은 시간은 97%의 실패 경험, 토요타의 73%의 낭비에 대하여 내가 어떻게 사회에 환원할까 하는 것이다. 직접 나의 실패의 자산을 활용하고 싶은 사람이 있을 수 있겠지만 그런 사람을 만나는 것은 너무 어렵다.

정말 열심히 노력하는 후배가 사업을 시작했다. 철저한 고객 지향의 기업가 정신으로 빠른 시간에 제법 큰 규모로 사업이 확장되었다. 그런데 수익성에 대해 고민하고 있다. 그래서 주말을 이용하여 후배의 공장에 내려가서 개선에 관한 일을 도와주었다. 많은 시간이 공장장을 비롯한 매니저들과의 시간이었고 정작 대표이사는 영업활동으로 공장에서 같이 개선 활동에 대하여 고민할 기회가 많지 않았다. 그러자 몇 개월 뒤부터 나와 관리자들 간의 논쟁이 증가했다. 안된다. 된다. 해 보자. 옛날에 해 보니 안 되더라. 개선된 사례들을 제공하면, 그 회사와 우리 회사는 다르다. 안되는 이유를 수없이 많이 쏟아낸다. 당연히 안되는 이유가 많다. 성공은 3% 실패는 97%이니. 그러나 실패도 성공을 위한 과정이라는 생각은 없다. 여전히 안된다는 논쟁의 시간만 늘어갔다.

어떤 날은 한 시간 이상을 자동차로 달려가서 현장에서의 실행보다 더 많은 시간을 논쟁에 소비하고 돌아오는 날도 있었다. 누군가는 실행을 촉진할 수 있게 해주어야 하는

데 그러한 결정을 내려줄 사람이 없었다. 대표이사는 성장이라는 더 큰 과제를 위하여 외근에 전념하고 있으니 말이다. 성장을 이루고 내부적인 혁신을 위하여 시간을 투자할 준비가 되어있을 때 다시 오겠다는 말을 전하고 나는 물러설 수밖에 없었다. 이는 나에게 매우 아픈 경험을 만들어 주었다. 내가 포기하고 물러서는. 이후에도 간혹 개선에 대하여 도움을 요청받는 일이 있었다. 그러면 제일 먼저 의사 결정의 최고 책임자를 만난다. 그리고 이렇게 말한다. 외람되지만 나는 반드시 해결할 수 있는 안을 제시할 수 있을 것이다. 그러나 나는 당신의 회사에서 실행하지는 못한다. 당신이 실행에 대한 책임을 지고 추진할 수 있는지 없는지를 그리고 이를 위하여 당신의 일과에서 얼마의 시간을 투자할 수 있는지를 확인한다. 이에 대한 믿음이 있으면 주로 주말 시간을 이용해서 나의 경험을 공유하는 시간을 가졌고 좋은 결과를 만끽한 적도 종종 있다. 그런데 진심으로 개선을 갈구하고 행동하는 최고 의사 결정권자를 만나는 것은 쉬운 일이 아니었다.

결국 차선으로 선택한 것이 나의 의지로만 기여할 수 있는 길을 가기로 했다. 그 길은 선배들이 별로 가지 않은 길이다. 다시 배움의 길로 돌아가는 것이다. 지금까지 안정된 삶을 위하여 남들이 가장 많이 가던 길을 선택했다면 이젠 남들이 가보지 않은 길을 선택하여 사례를 만드는 것도 의미 있을 것이다. 비록 그 길이 완전한 실패로 귀결될지라도 작게는 사회에 기여하는 것일 테니. 비록 학부에서는 기계공학을 공부했지만 1996년 이후에 나의 관심은 운영관리이고 경영적인 부분이었다. 많은 분야가 학교에서 연구하고 그것이 기업과 현장으로 전달되어 국가와 사회의 발전에 이바지한다. 나는 경영의 문제도 좀 더 많은 일이 있었으면 하는 바람이다. 지난 논문도 이론적인 학문의 영역과 현장의 영역을 연결하는 다리가 되었으면 하는 바람으로 기록하였다. 비록 볼품없는 외나무다리일지라도. 내가 산업 현장에서 겪었던 무수한 일들을 학문이라는 이름으로 기록하고 남기는 방법을 배워 가슴속에만 남겨질지도 모르는 것을 조금이라도 더 기록하고 싶다. 누군가는 96%의 실패로 4%의 성공을 만들기를 바라는 간절함으로.

사실 경영이라는 단어의 뜻을 정확하게 알지 못하는 사람도 실제 경영을 하는 경우가 많다. 그리고 그중 많은 사람은 아주 우수한 실적을 남긴다. 이들의 경험 또한 우리의 자산으로 만들어갈 필요가 있다. 그러나 내가 이것을 해낼 수 있을지는 모르는 일이다. 아니 실패의 확률이 훨씬 높을 것이다. 그렇기에 그 길을 간 사람이 별로 없다. 지금까지는 나와 내 가족의 안위만을 위하여 남들이 가본 길만 선택했지만 이젠 남들이 가보지 않은 길을 위하여 나의 남은 시간을 실험하는 것도 안전한 길만 택한 지난날에 대한 반성이고 이제는 할 수 있는 최소한의 사회에 대한 환원일 것이다.

책 밖으로 나온 이론,

현장에 답이 있다

초판 발행일 **2023년 3월 20일**

지은이 **이범수**
발행인 **김미희**
펴낸곳 **몽트**

출판등록 **2012.12.20 제 2014-0000-38호**

주소 **안산시 상록구 화랑로 513 2층 24호**
전화 **031-501-2322** 팩스 **031-501-2321**
메일 **memento33@menthebooks.com**

값 15,000원
ISBN 978-89-6989-083-2 03810